去見16歲的你（下）

鍾僅 著／夏青 繪

高寶書版集團

目錄

CONTENTS

第十四章　逃不開的命運

張蔓從李惟家出來時還不到黃昏，她打算回去整理整理做過的題目，再準備一下。

外頭風非常大，沒下雨也沒下雪，卻帶著點潮溼的水氣。路旁的看板被大風颳得往一邊倒，脆弱得好像下一秒就要折斷。

她抬頭看了昏暗的天色一眼，緊了緊外套。公車開得很快，還沒到站，天空就下起了大雪，沒有任何緩衝的過程。

張蔓下了車，戴上羽絨衣的帽子，從車站往社區裡走。Z城的冬天最可怕的，不是雨也不是雪，而是狂風。

海風呼嘯著，她有些走不穩，只好瞇著眼快步走，想趕緊回家。

然而還沒走到家樓下，她就聽到了嘈雜的人聲和撕心裂肺的哭聲，在這樣的大雪天裡，像是一把劃破寧靜的冰刀。

張蔓皺了皺眉，加快腳步，走到隔壁公寓大樓，發現樓下圍了一圈人，人群之外還停著一輛亮著紅燈的警車。

她的太陽穴突突跳起來，費勁地從人群裡擠進去。

在人群之中崩潰哭喊的是一家三口，兩個青年人，還有一個老人——老人她很熟悉，就是前世弄丟孫女的老奶奶。

張蔓心裡一緊，頭皮發麻，有非常不好的預感。

果然，下一秒，她聽到了那個老奶奶沙啞的、撕心裂肺的哭喊。

「我的囡囡，我的囡囡被人搶走了，那人戴著帽子，把我的囡囡從我懷裡搶走了……我沒追上啊……囡囡她一直在哭，她在叫奶奶啊……要死的人販子，搶小孩的人，都該下地獄啊……」

她哭得撕心裂肺，六七十歲的老太太，白髮蒼蒼地癱坐在雪地裡，不管不顧地哀號著，看得旁邊幾個有孩子的女人眼淚直往下掉。

這種失去親人的痛，是人們至今為止也沒有辦法克制的錐心之痛。

老太太旁邊，那個看起來不到三十的女人，應該是孩子的媽媽。她頭髮凌亂，面色蒼白地坐在地上，也顧不上漫天的大雪，哭得快要喘不過氣。

兩人旁邊稍微冷靜一些的男子，紅著眼哽咽著，向旁邊的警察敘說事情經過。

張蔓的心臟怦怦直跳。

為什麼還是發生了呢？她還以為她都提醒過了，應該不會再發生啊。

周圍社區裡的群眾們議論紛紛。

「哎喲這個老太太真可憐，聽說她今天抱小孩子出去買菜，一直抱在懷裡的，卻在回來的路上被一個戴著帽子的男人搶了。」

「嘖嘖嘖，現在的人販子也太猖狂了，偷不到孩子改成用搶的，我不敢帶我家孫女出門了。」

「我跟你們說啊，你們別往外傳。這家人大概是得罪了神仙。前段時間我跟周老太太一起出門的時候，她還一直神神叨叨地說，小孩子不能放在嬰兒車裡，容易被人抱走。結果她全程抱在懷裡，還是被搶走了。你說這事玄不玄？」

「別提了，都是命，命裡沒有的沾不上，命裡有的逃不開。」

——命裡沒有的沾不上，命裡有的逃不開。

狂風忽然襲來，密密麻麻的大雪從天而降，飄落在她的髮間、衣上，有那麼一兩片還掉在她裸露在外的脖頸上。

張蔓的頭皮一炸，冰天雪地裡，寒意從脖子上每個毛孔往裡傳，凍得她打了一個哆嗦。密密麻麻的雞皮疙瘩，在一瞬間爬滿了她的手臂。

她忽然意識到，很多事情不是她以為自己有能力去改變，就真的能改變。

張蔓走後，少年捏著那枚她給的平安符，坐在沙發上，安安靜靜地看著。

很久沒有這種感覺，什麼事情都不做卻不覺得無聊，反而心裡的每個角落都是溫暖的。

他想起剛剛少女遞給他平安符時認真嚴肅的表情。

她好像對許多事情都很認真。

下午她做題，他在旁邊看，她皺著眉思考那些問題，一頁頁計算和筆記做得清清楚楚，她的字體清秀，偏圓，一下一下在紙上很用力，甚至翻過這一頁，還能清楚看到下一頁被印出來的痕跡。

她在每一個公式後面，都畫了一個小小的圓圈，圓圈裡是一個個排列整齊的數字標號。她的解題過程，沒有太多花裡胡哨的技巧和靈機一動，大多都是按著最基本、最可靠的解題方式，規規矩矩往下做——像是能治癒強迫症。

其實他們在某種程度上來說是截然不同的。她和他的漫不經心不一樣，她雖然安靜，但對這個世界，有她自己的熱愛。

她會力所能及地在狹小的生活圈裡，把每一件事情都做好。

這樣一個女孩，忽然闖進他的生命裡，讓他時不時會去懷疑她的真實性。

對他來說，就好像中了頭獎。

他把那枚平安符放在睡衣胸口的口袋裡，貼著心的地方。

但下一瞬，他想到少女認認真真地說，要讓他在家裡找個安全隱蔽的地方放好，千萬不能弄丟。

少年搖搖頭，笑著站起來，走進臥室。

隱蔽安全的地方……

他打開衣櫃，最下方的角落，放著一個帶了密碼鎖的紅木箱子——是之前爺爺派人來和他交接他父親的遺產時，順便帶給他的，說是父親這輩子最重要的遺物，這麼多年，他都沒打開看過。

密碼是他的生日。

0110。

他打開紅木箱子，一股陳舊的味道撲面而來。

他把明黃色的平安符放進箱子裡，原本想關上，卻忽然有了興致。

少年順手打開房間裡的燈，把箱子放在床頭櫃上攤開。

箱子裡的東西其實並不算多。

上面最顯眼的是一把雕花木梳，因為時間的流逝，木頭從原本的紫紅色變成了沉澱後的紫棕色。

梳齒不算密，但木質堅硬，完整的紫檀木上雕刻著精緻的梅花。木蠟油亮，這麼多年過去，依舊散發著一股沁人心脾的檀木香氣。梳背彎曲，上面刻了一個字。

「茴」。

少年微怔，是 Janet 的名字。

他放下木梳，又拿起一張泛黃的照片。

照片有封膜，右上角燙金字體寫著日期，字體有些脫落。他仔細辨認，發現距今已經十七年了。

照片裡是一男一女，看起來都是最好的年紀。

男人一身筆挺西裝，英俊瀟灑，意氣風發的模樣，戴著墨鏡，摟著身邊笑容甜美的女人。

而那女人穿著時尚，駝色的風衣裡搭著素白色連身裙，一條黑白波點的絲巾繫在頸間。一頭微捲的長髮和照片泛黃的歲月感，讓她看起來像是從上個世紀的歐洲街角，轉過身來的摩登女郎。

不過最重要的是，那個女人的連身裙下，高高聳起的肚皮很難讓人忽視，她的下巴也有點圓潤。

照片的背景是隱在白霧之中的塞納河畔，兩人的背後還能看到高聳入雲的巴黎鐵塔。和變換的時代與人類不同，那些建築一直屹立在那裡，十年、幾十年、甚至幾百年，迎接著每一天的初生朝陽。

李惟心裡某個角落微陷，原來Janet年輕的時候長這樣，和現在倒是有些不一樣。他閉起眼去想Janet現在的模樣，忽然感覺有些記不起來了。他搖搖頭，看來過段時間還是得和Janet多聯絡一下，最近已經有許久沒想起她。

盒子裡還有好幾樣東西——一個沉甸甸的金鎖，應該是他小時候戴的，還有兩縷結在一起的頭髮。

結髮為夫婦。

紅木箱子的最底下，鋪著一本有點捲邊的兒童英文讀物，應該是他小時候的啟蒙書。

少年小心翼翼地抽出那本讀物。

封面是兒童讀物專有的色彩，上面用誇張的花體寫著「小獅子班尼」，還配有彩色的英文標題。標題下面，一頭可愛的小獅子轉著腦袋面朝前方，一隻前蹄舉起來，比了個「耶」。

他心裡好笑，原來他小時候還看過這麼童真的書。

他又想起了蔓蔓。

不知道她小時候有沒有看過類似的書，是不是奶聲奶氣地讀著一個個溫暖的兒童故事。

一想到，心裡就發癢，恨不得下一秒就捏一捏她的臉。

少年一邊想著，一邊翻開那本「小獅子班尼」，隨意翻開了第一頁。確實是啟蒙用的，每個英文句子下面都帶著一句中文翻譯，還有一行是拼音。

很適合小孩子看。

然而下一秒，少年臉上溫暖的笑意驟然凝固。

『很久很久以前，森林裡住著一隻小獅子，牠的名字叫班尼。牠是一隻幸福的小獅子，牠有整個動物王國最溫柔的媽媽 Janet，還有最聰明的好夥伴 Nick。牠們的故事，從現在開始。』

書冊從手中滑落，少年踉蹌地跌坐在床頭，面無血色，腦子嗡嗡直響。

一頁泛黃的讀物，猶如被歲月遺忘的鑰匙，打開他塵封多年的記憶之門。

少年的思緒變得無比混亂、不受控制，兩張模糊的人臉，在此刻閃進他的腦海。

「惟惟，媽媽搭明早的飛機去溫哥華，你不用送我。」

「媽媽幫你做了飯，寶貝，吃吧，是你最愛的菜。」

「不是這樣的，量子糾纏確實存在著這種超距作用，只要接受了這個基礎，接下來的推導就會水到渠成……」

「這女生是你女朋友？挺漂亮的啊。」

他們在他耳邊，不斷地敘說著，嗡嗡的說話聲如撞鐘，讓他產生嚴重的耳鳴。

屋內的暖氣調在最適宜的二十三度，但少年卻打了冷顫。

他企圖說服自己。

Janet 去了溫哥華，沒錯啊，他小時候她就移民了啊。還有 Nick，是他每次遇到學習上的困難，都會細心替他解答的、最好的夥伴啊。

但下一秒，心裡卻有令人毛骨悚然的聲音，在靈魂深處，質問著他。

Nick 是誰？他是你在孤兒院裡認識的人？還是你在學校裡的同學呢？

Janet 又是誰？你母親的英文名字，真的叫 Janet 嗎？

如果他們真的存在，為什麼你這麼多年以來，會感到這麼孤獨呢？為什麼你每天一個人吃飯，一個人睡覺，一個人去做所有的事情呢？

為什麼你被父親吊在陽臺的曬衣桿上時，他們不在？為什麼你被爺爺丟棄的時候，他們不在？為什麼你的衣領裡被人塞進蚯蚓時，他們也不在？

你的人生被大片黑暗占領時，他們，在哪裡呢？

腦海裡的兩個人影越來越模糊，到最後，他只能看到兩張沒有五官的，慘白空洞的人臉。

猶如修羅地獄走出來的陰森鬼影。

少年忽然記起許多被他澈底遺忘的細節。

他記起自己似乎在某一天打電話點了兩道菜，那個外送員遲到一個多小時，他把便當遞到他手上，希望他不要投訴他們店。

他記起他打開那個便當，把兩份菜分別倒進兩個瓷盤裡，把便當盒扔進了垃圾桶。

他記起那天，他拔開鋼筆蓋，在道歉信上，寫下母親的名字。

他還記得那天，他送 Nick 出門的時候，黑漆漆的、空無一人的樓梯間。樓梯間裡的感應燈，只要有人走過去就會亮，但那天沒有。他對著那片黑暗，招了招手，然後關上了門。

「啊！」

少年在這一刻忽然頭痛欲裂，他痛苦地發著抖抱住了自己。

他們，到底是誰？

他又是誰？

他的雙眼通紅，血絲在眼底瀰漫開來，大腦逐漸變得神智不清。

他惶恐地睜著眼看著身邊的大床和空無一人的房間。冰冷灰暗的傢俱似乎在對他叫囂。

「假的，我們都是假的，其實你自己也是假的。」

他踉蹌地往後跌，倒進柔軟的床墊時又神經質地坐起來。

都是假的，這個世界上的一切，全都是假的。

他感覺自己一腳踩空，掉進萬丈懸崖裡，身體和意識不受控制地往下墜。

「不，不，不要……」

無邊的黑暗和恐懼，在一瞬間，徹底淹沒了他。

絕望之中，少年忽然想到那個在他懷裡，任他親吻的女孩。

她的嘴唇，帶著真實的觸感和醉人的香氣，曾讓他欲罷不能。

對，對，蔓蔓，他還有蔓蔓。

蔓蔓是不會騙他的，她曾在他的傘下擁抱他，就在剛剛，下午的時候，還在書桌下、他的懷裡，熱烈又青澀地回吻他。

少年慌亂的心臟稍安，像是抓住了一根救命稻草。

他站起來，哆哆嗦嗦地從口袋裡掏出手機，手忙腳亂地打開聯絡人，看到了唯一存在的那個號碼。

他抖著手想點進去，卻在下一秒，想到了她曾經說過的那句話。

「Nick，你好，我是張蔓。」

「嘭——」手機從手裡滑落，摔得斷裂。

暴雪，來襲。

——命裡沒有的沾不上，命裡有的逃不開。

周圍人的話，彷彿醍醐灌頂，讓張蔓起了一身的雞皮疙瘩。

她在這一刻，鬼使神差地想起了李惟，她拚命壓抑內心的慌亂，拿出手機打電話給他。

但對面卻傳來冷漠機械性的女聲。

『您好，您所撥打的電話已關機，請您稍後再撥。』

她不死心地又打了一次，仍然關機。

或許是，沒電了？還是因為在學習，怕被打擾？

不可能，剛剛他還說要送她回家，她好說歹說他才同意她自己回來。她走之前，他還讓她到家記得打電話給他。

撕心裂肺的哭聲、警車的嗡鳴、狂風的呼嘯……張蔓的心臟怦怦直跳著，她轉身從人群裡走出去，越走越快，最後甚至小跑起來。

她在門口伸手攔下一輛車，急切地說：「司機大哥，去萬城海景。」

她得回去找他。

等坐在位子上她才發現，自己竟然一直在發抖。

——有的時候，當惡夢來臨之前，人總會有一絲感應。

到李惟家樓下，張蔓急急忙忙坐著電梯上樓，按響了他家的門鈴。

可惜，很久都沒有回應。

張蔓的心裡咯噔一下，直覺告訴她，出事了。

她瘋狂地按著門鈴，時不時用力拍門，大聲喊著：「李惟，快開門啊，我是蔓蔓！」

她一路跑來，吸了太多冷風，喉嚨充血疼痛，此時的嗓音比平時嘶啞百倍。

大概過了十幾分鐘後，少年終於開了門。

門打開的瞬間，張蔓就知道她的直覺被驗證了。

他出事了。

他家裡和她走之前，是截然不同的樣子——餐廳地板上，桌椅橫倒在地上，幾個玻璃杯的碎片非常醒目；沙發上原本排列整齊的抱枕，此刻七零八落地散落在四周，甚至有一個被扔到了窗臺上。

然而更可怕的是少年此刻的樣子。

他的家居服很皺，最上面兩顆紐釦被扯掉了，露出猙獰的線頭，露在外頭的脖子和鎖骨上有幾道觸目驚心的抓痕。

像經歷了一場搏鬥。

他光著腳踩在地板上，雙眼通紅，密密麻麻乾澀的血絲鋪滿眼底。

他極狠地咬著下唇，甚至咬出了血，但他自己似乎絲毫沒有察覺。他看著她的眼裡，再也沒了下午的溫軟和熱切，而是不斷變換著的神情，狠戾、暴躁、恐慌，還有崩潰——比起曾經失控的樣子，此時的他更像是一頭面臨極度危險，豎起尾巴、亮出利爪和尖牙，準備好戰鬥的野獸。

張蔓的心裡咯噔一下，她已經有了很不好的預感。

「李惟，你怎麼了？」

少年看到來人是她，沉默了一下，收起身上令人恐懼的暴戾氣息。

他把她拉進來，關上門，仔仔細細地看著她，想要分辨她臉上的所有細節。

片刻後，他伸出手，小心翼翼地撫摸她的臉龐，那樣輕，像是害怕碰碎名貴的玉石。

「蔓蔓，妳是真的嗎？妳是我想像出來的對不對？妳和我媽媽他們一樣，是我想像出來的，對嗎？」

他的聲音，帶著無法克制的顫抖，嘶啞乾澀，猶如瀕死之人最後的喘息。

他認真地看著眼前的這個女孩，心裡有一個角落澈底碎裂了。

他無法接受。

實在是，無法接受。

Janet是假的，Nick是假的，連他的蔓蔓也是假的。

他曾在昏暗的操場上，緊緊抱著這個女孩，不停地喊她的名字。他曾把她圈在旅館狹小的通道裡，熱切地、放縱地吻她。他曾在黑暗中睜著眼，一夜未眠，為她一次次蓋上被子。

他們一起踩過的落葉，一起踏過的雪，一起看過的大海，怎麼會是假的呢。

他最愛的蔓蔓，怎麼能是假的呢？她是他從今往後驅趕黑夜的良藥，是他心裡唯一認定的信仰啊，怎麼能是假的呢？

他的世界，他的信仰，在這一瞬間轟然崩塌。

她如果是假的，要他還能怎麼活？

少年直直地看著面前的女孩，喉頭滾動著，卻再也說不出一句話。他只能像一隻受了傷的孤獸，在只有自己知道的那片黑暗天地裡，崩潰地哀號。

張蔓早已淚流滿面。

她不知道到底發生了什麼，但她知道，他恐怕意識到了。

意識到自己這麼多年的妄想症，意識到他媽媽還有Nick都是假的。並且和前世一樣，已經精神錯亂到分不清到底什麼是真的，什麼是假的。

他甚至以為她也是他妄想出來的。

張蔓的心裡，此刻湧上了無邊的恐慌。

——命裡沒有的沾不上，命裡有的逃不開。

他兜兜轉轉著，仍是一腳踩進了黑暗漩渦。

她忽然開始懷疑，她的重生到底能改變什麼？明明前段時間他已經不再去妄想那些虛幻的人了，明明他和她在一起之後，病情逐漸穩定了。

她還以為，她就是他的良藥，卻沒想到命運和她開了巨大的玩笑。

他的爆發竟然比前世還要提前。

他逃不開。

「李惟，你看著我，我是真的呀，我是蔓蔓啊。」

張蔓流著淚，輕輕拍著少年的肩膀，胡亂地撫摸著他的臉，想要安撫他。

然而，少年的眼底卻越來越空洞，整個人慢慢平靜下來。

他甚至對著她輕輕笑了一下。

他們說的沒錯。

他和他父親一樣，是個瘋子。

——然而他面前的女孩，美好得像是不存在於人間的天使。

怎麼會認為天使屬於他呢？像他這樣被所有人厭棄的人。

張蔓看他毫無反應，狠狠地撲上去，熱烈地親吻他。似乎只有親吻，才能讓她的急切得以宣洩。

她的聲音顫抖，親吻帶著鹹澀的淚水：「李惟，你不信的話，吻我。你感受一下，我是不是真的啊。」

她的嘴唇柔軟溫暖，燃燒完少年體內尚存的最後一絲理智。

他身體一僵，頭腦反應過來之前，身體已經先做出了反應。他抬起手擁抱她，把她抵在門口，瘋狂地親吻。

再無溫柔和纏綿，他毫無憐惜地吮吸著她的唇，輕輕咬著她的唇瓣，肆無忌憚地沉溺在這份虛妄之中。

就算是假的，他也想留住這份不真實的虛妄。

張蔓從來沒感受過這樣的他，如同狂風暴雨，如同快要溺死的人拚盡全力想要抓住最後一根稻草。

他的親吻讓她有一絲疼痛，舌尖甚至嘗到了一絲血腥味。

但她卻沒放手，她堅定地抱著他，溫柔地親吻他，坦誠地讓他感受最真實的自己。

但少年似乎不滿足於此。

他密密麻麻地親吻她的臉頰，耳朵，又埋首在她的脖子上輕輕啃噬。他的雙手向兩邊用力，脫下她厚重的羽絨外套，更得寸進尺地解開了她最上面的兩顆紐釦。

他的動作帶著顫抖，卻在看到她潔白精緻的鎖骨時，崩潰地停下。

少年往後踉蹌一步，蹲在地上，抱著頭痛苦地哀號著。

張蔓心裡難受，蹲下來，流著淚大口大口喘息著。

此刻的她竟然不知道該怎麼去證明，這個世界的真實性。也不知道怎麼樣才能證明，她自己是真實存在的。

她想起前世，那個世界觀崩塌的少年。世界觀的崩塌對於原本就孤零零存在於這個世界的他來說，是無法抵禦的狂風暴雨，足以摧毀所有的認知與堅持。

她擔心他又會變成前世那樣。

張蔓看著客廳的窗外，大雪瀰漫，有種末日之前的絕望感。

她忽然擦掉眼淚，拉起了少年的手。

——「李惟，我帶你去看這個世界，好不好？」

她說著，從門口拿了大衣幫他披上，幫他穿上鞋子，拉著他往外走。

街道上大雪紛飛，就算是這樣的天氣裡，城市的夜晚也不缺歸家的行人。

她拉著雙眼空洞的少年，在街道上毫無目的地大步走著。

寒風吹過他們的頭髮，雪花落在他們交握的手。

她捧起一片雪花，放到少年眼前。

「你看，這是雪。」

她帶著他，走過一盞一盞發著光的路燈。

她伸手指著其中一盞：「這是路燈，它在夜晚照亮黑暗，它是城市的守夜人。」

少年的眼神，漸漸不那麼空洞迷茫，他看著那盞散發著昏暗柔光的路燈沒說話。

張蔓咬著唇，不夠，還是不夠。

她拉著他，繼續往前走，風雪漫漫，他們穿過城市裡一條條縱橫交錯的街道。偌大的城市沒有因為風雪就停止運營，它早就做好準備，迎接一場又一場來自大自然的考驗。

喧鬧的紅綠燈口，幾個行人抱著頭抵擋風雪，行色匆匆；一輛載滿乘客的巴士，按著刺耳的喇叭聲，抓住僅剩的兩秒綠燈，衝過馬路。

「這是下班回家的人們。」

「這是公車……」

「這是商店……」

「這是這個城市裡最熱鬧的酒吧，裡面有著最烈的酒和最火辣的舞蹈……」

她一句一句向他介紹，像是要把這個世界攤開、拆碎給他看。

張蔓看著身邊的少年，他的眼中映出了城市夜晚的燈紅酒綠。

還是不夠。

這個廣袤而偉大的世界上，除了有人類社會存在的痕跡，還有無邊而壯麗的自然風光。

張蔓牽著少年的手，在冰冷的大雪裡，像瘋了一樣奔跑。

等他們再一次停下時，面前已是空無一人的沙灘，在暴風雪裡咆哮的大海。

張蔓面朝著大海，大聲而堅定地喊著：「李惟，你看，這是大海，最神秘最寬廣的大海。聽到了嗎？大海在退潮，那是海浪的聲音。我曾經在這裡唱歌給你聽，而你在這片沙灘上，為我畫了一整片的玫瑰花。」

「春天的海灘，適合散步，情侶們、家人們在這裡嬉鬧玩耍。」

「夏天黃昏落潮的時候，人們會拿著籃子和小鐵鍬，來挖扇貝、生蠔。」

「秋天和冬天，會像今天一樣，颳起猛烈的海風。」

「尋常晴朗的夜晚，這片沙灘上的天空，會布滿細碎星點，是你最愛的星辰和宇宙。」

她轉過身，看著他的雙眼。

——「你相信我好嗎？別怕，這個世界，這場雪，你腳下的這片沙灘，你身前的這片海，包括我，都是真實存在的。」

她在這時候，輕輕地、溫柔地抱住了他，把頭埋在他的胸前，任淚水湧出。

少年的表情，終於在這一瞬間破裂，他愛的人，用最笨拙最粗劣的方法，拚盡全力想要叫醒他。

這個世界廣袤而壯麗，充滿豐富真實的細節。

街邊商店招牌上脫落的斑駁油彩，路人臉上匆匆的神色，她在風雪中飛舞的每一根髮絲……這一切，不是他簡簡單單可以想像出來的。

他想，他相信了。

這片在暴風雪中兇猛咆哮的大海，被浪花打溼的金色沙灘，還有落在他身上的片片冰涼雪花，他懷裡柔軟有溫度的女孩。

確實是真實存在的。

不是令他恐懼的虛妄。

少年彎著唇角，狼狽地落淚。

冬日，雪夜，海邊。

漫天的大雪裡，張蔓抱緊她愛著的少年。

海浪拍打著礁石和沙灘，海風呼嘯，雪花悄無聲息落在地上、海裡，還有許許多多，落在兩人的臉上、身上。

極低的溫度讓張蔓起了一身的雞皮疙瘩，此時少年冰冷的懷抱，給不了她任何溫暖，但她盡量忍住不顫抖。

她只能平靜地去感受他控制不住的顫抖和哽咽。

她想，或許最艱難的一步已經跨過了。

在極其嚴重的精神打擊下，人們會變得神智不清，就像李惟剛剛那樣，他分不清什麼是現實，什麼是虛妄。這時候如果沒有人來點醒他，世界觀的崩塌將會對他的精神造成無法挽回的巨大打擊。

但張蔓並不樂觀。

就算知道這世界是真實的，對於他來說，打擊還是太大了。

沒有人願意承認，自己真的是個「瘋子」。他從前對別人的話毫不在意，那是因為他覺得自己不是。他覺得，是他們誤會他。

從前有多篤定，此時此刻在得知真相之後，他心裡的恐慌就有多深。

何況，他在一瞬間，失去了兩個生命中最重要的「親人」。

疼痛有等級之分。

張蔓想，此刻他的內心，一定經歷著她無法想像的錐心之痛。

第十五章　我們分手吧

兩人回到家後，少年似乎比之前平靜許多，但依舊不說話。

兩人的頭髮、衣服早就被雨雪打溼了，鞋子也被沙灘上的浪潮浸透，狼狽得像是剛剛從海裡撈出來。

張蔓牽著他進去，按著他的肩膀讓他坐在客廳的大沙發上，去廁所裡幫他放熱水。但她剛走兩步，少年就跟上來。

像是一個孤單的影子，只能跟著主人走。

「李惟，你先去沙發坐一下，我把熱水器插上，我們都要沖個熱水澡，不然會著涼。」

少年伸手過來拉著她的袖子，看著她，搖頭不說話，一雙黑漆漆的眼眸固執地望著她。

張蔓幾乎立刻心軟。

對他，她也沒有任何辦法。

「那好，那你就站在旁邊看著我，好不好？」

少年點點頭，拉著她的手。

等熱水燒好，張蔓推他進去沖澡，他又不樂意了。

張蔓輕聲笑了，調侃他：「總不能我們一起洗吧？你要是願意，我倒是沒問題。」

「蔓蔓。」

少年的聲音實在太啞，和平時低沉、好聽的沙啞感不同，他此刻的嗓音帶著難以形容的燒灼感，彷彿喝了一口硫酸。

「妳和我一起在裡面好不好？妳站在旁邊陪我……我不想一個人。」

他再也不想一個人。

張蔓看著他，平日裡篤定而自信的少年啊，他似乎從來沒有這麼迷茫、無助過。

她的心裡漫上了細密的酸痛，只好妥協。

好在他家的廁所，有單獨隔出來的淋浴間，玻璃門裡面掛了防水的浴簾，拉上之後，她坐在門口什麼也看不見。

少年的心情顯然極其焦躁。

他幾乎每隔半分鐘就叫一次她的名字，確定她是不是在外面。

張蔓沒轍，只好在外頭，輕輕地唱起歌。

她腦子裡也很亂，根本記不住太多的歌詞，一首接一首，記得詞的地方唱詞，不記得的地方就隨意哼唱。

好在確實有用。

等少年洗完澡出來，她也進去沖澡。少年像她一樣，搬了小板凳坐在淋浴間門口等她。

他坐得端正，一雙眼盯著廁所牆壁上貼著的雪白瓷磚，不知道在想什麼。

兩人隔著一道玻璃門和浴簾的距離，沒有任何雜念和欲望，像是兩個老朋友一樣，唱著歌，說著話。

張蔓唱著歌，盡量忍住讓自己的聲音不要發抖，卻還是在氤氳熱水下，淚流滿面。

她愛的這個少年啊，承受了太多他這個年紀不該承受的痛苦。

她不知道該怎麼樣才能安撫他心裡深如溝壑的傷痕。她不知道要怎樣去愛他，才能填補他無邊無際的孤獨。

似乎怎麼去愛都不夠。

她忽然感覺到自己很渺小。

和這個世界、和時間、和命運比起來，她的力量那麼微小。她曾經覺得，自己沒太多優點，算得上優點的，只有個性比較倔。

她本以為，一年不行，五年；五年不行，十年，她總能讓他安安穩穩擺脫命運。

但今天發生的事，對她來說，同樣也是巨大的打擊。

不管是那個仍舊丟了孫女的老奶奶，還是依然發現了妄想症的他。

她才明白，她其實沒有能力和命運對抗。

張蔓抹去臉上的水還有眼淚，在心裡不停地安慰著自己，不管怎麼樣，不管結局到底如何，只要她愛著他，他也愛著她，總是比前世好的。

兩人都收拾完，已經晚上八點多了。張蔓放心不下李惟，打了電話給張慧芳，好說歹說加發毒誓保證，才讓她同意她今晚住在李惟家。

她牽著少年的手，把他拉進臥室。

少年垂著眸，由於剛洗完頭，額前有點長的頭髮擋住了眼睛。他沒怎麼說話，但看起來很平靜、很乖的樣子。

李惟的房間很空，那張柔軟大床非常醒目。

兩人都穿著浴袍，張蔓拉著少年，坐在床上，輕聲問他：「男朋友，能不能找一件衣服給我穿著睡覺？」

她自己的衣服都溼透了。

少年點點頭，指了指衣櫃，示意她自己拿。

張蔓打開床邊幾乎和牆同寬的木製衣櫃。

他的衣服不多，衣櫃裡顯得有些空蕩，但每件衣服都按照材質、樣式疊得整整齊齊。

張蔓挑了一件他的長T恤，以她的身高來說，當裙子綽綽有餘。

她想去廁所裡換衣服，但她剛走兩步，少年神經敏感地從床上站起來，抓住了她浴袍的袖子。

她看著他執拗的雙眼，心裡微微嘆了一口氣。

他這模樣像一個內心脆弱的孩子。

「那，你閉上眼好不好？我就在房間裡換。」

少年點點頭，坐在床頭，雙眼緊閉。

為了讓她放心，他還偏過了腦袋。

但手還是揪著她的浴袍袖子。

張蔓無奈地笑：「……你不放手，我怎麼換衣服？」

他這才放開手。

張蔓迅速地換衣服，鬆了一口氣。

就算他閉著眼，但畢竟他就在她面前，她還是有些不自在。

她又從衣櫃裡拿出一套他的睡衣：「好了，我換好了，你也換衣服，我們睡覺好不好？」

少年沒作聲，接過睡衣，直接伸手解了浴袍。

張蔓立刻閉上眼。

總不能趁這個時候，占他的便宜。

她聽著他「窸窸窣窣」換衣服的聲音，等聲音停了才睜開眼。

「李惟，我們睡覺吧，好不好？」

「……嗯。」

少年又伸手來牽她。

張蔓跟著他坐在床頭，掀開被子往裡躺，挪出地方給他。等他也安穩躺下後，她伸手關了房間裡的燈——只留了床頭那盞。她想，今晚他應該需要一些燈光。

房子隔音很好，明明外頭是狂風暴雪，房間裡卻是一陣安寧。

安寧到似乎什麼也沒有發生。

這個世界就是這樣，每個人身上發生的慘痛和不幸，對這個龐大的星球來說，無法造成任何影響。

張蔓側過身，靠進了少年的懷裡。

她感覺到自己的眼淚，悄無聲息浸溼臉頰之下的床單——綳了一整晚，在這樣昏暗的時候，她終於忍不住落了淚。

「蔓蔓……」

少年忽然伸手，抱緊了她。

她聽到了他狠狠壓抑著的痛苦喘息。

「蔓蔓……他們全都離開我了，我只有妳了……妳別離開我，好嗎？」

冬夜的冰冷穿牆而來，繼而穿透他的胸膛，刺痛傳遍五臟六腑。

此刻他只有抱緊她，才能感到一絲絲溫暖——不至於冷凍成冰。

「我不會離開你，我會永遠陪著你的，永遠。」

張蔓不知道該怎麼安慰他，只能一遍遍地在他耳邊輕聲和他保證。

永遠……嗎？

少年平靜了一些。

他想，他不能這麼自私地欺騙她，她有權利知道一切，再做出選擇。

「妳知道嗎？Janet 她真的很溫柔。」

他的聲音粗啞，像是溪水裡的粗糲沙石。

「她在我很小的時候，就移民去加拿大，但每年都會回來看我幾次。」

「我剛到育幼院的時候，住得很不習慣。但忽然有一天，她回來了。她在外面的圍欄向我招手。我從育幼院的側門偷偷溜出去，她張開手臂接住我，對我說：『寶貝，好久不見。』」

「和妳一樣啊，蔓蔓，她是個溫柔又美麗的人。」

「她帶我去育幼院附近爬山，看漫山遍野的紅葉。爬累了，她就在山頂坐著，讓我躺在她腿上，唱著溫柔的安眠曲哄我入睡。」

他說著還笑了：「我還記得那次，我在山上摔了一跤，灰頭土臉地回來，被院裡負責洗衣服的阿姨罵了很久。」

「還有 Nick。」

「關於 Nick 的記憶，好像是念書之後才有的。我上小學的時候實在太無聊，就從育幼院的小圖書室裡，翻出別人不用的國高中物理課本，有不會的地方就記下來，每一兩個月就會和 Nick 交流。」

「他會在我不對的時候反駁我，也會在我得出正確答案的時候，毫不吝嗇地稱讚我。」

「那天妳來的時候，他還問我：『李惟，這個女生是你女朋友嗎？很漂亮。』」

他回憶著這些年他僅剩的溫暖，難以抑制彎了唇角。

但下一秒，等想起這一切全是虛幻之後，又痛苦地抱著頭：「可是妳知道嗎？我今天忽然記不起他們的臉了。對我來說這麼重要的兩個人，竟然是不存在的。原來，我一直沒有親人，也沒有朋友，他們是我自己想像出來的。我這麼多年……我這麼多年……」

他說著，聲音有些哽咽。

「蔓蔓，我接受不了。」

張蔓說不出話來，只能抬起頭，急切地親親他下巴上剛長出來的鬍渣。

她伸出手，按了按自己的胸口。

看著這樣的他，她的胸口疼疼得幾乎快要窒息。

少年稍稍平復了心情，繼續說：「他們剛剛還是來找我了。」

「在妳來之前，他們兩個同時出現了，就站在我面前，一直在我耳邊和我說話。」

他沒有說的是，在她來之前那短暫的時間裡，他喪失了理智，他自己也不知道自己做了什麼。

等回過神來，她已經在他身邊。

他說著，閉了閉眼，像是忽然放棄掙扎。

「蔓蔓，他們說的沒錯，我真的是個瘋子。」

「我這麼多年其實都是一個人，我竟然妄想出兩個完全不存在的人陪著我。」

他低下頭，把腦袋埋進她的脖頸，絕望又疼痛，聲音低啞得幾乎聽不見。

「妳還要我嗎，蔓蔓？」

他是個瘋子啊，連他的親爺爺都害怕他、拋棄他。

甚至，他自己都厭棄自己。

那她還會要他嗎？

她會不會害怕？會不會……離開他呢？

「妳要是想要離開我……」

那我就放手，讓妳離開。

後半句卻怎麼也說不出口，因為說出來，或許他的心臟會因為疼痛而炸裂——她是他的唯一啊。

要是她離開他的話，他還能活下去嗎？

張蔓聽著少年的話，急切地捂住了他的嘴。

「我不會離開你的，李惟，你還記得那次在操場，我和你說的話嗎？我說過的，我會一直一直陪著你，永遠也不離開你。你別擔心啊，你只不過是生病了，和感冒發燒一樣，會好的。」

她看他沉默著，怕他不相信，急切地伸出手：「你摸一下我的手臂，我聽你說的時候，完全沒有起雞皮疙瘩。真的，我一點也不害怕。」

「其實那次我來你家，Nick『在』的那天，我就發現了你的病，我那時候還很平靜地和他『打招呼』，我真的一點也不怕。」

李惟心裡劇震。

今天發生了太多的事，讓他下意識忽略這件事。

所以，她竟然一直都知道他的病？她知道這一切，卻還是選擇和他在一起？

就算知道這些，她還是那樣溫柔地擁抱他，甜甜地回吻他？

他急切地抬眼看她，少女的臉上還帶著清晰可見的淚痕，她紅紅的眼睛固執地看著他，似乎要看到他相信為止。

這樣熟悉的倔強，讓他忽然想起當初，她為了讓自己相信她是真的生病，伸出手給他看她手上的針眼。

他的蔓蔓，始終待他如一。

就算全世界都拋棄他，她還是想要陪著他——她沒有像其他人一樣，放棄他。

少年心裡無邊的劇烈疼痛和恐慌逐漸消散，他忽然開始慶幸——他於萬種不幸中，終究有幸，能擁她在懷。

他抱緊她，輕輕地用下巴蹭了蹭她的髮旋。

「蔓蔓，睡吧，妳今天一定累了。」

「我不要，你是不是不相信我？」

張蔓固執地抬起頭看他，她是很累、很睏，但沒得到答覆之前，她根本睡不著。

「嗯，我信。」

他想，這次他不得不自私一點。他給過她機會，既然她說不離開，那他就不會再放手了。

少年一下一下拍著懷裡少女的背，極力克制自己內心情緒翻湧。

張蔓得到他的回答，稍稍鬆了一口氣。

只要他能讓她陪著他，再大的難關，她也會陪他跨過去的。

擔心了一整晚，又在暴風雪裡奔跑了那麼久，心理折磨加上身體的虛弱，她的腦袋此刻昏沉沉的。

她想睜開眼看他，但還是克制不住，昏睡過去。

窗外，咆哮一整晚的暴風雪在此時悄然停歇，城市在大雪之後陷入安寧的沉睡。

房間裡，床頭燈被調到最低亮度，微黃的燈光照在兩人的臉上，靜謐而溫暖。

空調進入安靜的睡眠模式，悄無聲息地運作著。

屬於夜晚的寧靜來臨了。

張蔓的呼吸聲越來越平穩，而她身旁的少年卻絲毫不敢入睡——他仍然心有餘悸，他害怕他睡著之後，懷裡這個真實溫暖的身體，又會變成他的妄想。

就在這時，他忽然聽到了一陣極輕的腳步聲。

「噠，噠，噠……」

在這樣安靜的夜晚裡，詭異得令人毛骨悚然。

少年驀地睜開眼，發現 Nick 竟然站在床頭。

他忽然有了臉。

他猙獰地笑著，挑釁般看著他——他的雙手交疊著，以威脅的姿態，放在他懷中少女的脖子上。

他想傷害她。

少年感到渾身的血液被點燃，額角的神經不斷跳動。在心底的暴戾達到頂峰之前，他一把抓住 Nick 的手腕，用力鉗制著他，狠狠往外扯。

他不准任何人傷害她！

他的力氣極大，毫不留情，拉扯間對方驚叫起來。

但那聲音，卻不是Nick的……

李惟恍然驚醒，才發現他剛剛捏著的竟然是張蔓的手腕。

他像是被觸電般，立刻鬆開了手。

「李惟，你怎麼了？」

張蔓揉了揉惺忪的睡眼，她剛睡著沒多久，忽然感到手腕一陣疼痛，驚呼一聲便醒了。

少年咬著牙關，極力控制著自己的聲音不顫抖。

「沒什麼，我……只是做了一個惡夢。」

張蔓心裡一沉。

這件事對他的打擊實在是太大了。

她按了按自己的太陽穴，努力逼迫自己清醒。

「李惟，別怕，你先睡吧，好不好？我看你睡著我再睡。你放心，我會一直一直陪在你身邊，不會走的。你別想太多，明天太陽升起，一切就會好起來。」

「……嗯。」

少年說著，閉上了眼，似乎很聽她的話。

張蔓睜著眼，輕輕撫摸著他的肩膀，哄他入睡。她強撐著躺了一下，聽著他越來越綿長的呼吸，才鬆了一口氣。

少年的側臉在微弱的光亮裡，平靜而精緻，他的眉頭舒展，長長的睫毛安靜地在臉頰上投下兩片陰影。

他睡著的樣子，像是沒經歷任何不幸和痛苦。

睡著了就好，只要他不胡思亂想，一切都會好起來。

張蔓俯身過去，輕吻在他的唇角。

她感受著他嘴唇的溫暖柔軟，忍不住又吻了一下。

然後湊到他耳邊，極輕地說著：「男朋友，你一定要好起來啊，我會永遠在你身邊陪著你的。」

——她還要一直陪他到老呢。

說完，她再抵擋不住睏和累，翻了身，沉沉睡過去。

就在這時，原本已經睡著的少年，忽然在少女的背後，睜開了一直緊閉的雙眼，他再也無法控制地發起抖。

——他剛剛回過神時，發現他一隻手緊緊握著她的手腕，而另一隻手，就放在她纖細、脆弱的脖子上。

原來要掐她的，不是Nick，而是自己。

少年心裡湧上了一陣陣令他毛骨悚然的後怕。

他背後的睡衣已經被冷汗完全浸溼，此刻汗液蒸發帶來的冰冷觸感，讓他狠狠打了冷顫。

他忽然想到那天，父親也是這樣神智不清，他一邊笑著，一邊對他說：「溼了不曬乾會著涼，會生病死掉……」

然後，用一根繩子拴著他的脖子把他掛到曬衣桿上，之後任他絕望、痛苦地掙扎，沒再來管他。

——如果不是被鄰居發現，他早就死了。

窒息感猛烈來襲，命運的繩結，此時再次緊緊地勒住他的咽喉。是啊，他怎麼忘了呢？他和他爸爸是一樣的。

他們一樣危險。在將來某一天，那個苦苦掙扎、瀕臨窒息的人，很有可能會變成她。

少年伸手捂住自己的嘴，痛苦地蜷縮起來，在這樣安靜的夜晚裡，他無聲地喘息著，指甲早已狠狠地掐進了掌心。胃裡忽然產生了一種無法言說的灼燒感，難受得他幾乎要嘔吐。

他無比絕望地看著他面前沉睡的女孩。

她的背影纖細，綢緞一般的長髮鋪滿枕頭。她側臥著，背對他睡，極其信任地把整個後背交給了他。

她對他沒有絲毫的戒心。

少年顫抖著抬起手，放在床頭燈底下。

透過微黃的燈光，他仔仔細細看著自己的手——修長、有力、骨骼分明的男人的手，它有能力做很多它想做的事，比如，掐斷眼前這根纖細柔軟的脖子。

他的牙齒不斷顫抖著，他忽然感覺很冷。

透徹心扉的寒冷。

他想伸手去擁抱他身前那個溫暖之源，卻在觸碰到她柔軟髮絲的剎那收回了手。

你怎麼敢再碰她呢？

你剛剛居然想要讓她一輩子陪著你？你怎麼忍心呢？讓她每天在一個瘋子身邊，擔驚受怕，甚至面臨各式各樣致命的危險。

少年閉上眼，他蜷起食指，張嘴狠狠咬住指關節。尖銳的牙齒輕易地咬破了皮膚，鮮血湧出，鹹腥又苦澀。

只有這樣，他才能稍微轉移一下心裡的疼痛，那種讓他快要死掉的疼痛。

他知道，這一切到此為止。

放過她吧，你放過她吧，她是一個比天使還要美好的女孩啊。

你怎麼忍心呢？

她不小心從外面把他的世界撕開了一個口子，然後帶著滾燙的火星子鑽進來，那樣猝不及防。但他知道，或許這一輩子他都出不去了，那他也不能那麼自私地把她關在裡面，陪著他墜入無邊的黑暗。

他這般有幸，能在某一天突然遇上這個迷路的女孩，與她相愛。她跌跌撞撞闖進了他的黑暗，而現在，他得親手送她出去。

少年在這一刻，無可奈何地、發著抖紅了眼眶。

第二天總算放了晴。

張蔓起得很早，上網預約上次她去諮詢過的精神科醫生。

李惟既然已經知道了自己的妄想症，那麼現階段就算不用藥，接受一下心理治療也是好的。

她還是擔心他精神層面受到一些她不知道的創傷。

張蔓預約好後，有點難開口，怕他產生抵觸心態。

畢竟誰也不願意承認自己有心理疾病和妄想症。

她咬咬牙還是說了：「李惟，你今天和我去醫院好不好？我都聯絡好了，那個醫生是這方面的專家，很厲害的。」

少年聽完之後稍微有些低沉。

他想了一下，像是做足了心理鬥爭，才無奈地笑：「嗯，那妳陪我去，好不好？」

張蔓看到他的笑容，心裡一鬆。

總算笑了，看來他的情況還是有好轉。

不管怎麼樣，只要他願意去克服，她就能陪著他度過難關。

但她心裡依舊有些不安，畢竟這件事對他來說，打擊實在是太大，她不得不處處小心。

張蔓搖搖頭，不管怎麼樣，先去醫院再說。

兩人帶上證件和預約掛號單，去了上次那間醫院。

醫院門口，許多沒有值班的醫生護士們一起在清路上的積雪和厚厚的冰塊——他們要確保救護車的路線時時刻刻都能暢通無阻。

張蔓輕車熟路地帶李惟到上次她去過的辦公室。

醫生應該認識她，為了不露餡，她沒有陪他進去，而是坐在門口等他。

大概一個多小時後，少年面色平靜地走出來。

張蔓著急地迎上去：「怎麼樣？醫生怎麼說？」

少年抬手捏捏她的臉，面色無異：「嗯，她說還好。」

就知道問他沒什麼用，說了一個小時，只有一句還好？

張蔓把之後的幾項檢查項目表塞到他手裡：「你坐在門口乖乖等我，我自己去問。」

她敲了敲醫生辦公室的門。

「請進。」

張蔓推門進去，女醫生見到是她，倒也不詫異，微笑著對她點點頭。

「我聽剛剛那個男孩子描述的症狀，就猜到應該是妳上次說的那個朋友。」

「醫生，那……我朋友他狀態怎麼樣啊？他昨天才發現自己有妄想症，昨天特別崩潰，今天好像平靜了很多。」

醫生拿出她剛剛和李惟談話過程中，記了滿滿幾大張診斷筆記。

「首先，妳朋友的症狀，確實是妄想症，並且到了非常嚴重的地步。其次，他思緒邏輯清晰敏捷，沒有失智現象，也沒有出現社會功能受損。」

張蔓聽著，著重問了：「那透過您的判斷，他有沒有出現憂鬱的現象？」

前世，李惟在這之後爆發極其嚴重的憂鬱症。

醫生想了一下，搖搖頭。

「經過這一個小時的對話，他沒有表現出任何憂鬱狀態。」

她說著贊許地點點頭：「他的精神狀態，比我想像中樂觀非常多，幾乎不像一個精神病人。或許也和妳們這些朋友的照顧有關，他自己也坦言，雖然最開始崩潰過，但現在他已經接受自己的精神狀況，並且願意積極配合治療。這樣的情況，我們很樂意看到。不過這段時間，或許他的情緒還是會有不穩定、暴躁，或者任性現象，希望妳們能多諒解、包容。」

張蔓聽完後大大鬆了一口氣，緊繃的心情放鬆了不少。

前世李惟什麼時候患上憂鬱症，誰也不知道。當時他孤身一人承受著一切，甚至可能在很長一段時間裡都是渾渾噩噩、神智不清，不知道這個世界上什麼是真的，什麼才是假的。

而這一世，因為她一直陪著他，用最簡單的方式告訴他，他只是生病了。

之後他表現出來的症狀和受到的精神損傷肯定比前世減輕非常多，或許他真的能承受。

張蔓忽然無比慶幸自己昨天晚上回去找他。

等其他幾項檢查都做完後，兩人從醫院走出來。

緊張了一上午，張蔓這時候才感覺有點餓。

「李惟，你餓不餓？我們先去吃午飯吧。」

她回頭，發現少年正站在路口的紅綠燈下，眼神有些恍惚地看著她。

他的眼裡，似乎含了太多太多的情緒。

「怎麼了？」

張蔓摸了摸自己的臉。

少年臉上的表情一閃而過，繼而溫暖地笑起來，走過來牽她的手：「沒事，走吧。」

張蔓想起剛剛醫生說的，他這段時間情緒可能還是會不穩定。

她捏了捏他的手：「嗯。」

醫院對面的街巷裡正好有家擁擠的小麵館。這家麵館連名字都沒有，店面非常小，門口搭了一個大棚子，擺著七八張小桌子。

簡單的折疊桌和塑膠椅都不算乾淨。

這時候是中午，店裡店外人很多，幾乎坐滿。

典型的蒼蠅館子——這種藏在街頭巷尾、客人很多的小飯館，通常味道都不錯。

張蔓剛想坐下，卻忽然聽到少年說。

「蔓蔓，今天我們去好一點的地方吃飯，好不好？」

張蔓決定今天事事都聽他的，便挽了他的手，笑著說：「好。」

N城靠海，十九世紀末，德國人曾租借大片地區建設鐵路和港口，所以市中心的歐洲風情街一帶，有非常多那時候開的德國、義大利餐廳。

少年帶著她走進最中心一家歷史悠久的德國餐廳。

這一帶的哥德式建築風格非常有歐洲風情——筆直的牆體、高聳入雲的塔尖，大面積的彩色玻璃窗也是它的特點之一。

餐廳就在風情街最中心、也最繁華的地方。

門口的接待人員很有修養，沒有因為兩人年紀小就露出絲毫的怠慢。

兩人被指引到一處靠窗的位子。

少年先走到她這邊，很紳士地替她拉椅子，張蔓有些不習慣。

餐廳的裝修風格非常古老、典雅，大大的落地窗讓午時的陽光能毫無保留地照進來，打在牆面上整片的七彩琉璃上，反射出彩虹般的光。

雖說是午餐時間，但餐廳裡卻沒有幾桌人——顯然比起價格昂貴、禮儀講究的西餐廳，N城大多數人還是更習慣隨意豐富的中式味道。

兩人沒拿菜單，直接要今天的主廚推薦。

主菜是傳統的德國肉腸和烤豬排，味道略重，沒有法式菜餚那麼細膩，但其實更符合張蔓的口味。

飯後的沙拉味道很清爽，很好地中和了之前肉腸和豬排的辛辣油膩口感。

這一餐的價格，儘管是十九年前的物價，還是昂貴得讓張蔓看不下去。

兩人吃完飯，李惟又提議去海邊走走。

張蔓的心裡有種奇怪的感覺。

他今天提了很多提議，往常他對這些生活細節方面，是非常無所謂的，所以基本上兩人在外面都是聽張蔓的。

而且剛剛吃飯時，她總感覺他似乎總在看她，但每次她一抬頭，卻發現他垂著眼眸，在專心吃飯。

她搖搖頭，忽略心裡的異樣。

或許醫生說得沒錯，他只是情緒有些不穩定罷了。

風情街的出口就是大海。

倒不像李惟家旁邊那片海，海岸邊是純淨的金色沙灘。

這裡的海邊，全是嶙峋的礁石。

冬日的陽光不比夏日那麼灼目，兩人漫步在礁石群裡，腳下是大塊的鵝卵石。

張蔓走不太穩，好在少年一直牽著她。

大概走了七八分鐘，在海岸線的轉角處，有一堆高聳在沙灘上的礁石，兩人沿著中間海水磨礪出來的曲折石縫爬上其中一座。

最上面是一個平坦的石臺。

少年單手撐著石面跳起，敏捷地翻上去，回頭向她伸出手。

「蔓蔓，我拉妳上來。」

張蔓點點頭，腳踩著礁石上一塊凸出的石塊，被他拉著，坐在他身邊。

剛坐下，張蔓就發出一陣驚呼。

「好美啊。」

這裡很高，視野非常好，海天交界處的筆直海平線看得清清楚楚。

遠處，一些大大小小的漁船開過，除了一年之中的休漁期，就算是冬日，靠海為生的漁夫也毫不停歇地出海捕魚。

他們坐著的礁石底下，就是呼嘯的大海，海浪一波波捲起，拍打在石面上。

真的有一種被大海擁抱的感覺。

「李惟，這裡好漂亮，你之前來過嗎？」

是很漂亮。

這樣的海邊適合道別。

少年環抱著她，看向大海的方向：「我之前一個人在家裡待得很悶的時候，偶爾就會來這裡看看海。其實現在想想，一個人的時候也不錯。」

張蔓沒聽出他話裡的意思，由衷感嘆道：「這個世界總是在一些不為人知的角落，安安靜靜散發著它的美。李惟，等你的病好了以後，我們一起出去旅行好不好？我們冬天的時候可以去三亞過冬，那裡的冬天溫暖如常，遠遠沒有N城這麼難熬。春天可以去江南，感受一下江南的梅雨時節和花海。還有秋天……」

她絮絮叨叨地說著，越說越興奮。

就算他生病了，但只要他能積極配合治療，總有痊癒的一天。她要一直陪著他，和他一起去世界上所有美麗的、浪漫的角落，讓他每時每刻都有人陪伴，感到幸福。

她說得認真，卻沒有發現，身邊的少年那麼專注地、貪婪地看著她的側臉。

他的眼裡，有比大海還有寬廣的悲傷。

以後，他也很想和她有以後啊。

少年沒讓她再說下去，他強硬地掰過她的腦袋，在呼嘯的大海邊，高聳的礁石上，最後一次親吻她。

兩人從海邊往回走，張蔓仍有點放心不下，陪著李惟去店裡重新買一部手機，把電話卡裝上：「男朋友，晚上你要和我傳訊息。」

少年乖巧地點頭，唇邊帶了點笑意：「嗯，蔓蔓，我送妳回家。」

到她家樓下，張蔓剛想上樓，卻聽到少年在她身後叫她。

「蔓蔓。」

他的聲音沙啞，聽不出太多情緒。

張蔓回過頭：「怎麼了？捨不得我？」

少年沉默了很久，最終還是沒說話。

他對她笑著揮揮手，眼裡化不開的濃厚情緒，在這樣的冬天，彷彿有別樣的溫度。

張蔓內心滾燙，她走過去，湊在他臉頰上輕輕一吻，眼睛亮亮的：「嗯，那我上樓了，你自己在家千萬別胡思亂想，有事打電話給我，好不好？」

「嗯，上去吧。」

可能是吹了一下午的海風，少年的聲音裡帶著點厚重鼻音。

他的笑意，溫暖得讓張蔓的心微安。

事情，總是在往好的方向發展，不是嗎？

冬日裡些微滾燙的暖陽，悄無聲息地融化著厚厚積雪。屋簷上的結實冰凌，不斷往下滴水。

「滴答，滴答，滴答。」

水滴在淺灰色的水泥地上，圈出了一片濃色。

一切平靜得詭異。

很多時候，人們身處在平靜時總是感知不到，之後或許會有暴風雨。

當天晚上，兩人一直保持聯絡。張蔓每隔幾分鐘就傳一則訊息給李惟，他也規規矩矩地回了，雖然話不多，但張蔓能感覺到，他比之前平靜許多。

李惟還傳了一份物理考試的押題卷給她，張蔓看著密密麻麻的題目，心裡微暖。

都這個時候了，他還能想著之前說的幫她押題的話。

他似乎比她想像的更堅強。

週一，張蔓很早就到了學校。

這次期末考試安排得很緊湊，上午考兩個半小時的國文，下午是數學。第二天的考試則分文理組，文組生是公、史、地，理組生是理、化、生。

每個年級都分了不同的考場，在學校另一側空教學大樓裡。

張蔓先去教室，教室裡人不多。

李惟也不在。

張蔓頓時緊張起來，連忙詢問前桌正趴著睡的男生：「金明，你看到李惟了嗎？」

金明剛趴下睡覺，被叫起來有點煩躁地揉了揉惺忪睡眼：「嗯，我剛剛看到他來了啊，拿資料夾出去了，應該直接去考場了吧？」

今天是期末考試，沒有安排早自習，很多同學都會直接去考場複習。

張蔓鬆了一口氣。

她按了按太陽穴，無奈地搖搖頭。

她太敏感了，他昨天晚上還有心思出押題卷給她，心情應該好很多了。張蔓去考試之前還繞路去李惟在的考場，從窗戶外看到少年安靜地坐在位子上，神情看起來很平靜。

她便放下心來，安心準備考試。

兩天考試的最後一科是物理。由於多了一頁附加題，考試時間從兩個小時延長到三個小時，當然，不做附加題的同學可以提前交卷。

張蔓看了題目一眼，有些驚訝——還真和李惟前兩天傳給她的押題卷八九不離十。

她順順利利做完，提前半個小時交卷，腳步輕快地往教室走。

考試這兩天沒有午休和晚自習，不管是中午吃完飯，還是下午考完試，都是自由活動時間。李惟每次考完都直接回家，等下一場考試又直接來考場，根本沒回過教室。

所以兩天考試的時間裡，她和李惟幾乎沒有時間相處——雖然每場考試之前，她去他的考場都能看到他，也說過幾句話，但都是匆匆幾分鐘。

張蔓想到這裡，加快腳步走進高一年級教學大樓。

今天考完試就放寒假了，李惟肯定會回教室收拾東西，她打算晚上去他家和他一起吃飯。

走廊裡此時已經有不少學生，大概都是一些沒做附加題而提前交卷的同學。

幾個男生勾肩搭背地走在張蔓前面，討論剛剛的卷子。

「這次的題是一班班導師出的，也太難了吧？別說附加題了，前面大題我只會兩題，你們呢？」

「不是吧？是劉志君那個面癱臉出的題啊，我就覺得怎麼這麼難……我完了。」

「你們再倒楣有我倒楣？我今天才真是背，本來考場裡坐我前面的不是李惟嘛，聽說他物理每次都滿分，我本來還想著偷瞄幾眼，結果，物理考試他缺考了。」

——「同學，你剛剛說李惟缺考了？」

那男生剛說完，就聽到了身後著急的問話聲。他有些不耐煩地回頭，發現居然是他們的校花同學，頓時來了熱情。

「嗯，他缺考了。」

「怎麼可能呢？我考物理之前看到他坐在考場裡啊。」

「這……我也不知道，他來坐了幾分鐘，臨考前和監考老師說了什麼就走了，哦，我看他好像遞了張請假單給監考老師。」

假單？他沒和她說過啊。

她立刻跑回教室，翻出書包裡的手機，開機，立刻打電話給李惟。

『您好，您所撥打的電話已關機，請您稍後再撥。』

和上次一樣，冷冰冰的機械女聲。

張蔓心裡忽然升起了無邊的恐慌，這種感覺甚至比上次更嚴重。

她的眼皮開始狂跳，兩天中不斷克制的敏感同時爆發。

他去哪了？

就在這時，手機發出了「滴滴」的訊息提示聲。

是手機電子郵件的提醒。

她打開收件匣，發現一封沒有標題的郵件。

張蔓看到寄件者的郵件地址，心臟狂跳。

是李惟。

她抖著手點開郵件。

是他們認識以來，她看他打過最多的字，滿滿一頁。

『蔓蔓，我和學校申請了休學，去別的城市治病，或許不會回來。我們……分手吧。

妳想反駁的話，先聽完我的三個理由好嗎？第一，我這兩天想了很久，目前對我來說，最重要的事就是治好我的妄想症，其他的事情，包括物理，包括妳，我都沒有精力去兼顧。

第二。蔓蔓……我知道我現在對妳說這些或許你沒辦法接受，但……妳還記得我前天帶妳去的海灘嗎？那片海灘，我一個人的時候也經常去。其實一個人有時候也很好，我能在我自己的世界裡，冷靜地思考。

其實我一直沒說過，我承認我曾經有段時間，瘋狂地喜歡妳，但妳在的時候，多多少少妨礙了我的冷靜。一個人沉浸在愛情裡的時候，很容易被沖昏頭腦，偏離自己原本的軌道，我想我和妳在一起之後，做了很多我原先不會去做的事，這樣的改變對我來說，並不合適。

原諒我，原諒我想回到原點。

第三，我這樣的人，其實更適合一個人生活。蔓蔓，妳知道我爸爸的事情吧？當年我還在醫院搶救的時候，我爸爸他，在家裡自殺了……對他來說，因為自己的精神疾病對我造成傷害，他沒辦法接受，所以選擇了自殺。蔓蔓，我不想重蹈他的覆轍。換句話說，我可能，沒有我想像中那麼喜歡妳。

我不想為妳，冒這麼大的風險

蔓蔓，或許在妳心裡，我是很特別的，那不是因為我，而是初戀對每個人來說，都是很特別的。妳還小，沒有經歷過那麼多的人生階段，妳不知道，現在的喜歡是不足以支持我們走完一生的。妳以後……會遇上比我好一百倍的人』

從頭到尾，他沒有說任何怕拖累她、或是害怕傷害她的話，他的每一個理由出發點都是自己，一切的一切，都透著令人心寒的禮貌、涼薄、冷靜和自私——任哪個十六七歲的少女看完，都會噁心得吃不下飯，睡不著覺，認為自己的感情被辜負，然後在痛苦和憤怒中逐漸遺忘。

——就像她前世那樣。

張蔓顫抖著看完這段話，無法抑制心裡的難受和恐慌。

統統都在放屁……還什麼理由，呵，每一條都沒有邏輯，哪像他能說出來的話？

他的語氣看起來那麼冷靜，那麼有理有據，似乎是經過深思熟慮，但有些句子卻不太通順，甚至連他平時規規矩矩加的標點符號都忘了加。

——他就是在把她當作一個十六七歲的少年人來耍。

怪不得，怪不得他突然要帶她去吃那麼貴的餐廳，還帶她去那片沙灘，原來他是在和她道別啊。他早就做好了離開她的打算。

她那麼了解他。

他越冷靜，越有距離感地和妳劃清界限，他的內心越崩潰。

這個受盡了磨難和不幸的少年，他不想把那些傷害和絕望，強加到她身上，他連離開，都要離開得令人厭惡。

第十六章 心心念念的少年

時間回到兩天前的夜晚。少年趁著張蔓熟睡之後，把自己關進了廁所。

他在廁所的地板上坐了整整一夜。

廁所沒有暖氣，他還特地開了窗。冬夜刺骨的冷風和冰冷的地板讓他能夠保持清醒。

——原來他真的是個惡魔。

無聲黑暗，一點點將他蠶食。

他這樣的人，是不是其實最好不要活在這個世上呢？

他忽然明白了他父親當時的感受。

既然活著這麼痛苦，愛不到愛的人，甚至還會傷害她，那麼是不是不用活著會好一點？

第二天天還沒亮，他悄悄地走進房間，在她身邊躺下，圈套，從這個時候開始。

他覺得自己有些可笑。

獵人的圈套，往往是讓獵物一步步踏進來，最終捕獲獵物。而他呢，費盡心思地要放他的獵物離開。

如果他表現出一絲崩潰或憂鬱，或許蔓蔓會一直陪著他。

那他還有什麼空隙和勇氣能離開她？

去醫院的路上，雪已經停了，天氣久違地放了晴。

但他絲毫感覺不到溫暖，天空似乎沒有什麼顏色，灰濛濛的。

他其實沮喪得快要死掉，但還是硬撐著偽裝自己。

在做心理檢查時，他說完每一句話，都仔細觀察那個醫生的細微表情，以調整自己下一句話的語氣和狀態。

這一點很難。

女醫生的眼光非常老練，他有好幾次都險些露了破綻。

他先是坦承自己的崩潰和惶恐，再在醫生的勸說下，表示自己比起之前平靜很多。似乎花了很多心思最終說服自己，要積極配合治療、積極生活——像極了一個受了巨大打擊之後，重拾對生活的信心的患者。

果然，他的蔓蔓從醫生辦公室出來之後，就舒展了眉頭。

後來，他帶她去N城最昂貴的餐廳，但似乎什麼味道都沒嘗出來。

蔓蔓說，那個豬排的味道有點辣。可他吃起來卻味同嚼蠟。

他帶著她爬上那片礁石群。

有那麼一瞬間，看著那片廣袤大海，他有種想往下跳的衝動。

他什麼都沒有了，無法控制自己，而且即將失去她。

是不是跳下去，痛苦會少一些？

下一秒，心裡想的卻是，不行，不能嚇到她。

送她回家後，他回到書房開始編輯這封郵件。

他也不能不說一聲就走。

這種無言的消失，會讓人牽掛一輩子。

編輯這封郵件，花了少年一整晚的時間。

他在腦海裡構思著，怎麼樣才能說服她離開他？他的蔓蔓這麼善良，又這麼聰明，怎麼罵怎麼哄恐怕都不會走的吧？

什麼樣的話，最能傷人呢？

肯定不是歇斯底里的謾罵，也不是毫無理由堆砌的惡毒字眼，最傷人的，永遠是最冷靜的無視、涼薄和自私。

什麼時候一個人會感到心寒呢？

就是當對方冷靜地分析了那麼多考慮，那麼多理由，卻沒有一點是為妳想的。

妳在他心裡，遠遠比不上他自己。

游標不斷地閃爍，少年雙手在鍵盤上敲動著，每敲一下，他的心臟都彷彿被砍了一刀。

『蔓蔓，我可能要離開妳一段時間……』

刪掉。

『蔓蔓，我們暫時分開一段時間吧……』

繼續刪。

『蔓蔓，我們……分手吧。』

——這一刻，這顆星球上可供他呼吸的氧氣，似乎忽然被抽空，不然為什麼他無法呼吸到要窒息？

少年抬起手，在貼近心臟的地方按了按，還好，還在跳動。

他彎起嘴角笑了。

本來就是離開她啊，不是分手還能是什麼？怎麼到現在還存在一絲僥倖？

然後他冷靜下來，打算為自己想三個冠冕堂皇的理由。

三個他「深思熟慮」後，離開她的理由。

嗯，他或許沒有心思去兼顧病情和她。

——因為一看到她，他什麼都不想去考慮。他會變得越來越自私，越來越可怕，不管會不會傷害她，他都想緊緊地黏上去，自私地留她在身邊。他不想管那麼多，不想去想以後的事，他只知道，只有和她在一起，他才能被拯救，哪怕他或許會把她拖進無底的深淵。

還有呢？

和她在一起，他偏離了自己人生原本的軌道。他做了很多他原本不會做的事。

少年的心在一瞬間劇痛無比。

——是啊，因為這個女孩，他有幸走出自己狹小、黑暗的世界，到外面看一看。因為有她在身邊，他知道自己受傷了也可以打石膏，不用怕麻煩；因為她，他嘗到了嫉妒的酸澀味，他知道心底有什麼東西，永遠不想被別人搶走；因為她，他撒了好多謊，只為能擁抱她、親吻她。因為有她，他變得越來越貪婪，越來越無法滿足。

還有呢？

少年痛苦地用腦袋去撞桌面。

好難。

她是他最愛的人，是他的信仰，她帶給他的，是他灰暗人生裡唯一的光明。

哪還有什麼離開她的理由呢？

他再一次想到他心尖上的女孩，真真切切地想到她的眼角眉梢、她白淨的皮膚和柔軟的嘴唇。

她那麼乖，她對他笑時，眼裡總是有動人心魄的光亮。

每一次他看到她的笑容，他的心裡就會有難以抑制的鈍痛，他就想擁她入懷，想抓緊時間親吻她。

她那麼好，她曾經牽著他，在熙熙攘攘的街道裡、在漫天的大雪裡，瘋了一樣奔跑，她帶著他去看這個世界，她一直一直在他的身邊陪著他。

她對他來說，好像是一味無法替代的藥。

他離不開她。

他真的離不開她，離開她，該怎麼辦呢？

少年幾乎寫不下去。

心裡有個聲音叫囂著，不然算了吧，就留在她身邊，有一天是一天。

可這個時候，他卻忽然想起了前一天的夜裡，他無意識間放在她脖頸上的手。

無邊的恐懼和絕望再一次向他襲來。

少年再次狠狠地用腦袋撞了一下桌子，痛恨著自己前一秒的想法。

——李惟，你真的是個垃圾。

離不開她，又怎麼樣呢？你忍心嗎？這個女孩，你恨不得時時刻刻護在手心裡，不讓她受到一點點傷害。

他真的不敢冒這個風險啊。

少年抬起頭，看著螢幕，繼續往下敲。

『蔓蔓，我不想重蹈他的覆轍。即使我很喜歡妳，我也不想為妳冒這麼大的風險。』

停頓，游標往回倒，一個一個字刪除。

『蔓蔓，我不想重蹈他的覆轍。換句話說，我可能，沒有我想像中那麼喜歡妳。』

然而心裡的劇痛卻告訴他——我可能比我想像中更喜歡妳千倍、百倍。

好了，結束了。

像是一個醫生結束一場艱難的手術，精疲力竭。

他的蔓蔓看到，會哭嗎？

肯定會哭的吧。

哭完了之後，可能是憤怒，也可能是怨恨。

這個年紀的人，就算是像她這麼善良的人，在看到這封郵件時，肯定還是會意難平吧？

她會覺得自己真是看錯人了，怎麼就喜歡上這麼一個自私涼薄透頂的偽君子呢？

或許她還會憤怒地來找他，想要一個說法。

但他肯定不會讓她找到的。

然後，在無數個夜晚對他的咒罵和難受中，她最終會忘了他。

或許，她會在漫長時光之後遇見下一個人，一個比他更好的人，他們會在一起牽手，擁抱，親吻……他們會結婚，他們會一起去看她說的，冬天的三亞，和春日的江南。

他們或許還會有一個像她這樣美麗、可愛的女兒。

少年的眼底忽然染上可怕的血紅。

他無法抑制地想要發狂。

桌上的水杯和一疊厚厚的書本被他狠狠推到地板上，發出「嘭」的一聲，破碎的玻璃渣飛濺而起，有一片甚至劃破了他的手背。

巨大聲響讓少年冷靜下來。

——你看，你根本控制不住你自己，你就是個魔鬼。她往後遇到的任何一個人，肯定都比你好。

至少是人，不是魔鬼啊。

他痛苦地抬起手，狠狠捶著書桌，之後顫抖著，逼迫自己在鍵盤上繼續往下敲。

敲下一個接著一個令他恐懼的字眼。

『妳以後……會遇上比我好一百倍的人』

心臟「突突」地跳動，超出了應有的頻率。

那種鈍痛，比起從前所有的疼痛加起來，還要更嚴重。

寫完，他匆匆點了定時發送，自己都不敢再看一遍。

少年在偌大的書房裡，看著滿室狼藉，絕望地閉上了眼。

他終究，澈底失去了她。

「終於解放啦！寒假開始了，太好了！我要回家打遊戲。」

「晚上ＫＴＶ去不去？今天不玩到半夜我絕對不回家！」

「還半夜，劉暢，你不怕你爸打你啊？」

「那有什麼，老子放假了，他奈我何？……」

畢竟是壓抑太久的高中生們，放假對他們來說，是最值得慶祝的事。

周圍所有同學都在狂歡，然而對張蔓而言，卻是澈底的恐慌和無措。

她從頭到尾仔細讀了那封郵件，忽然有一種感覺，這一次，她可能真的要失去他了，就像前世那樣。

太陽穴上的神經開始狠狠跳動，張蔓趴在座位上，無法抑制地發著抖。

思緒無比混亂。

他曾經在昏暗的操場上，問她能不能喜歡他。

然而現在，他在郵件裡平靜地說，蔓蔓，我們分手吧。

他說他要一個人去別的城市，也不知道什麼時候會回來。

他說他要離開她，那她還能找到他嗎？

她忽然想起前世，他憂鬱症爆發後，消失的那一整個學期。

和前世一樣，他在得知自己的精神疾病之後，再一次消失了。

他偽裝得太好，天衣無縫，裝著一副努力克服打擊的樣子。

他不僅騙過了她，還騙過了醫生。

張蔓捏緊了手機，心臟在某一瞬間似乎缺了一拍，不規律的心悸，讓她幾乎快要喘不過氣。

她忽然想起很多細節，那天，他看著大海時，眼裡短暫的迷茫和空洞；他在醫院裡，刻意偽裝的平靜和自然；還有他送她到樓下，不捨地喊她。

到現在她幾乎可以肯定，就像前世那樣，李惟的憂鬱症已經徹底爆發了。

就算他沒有像前世那樣以為這個世界是虛假的。然而這一切對他的打擊，終究還是太大了。

他開始不明白自己活著的意義，他開始偏執地認為，只要他在她身邊，就會傷害她。

於是這個少年選擇離開她。

不是這樣的啊，醫生都說了，他完全沒有失智的現象，何況他的妄想症狀雖然嚴重，但並沒有任何會傷害人的跡象。

這只是他崩潰之後的極端自我否定罷了。

雖然前世他消失了一個學期後，最終壓抑著嚴重的憂鬱症，回來繼續學業，但這一世，很多事情都改變了，他的爆發提前了，誰知道結局會不會改變。

留他一個人，實在太危險。

張蔓內心劇痛無比。

她的腦海裡忽然閃過前世，社群上他自殺後記者們拍的那張圖。

那麼多血，大片大片的刺眼紅色，染紅整個浴缸。他就躺在鮮血裡，成了一具冷冰冰的屍體。

這個畫面，曾經是她長久的時間裡，每夜每夜折磨她的夢魘。她本以為這一世，她和他在一起了，他有牽掛，肯定不可能自殺。

但她現在忽然不敢肯定了。

如果……如果再一次失去他……

心裡的恐慌和絕望不斷蔓延，張蔓從位子上站起來，草草收拾東西，跑出教室。

兩點開始考物理，現在是四點四十五。從他離開學校到現在，也才兩個多小時。她提前半小時交卷，所以會不會他還在家收拾東西，還沒來得及走呢？

張蔓飛快跑到校門口，站在路口伸手攔車。

正是下班高峰，亮著綠燈的十字路口，一輛輛車飛馳而過，其中夾雜著許多計程車，根本沒理會她的招手。

這個時間的N城，沒有空車。

時間一分一秒地過去，張蔓焦急地看著時間，五點了……

五點零五了。

有時候，崩潰真的只需要一條導火線。

張蔓蹲下身子，控制不住地大哭。快要窒息的慌亂和心痛，在這一刻到達頂峰。

明明一切都好好的，在往好的方向發展；明明她以為，只要她在他身邊，她就能陪著他度過所有的難關。

他一個人會去哪裡呢？他已經失去了一切，失去了所有他愛的人。沒有她在身邊，他該怎麼辦呢？

會不會就因為這幾分鐘，她就再也找不到他了……

「蔓蔓，妳怎麼了？」

這時，一輛車緩緩地在她身邊停下。車門打開，陳菲兒焦急地走出來——她在車裡看到她蹲在路邊，哭成了淚人。

陳菲兒的心裡狠狠一震。

認識張蔓這麼多年，她從來沒見過這樣的她——蜷縮著蹲在地上，雙肩無助地抖動著、痛哭著，那麼崩潰、那麼絕望。

在她眼裡，張蔓一直是個很冷靜的人，她對什麼都沒有太多的情緒，也不容易被逗笑，更不容易被惹哭。

怎麼可能會像今天這樣——像是一個快要溺死的人，下意識地向全世界求救。

「他欺負妳了？」

除了李惟，她真的想不出來有誰能讓蔓蔓變成這樣。

陳菲兒的爸爸也下車，走過來，關切地問張蔓：「蔓蔓，怎麼了？」

張蔓聽到聲音，抬起頭，一把扯住陳菲兒的袖子，直直地看著她：「菲兒，陳叔叔，你們能不能送我去個地方？」

她眼裡的哀傷和急切，讓其餘兩人的心裡一震。

到底發生什麼事？

「行啊，蔓蔓妳別哭，告訴叔叔妳想去哪？」

張蔓立刻報了李惟家的地址。

等坐上車，感受著車子的飛馳，她的情緒才稍稍平復下來，她疲憊地靠在陳菲兒的肩膀上，控制著自己不繼續哽咽，然而捏著袖子的手指，微微顫抖著，始終沒辦法完全平靜。

很快，車子到李惟家社區門口，張蔓匆匆地和兩人道謝，飛奔上樓。

她瘋了般按門鈴。

「李惟，你在家嗎？你開門啊，開門好不好？」

她的聲音沙啞，已經帶了哭腔。

又是按門鈴，又是敲門，卻沒有人回應。

冰冷堅硬的大門，此時像是無聲的拒絕，明明白白地告訴她，再也不會有那麼一個少年，頂著惺忪睡眼來幫她開門，看到她的那一瞬間，眼裡亮起無限的溫柔，迎她進去。

她已經被他澈底拒之門外。

七八分鐘後，張蔓無力地蹲在門口，絕望地拍著門，或許是動靜太大，隔壁公寓的房門開了。

開門的是個四五十歲的阿姨，手上還拿著筷子，應該是在吃晚飯。

她被不停歇的拍門聲打擾得沒胃口，剛想破口大罵，卻在看到門口那個哭得傷心的小女孩時，有些心軟。

「哎喲，小女孩，大晚上的哭什麼啊？這撕心裂肺的，怪嚇人的。」

張蔓的內心升起一陣希望：「阿姨，妳今天看到過這家的男生嗎？」

阿姨回憶了一下：「哦妳說那個小夥子啊，我看到了，剛剛我出門倒垃圾，看他拎著個行李箱往外走。」

他已經走了……

張蔓眉心一跳，急切地追問：「大概是什麼時候？」

「半小時前吧，拎著個特別大的行李箱，我還問他是不是要搬家，他說是。」

阿姨說著，看著張蔓的眼裡閃過一絲了然。

應該是跟男朋友鬧彆扭了，然後那小男生一氣之下走了。

她搖搖頭，心裡嘆口氣。

現在的年輕人啊，真能折騰。

張蔓聽了她的話，失魂落魄地往下走。

她沒趕上。

他已經走了，怎麼辦，她該到哪裡去找他呢？會不會等她找到他的時候，他已經……

她的額角冒出了細密的冷汗，雙腿顫抖得根本站不穩，只能強制逼迫著自己鎮定。

對，先去機場。

N城沒有高鐵，要去比較遠的地方，肯定要去機場。

哪有人正好卡點去機場的，他才離開半個小時，或許他去到機場，但還沒起飛，她現在去，說不定能趕上。

張蔓強撐著，跑到社區門口攔車，好在這次沒等多久就坐上車了。

機場在N城郊區，離市區非常遠，搭車過去差不多需要一個小時。

張蔓坐在計程車上，望著窗外逐漸升起的濃重夜色，還有城市裡一盞接著一盞亮起的路燈，混亂的心跳久久無法平息。

太陽朝升夕落，大自然按照它特定的規律，日復一日地運行著。

這個城市也一樣，在這樣冰冷的冬夜裡，它和昨天同一時間亮燈，同一時間熄燈，不會因為任何一個人的離開而有所改變。

N城的機場不大，只有一個航廈，此刻它屹立在深沉的夜裡，燈火通明。來來往往的旅客們推著大大的行李箱，在登機報到櫃檯排了很長的隊，等待辦理登機、托運行李。

張蔓一進門就看到候機大廳裡巨大的LED顯示螢幕，黑色的螢幕上，滾動著的刺眼紅字寫著之後的各個班機。

她掃了一眼，班機多得令人頭皮發麻——北京、上海、成都、杭州……天南海北。世界那麼大，有那麼多的城市，甚至有她前世活了那麼多年也沒去過的城市——要藏一個人，實在是太容易。

她愛的人啊，他會去哪裡呢？

張蔓按著「突突」跳動的太陽穴，在機場裡急切地奔跑著，直到把所有的候機室和幾個登機報到櫃檯找遍。

沒有他。

找人永遠是一件很痛苦的事，因為會期待。

每每眼睛看過一個方向，就會在心裡期盼，期盼心裡的那個人會出現在下一個場景裡。但往往下一秒又會因為沒看到他而失望，之後又升起新一輪的期待，周而復始，逃脫不出。

那天張蔓在機場一直待到夜幕深沉。

她呆呆地坐在候機大廳冰涼的座位上，也不知道自己在等什麼。

身邊是行色匆匆的旅人，有帶著孩子出門旅遊的父母，有回國過年的留學生，有南來北往出差的上班族……

沒有一個是他。

她一邊找，腦海裡一邊不斷回憶。

時間過得真快，命運猝不及防。

就在前兩天，她還迫不及待地下公車，一頭栽進他懷裡。他騙她去撿論文，把她抵在狹小的書桌底下，急切地吻她。

那天看完海，他送她到樓下，叫她的名字。

她問他，是不是捨不得她？

他沒有回答。

他當時，是捨不得她的吧？她怎麼沒發現呢？

張蔓後悔地揪著頭髮，心臟難受到麻木。

這一年的寒假開始了，張蔓卻再也無法入眠。

一重接一重的夢魘，如前世般襲來——一閉眼，就是他渾身鮮血和慘白的臉。

一天，兩天……她每天不間斷地打李惟的手機，希望他能有所回應。她心底期盼著，或許他在深夜裡，在陌生的地方會想起她，然後打開手機看看有沒有她的消息。

但他沒有，他從來沒開機。

他不想讓她找到他。

張蔓根本不敢想他獨自一人時會發生什麼事，於是四十八小時後，她選擇去報警，並強調李惟有非常嚴重的憂鬱症。

可惜的是，警方聽完她的敘述後，立刻調了醫院的資料。檢查結果顯示，李惟並沒有憂鬱症，何況那封給張蔓的郵件裡也沒有表明任何想要輕生的意圖，而是積極地表示要去外地治病。

不管張蔓怎麼說，他們都不相信她，覺得只不過是情侶吵架了，小女孩想找到男朋友。正值年底，何況N城前段時間又出現人販子集團，警方也忙得焦頭爛額，要出動人力物力去找李惟不太可能。

張蔓退而求其次，請求他們查一查李惟購買機票或者火車票的紀錄。購買火車票和機票都需要實名認證，警局調一下紀錄就能找到。

幾個警察抵不過她的哀求，調了紀錄給她。

奇怪的是，沒有紀錄。

資料顯示，六個月之內，李惟並沒有任何飛機、火車的出行紀錄。

難道他是坐長途巴士去的？

張蔓魂不守舍地回了家。

她這兩天一直往外跑，回到家就把自己關在房間裡，這樣的反常連張慧芳也察覺了。

「張蔓，怎麼了？和妳那個小男朋友吵架了？」

張慧芳坐在她床邊，摸摸她的腦袋。

張蔓這兩天的神色，實在太不對勁，每天吃東西都是隨便應付兩口，一張小臉迅速變消瘦蒼白。

她心裡已經把李惟罵了一千遍：「那臭小子是不是惹妳哭了？妳告訴我，我讓人教訓他。」

再堅強再倔的人，在這樣無休止的焦急尋找和等待中，也會垮。

張蔓忽然就撐不住了。

她抱著張慧芳的肩膀，嚎啕大哭起來。她心裡的難受和擔憂，誰也不能說，她該怎麼說呢？

沒有人會信她的，就連警察也不信她。

沒人像她一樣經歷過前世，沒有人知道李惟最終選擇自殺。

沒有人會相信，他現在就是處於極度危險的狀態。

張慧芳見她突然哭了，自己也手足無措起來：「蔓蔓，別哭啊，媽媽在呢，有事媽媽幫妳擔著。」

這次應該是她上小學過後第一次這樣哭吧？她還記得張蔓小時候，有一次她在學校闖禍，被叫了家長。她急急忙忙趕過去，被那老師說得面紅耳赤，這孩子倒好，站在旁邊垂眸看著地面，事不關己的樣子。

她從來沒有看過她有什麼事，會這麼往心裡去。

她心裡「咯噔」一下，突然想到了很不好的事。

她不會是像她當初一樣吧？

張慧芳咬牙切齒地拍著張蔓的後背，讓自己的聲音盡量顯得溫柔：「蔓蔓乖啊，別哭，有什麼事告訴媽媽，媽媽幫妳想辦法。」

她說著瞇起眼，悔得牙癢癢。

那天就不該答應張蔓在那個臭小子家過夜！

說不定他們去Z城那天就……

她在心裡無限責怪自己，怎麼就信了她的鬼話，兩個血氣方剛的少年人共處一室，用腳趾頭想就知道會發生什麼。

心裡雖然嘔得不行，但事情已經發生了，她還是得盡量當作不是什麼大事。

於是張慧芳努力調整好心態，故作輕鬆地安慰她：「蔓蔓，妳聽媽媽說，現在醫學比媽媽那個時候發達多了，早點發現早點打掉的話，對身體不會有什麼影響，也不會影響以後的。」

張蔓崩潰地哭著哭著，突然覺得不對。

她抬起頭，張著嘴看張慧芳，有點無語。

她這個媽啊，真的是無敵了……

「媽，妳想哪去了……我沒上床，沒懷孕，不用墮胎。」

張慧芳聽完一愣，心情瞬間晴朗了不少，聲音都歡喜起來：「那還有什麼可怕的，其他的都不是事。對妳不好就分手唄，哭什麼啊，死丫頭，沒出息，一點妳媽的氣魄都沒有。」

「媽……我找不到他了。」

「他離開我了，我找不到他了。」

張蔓的聲音沙啞哽咽，疲憊地趴在她的肩膀上抽泣。她感到內心翻騰著的深深無力感。

她太累了。

想要找到一個人，真的太累了。

沒想到張慧芳聽到她這句話，卻渾身一震。

她沉默很久之後，摟著張蔓的肩膀，硬邦邦地說：「找不到就不找了，當他死了。」

當他……死了？

他會死嗎？

張蔓聽這話，哭得更厲害了。

「媽，妳不懂，我一定要找到他。」

她如果找不到他，他真的死了怎麼辦？

那她該怎麼辦呢？

張慧芳拍著她的肩膀，聲音帶著她平日裡都沒有的無奈：「張蔓，有些人如果想躲著妳，那妳可能一輩子都找不到他。」

她嘆了一口氣。

有很多事情，本來這一輩子，她都不願意去回憶。人生就是這樣，不是所有事情都能釋懷，不是所有傷害都能面對面坐下來，心平氣和地去和解。

有些東西，一個烙印、一個傷疤就是一輩子，不深深藏起來，就會流血。

又是許久的沉默後，張慧芳輕聲說道：「就像妳親生父親。」

她說出口，忽然鬆了一口氣。

像是放下了一輩子的沉重包袱。

張蔓突然聽到她說到這件事，克制著停止抽泣。

沒想到，這一世張慧芳居然會和她提起她的親生父親。

她還以為，她永遠都不會說這件事。

張慧芳沉默了一陣子，像是在回憶那些被她藏了十幾年的陳年舊事。

「我念高中時認識了妳爸爸。他是我們學校的風雲人物，英俊瀟灑，成績好，還有錢。但是高二的時候，他有很長一段時間沒來學校，後來我聽人說，他生病了。」

「我當時暗戀他，知道他生病了，我著急啊。於是偷偷溜到他家，往他的窗戶上扔小石子。」

「見到他我才知道，原來他得的是白血病，又是晚期，我們那個年代不像現在，根本沒辦法治，就是躺在家裡等死的狀態。」

她說著，笑了一下。

「我當時沉浸在愛情裡，怎麼會害怕呢？我不怕，我想著，一定要陪他走到最後，我要讓他死之前，留下對這個世界最好的記憶。」

說到這裡，張慧芳停頓很久。

要親手揭開自己最難以啟齒的事情，實在太困難。

「他也被我打動了，於是我把自己，交給了他。」

「但忽然有一天，他失蹤了，全家人都失蹤了。我怎麼都找不到他，我有段時間甚至以為他死了，天天哭得像個淚人。」

「後來啊，我才聽人說，原來之前醫院檢查錯了，生病的是別人，不是他。而他呢，和爸媽一起移民去美國。」

「很久之後，我才發現，我有了妳。我年輕的時候貧血，又瘦，月經也不正常。顯懷的時候月份已經大了，不好墮胎，我只能生下妳，書也沒念了。」

「張蔓，我啊，我這一輩子，就是個笑話。」

她艱難地回憶完，重重嘆了一口氣：「所以啊，有些人如果他願意消失，妳就讓他消失，不要浪費那個心思和時間去找他，一個自願藏起來的人，妳是找不到他的。」

張蔓的內心很震驚。

真相竟然是這樣荒唐、匪夷所思，這樣令人心酸。

難怪她從來都不肯提。

張蔓有些心疼，她把腦袋埋在她肩膀上，卻說不出話安慰她。

或許，這麼多年過去，她需要的也不是安慰。

由於剛剛哭過，她的聲音有些甕聲甕氣：「媽，那……後來呢？妳沒想過找他要個說法嗎？」

張慧芳搖搖頭。

「太遠了，蔓蔓。十幾年前，對於連N城都沒出過的我來說，美國實在太遠了。我根本不可能找到他。我透過幾個同學告訴他這個消息，但他沒給過回應，後來聽說他在那邊結了婚，有了自己的孩子。」

張慧芳說著，嘆了一口氣：「現在也不可能了，聽一個認識的同學說，他前兩年在美國出車禍去世了。」

張蔓聽得心裡一抽。

她為張慧芳感到心寒和不值，沒想到她的親生父親，竟然是這麼自私、懦弱、沒有擔當的人。

「妳恨他嗎？」

「當然恨過。但現在也不恨了，如果不是他，我也不會有妳。蔓蔓，媽媽生妳下來，沒後悔過。所以啊，妳現在也不要為了個臭男人就哭哭啼啼的，打起精神來。」

張蔓聽完，搖搖頭。

她愛的少年，和她那個懦弱的父親完全不一樣。

他是那麼好的一個人啊。

他和她在一起，會無微不至地照顧她，他可以在有限的條件下，無限地寵她。

他喜歡她、依賴她，也尊重她。

他們第一天住在一起，他寧願睡地板也不碰她，就算後來他睡在她身邊，也絕不逾矩。

他擁抱她、親她時，每次她都能感覺到他的克制和隱忍。

這個少年啊，他曾經真的用了整顆心對待她。他看著她的眼裡有愛慕、有珍重、有疼惜。他甚至因為怕傷害她，費盡心思離開她。

張蔓忽然有了傾訴欲。

她略去自己重生的事，把和李惟之間的種種事情告訴張慧芳，包括他悲慘的身世，他的妄想症，還有他的憂鬱症，和他離開她的原因。

她想，如果是張慧芳的話，或許會理解她。

張慧芳聽完後，倒吸一口氣。

沒想到那個看起來安安靜靜、規規矩矩的男生，竟然經歷過這麼多不幸。而且聽張蔓說，他似乎真的很喜歡張蔓。

如果是聽別人的故事，她這時肯定會鼓舞她，趕緊去找他回來。

但話到嘴邊，又停住。

人都有私心，何況她是她女兒啊。

「……蔓蔓，妳真的想清楚了嗎？妳如果找到他，妳打算和他過一輩子？妳現在年紀還小，不知道一輩子是什麼概念，和他這樣的人過一輩子，妳會很辛苦的。」

張蔓聽著這話，恍恍惚惚地落了淚。

前世她沒和他在一起，那一輩子，過得難道不辛苦嗎？

她哭著說實話：「媽，我只知道，我要是失去他，我會很辛苦。可能這一輩子，都不會再有任何的幸福。」

張慧芳抱著她，嘆了一口氣。

她從年輕時就一直追求純粹的愛情。

但她這輩子注定得不到了，她從最開始就走上了一條錯的路。

她想，如果張蔓真的覺得非他不可的話，她還能說什麼呢？

「蔓蔓，媽媽到了現在這個年紀，現在只想安安穩穩地過生活，和妳，還有妳徐叔叔。」

她又接著說：「不過妳還年輕，如果真的想嘗試的話，媽媽支持妳。如果有天妳累了，回來就好。」

時間一天一天地過，馬上就要過年了，張蔓依舊沒聯絡上李惟。他像是澈底地從她的世界消失了。

乾燥了多日的N城，突然在大年三十這天下午，下起了淅淅瀝瀝的小雨。

張慧芳去菜市場買菜，晚上母女倆說好，要去徐叔叔家過年。

張蔓躺在床上，聽著外面的雨聲。

樓下社區裡，幾個淘氣的男孩在放鞭炮，這樣潮溼的下雨天，他們要花很多時間才能點燃一個鞭炮——費時費力，卻還是玩得樂此不疲。

這個年紀真是好啊，無憂無慮，什麼都不用煩惱，聽著鞭炮聲，簡單的快樂就能維持好長時間。

張蔓看著窗臺上，因為好幾天沒澆水，枯了一大半的蝴蝶蘭。

十二天。

他離開她，已經十二天。

和他在一起時，每一天都過得很快，但自從他離開後，日子就要掰手指頭數著、捱著過。

「滋滋。」

放在床頭的手機忽然一陣震動。張蔓像是觸電般彈起來，飛快拿起手機點開。

是手機網路用戶的年底帳單。

她盯著那訊息看了很久。

失望嗎？

她彎起嘴角，笑了一下。

好像也沒有很失望，她沒期望會是他。

隨著時間的流逝，她心裡的期望值逐漸在下降，或許真的有那麼一天，她突然就能接受他的離開。

現在每天最艱難的事，就是看各地的新聞。

社群、報紙、網路新聞……她每天透過各種管道瀏覽新聞，明明害怕得發抖，還是逼自己去看。

還好，沒有看到讓她一直提心吊膽的報導。

沒有「青少年自殺」、「憂鬱症自殺」等等字眼。

張蔓坐起來，曲起雙腿，把臉埋在膝蓋裡。

找一個人，真的需要很大的勇氣，聽張慧芳說，隔壁公寓老奶奶一家人，已經把房子賣了，天南地北找他們的孩子。

她也一樣，她為了找到他，真的去了很多地方啊。

前兩天，她甚至一個人去了一趟Z城。

她去了那個海洋館，一個人逛完了所有的場館，她以為他或許會去那裡，眼睛都不敢眨，一直找，一直找，什麼表演什麼節目統統沒有看。

她還去了兩人一起去過的那家賓館，那老頭聽她說不住，只是打聽人，冷冷地說沒見過他。

她擔心他騙她，蹲在賓館門口，一等就是好幾個小時。

Z城還在下雪，零下七八度的氣溫，澈骨的冷。

她沒戴他送她的耳罩，冰冷的海風刮著耳廓，鑽心的疼痛讓她在某種程度上，轉移心裡的絕望和無措。

比這更艱難的事，就是想他。

無時無刻不在想他，比如現在。

他一個人，過得怎麼樣呢？

有沒有好好吃飯，有沒有出門曬太陽，有沒有像他郵件裡說的那樣，每天去醫院治病，聽醫生的話，好好吃藥？

她多想告訴他，憂鬱症是要多曬太陽的啊，要看一看太陽，才會覺得人生有希望。

N城和Z城，或雨或雪，都沒有太陽。

這一刻她甚至想著，還好他不在N城，去了別的城市。

或許他在的城市，和N城和Z城不一樣，或許他在的城市有陽光。

等等……

還好他不在N城。

她怎麼能肯定，他不在N城？

張蔓忽然抬起頭。

他在郵件裡說，他會去別的城市治病。

自從看到他的郵件，就堅定地認為他是去了別的城市。何況那次去他家，鄰居說他拎著大行李箱出門，更讓她的思緒再一次固定。

腦海中忽然閃過那天在警局裡查的資料，資料裡顯示，他沒有任何飛機、火車的出行紀錄。

不可能。

如果他想讓她澈底找不到他，肯定會去很遠的地方，又怎麼可能坐汽車。

這種沒有效率又慢速的方法，他不可能會選擇。

所以，只有一種可能。

他騙了她。

他根本還在N城。

他刻意引導她的思緒，卻藏在離她最近的地方。

張蔓心裡一顫，太陽穴「突突」地跳動，她立刻從床上跳起來下樓。

大年三十，路上連車都攔不到。

她坐上公車，這年N城還不是家家戶戶都有汽車。坐公車買年貨的人很多，根本沒有位子。她一路站著，被擠得透不過氣，好不容易到了李惟家。

急切地坐電梯上樓，瘋狂地按門鈴，卻依舊沒有人回應。

張蔓咬著唇，不死心。

她想了想，又敲了隔壁人家的門。

開門的還是上次那個阿姨，她顯然還記得她。

「小女孩，還沒找到妳男朋友？阿姨最近也沒見過他，應該沒回來。」

張蔓突然泄了氣，難受地在臺階上坐下。

難道，她想錯了？他其實還是去了別的城市？

不可能，應該沒錯啊。

他如果還在N城，不住家裡，能住在哪裡呢？

思緒無比混亂，腦海裡忽然靈光一閃，想起那天他站在陽臺上說過的話。

「放心……當年的那個陽臺不在這個家。」

「那年……出事之前，我們家住在另外一個地方……」
不對，李惟家在N城，不只一個房子。
她立刻拿出手機，打電話給陳菲兒。
「菲兒，妳是不是認識一些同學，小時候和李惟家住在同個社區？」
陳菲兒之前聽她大概提了李惟的情況，知道她一直在找他，於是立刻掛了電話幫她問。
很快，張蔓就拿到了地址，是N城的一處豪華別墅區，離市區很遠，臨著N城東側最美最乾淨的海。
張蔓深吸一口氣。
她硬撐著站起來，緩了好半天，腦袋的眩暈感久久揮之不去。
她扶著樓梯的把手，忍住腦袋強烈的眩暈往下走，雙腿有些控制不住地顫抖。
她太累了，身心都累，這兩天，找他已經成了她的生活習慣。
如果這次能找到他該有多好？
等找到他，她就要開始好好吃飯，好好睡覺。
不能再像這些天一樣折磨自己。
去別墅區沒有直達的公車，張蔓攔不到計程車，只能坐公車到離那裡最近的站。她看了手機地圖一眼，還有三公里。
三公里啊。

三公里而已。

張蔓看著蜿蜒公路，搖著頭笑了，好在雨停了，不然她連傘都沒帶，多狼狽。

盤山公路靠著山，就修在碧藍色的大海邊。

這片海和N城市中心人來人往的海灣不同，它非常安靜，大片大片的金色沙灘沒有被開發，也沒有遊客來打擾，散發著原始而野性的美。此刻太陽正在下山，馬路兩旁每隔十幾公尺一盞的路燈逐漸亮起。

大海依舊在這時退潮，做著最最簡單的簡諧運動。

原生態的大自然，似乎隔絕了人類社會的喜慶氣息。

不管是大年三十，還是尋常日子，對它來說都一樣。

別墅區在半山腰，這條路沒有人行道，路也不是修給步行的人用的——半山腰的別墅區，哪戶人家會沒有車？張蔓沿著空無一人的盤山公路一直走，冰冷刺骨的風讓她呼吸不順，膝蓋也開始隱隱作痛。

爬山比走平路慢很多，一個多小時之後，夜色漸深，張蔓終於看到那片燈火通明的別墅區。

社區有種跨年代的豪華感，一棟棟別致的建築佇立在山腰處，俯視著整個N城。

社區門口要刷門禁卡，張蔓等在門口偏僻處，幾分鐘後，總算有人進門，她立刻跟在業主身後走進社區。

別墅區並不算大，總共也就幾十戶，她沿著小路往上走，一幢一幢對著門牌號。

五幢，七幢，九幢。

就是這裡。

眼前的別墅占地面積很大，造型非常豪華典雅，巨大的庭院沒有圍牆，設計成了歐式小花園風格，裡面放了一個很有年頭的木製鞦韆。院子裡，兩層樓的小洋房粉刷成乳白色，大氣又精緻。

別墅裡面沒有開燈。

張蔓無措地站在門口，夜晚的空氣冰冷，冷空氣刺激著氣管一直到肺，疼得不像話。

她慢慢蹲下來，抱著腦袋，無奈地深呼吸。

在極冷的天氣裡走這麼遠的路，她的腦袋此刻越發眩暈。

但身體的不適，卻絲毫比不上內心再一次的崩潰。

這幢別墅的每一扇窗戶都拉著窗簾，和它周圍那些張燈結綵、掛著紅燈籠的房子不一樣，顯得死氣沉沉的。

顯然是沒有主人。

他不在這裡。

張蔓蹲在門口，揪著胸口的衣服，隔著幾層布料也能感受到心跳落空的疼痛，她果然還是猜錯了吧。

無邊絕望如潮水般襲來。

你在哪裡呢……為什麼我找不到你呢……我走了那麼多路，我每天都要看新聞、看手機，擔心一切可能會發生的事。

為什麼你就是不給我消息呢？

就算不告訴我你在哪裡，報個平安不行嗎？我只想知道你有沒有平安，有沒有好好吃飯。

你這樣的話，讓我怎麼過日子呢……

我每天吃不下飯，睡不著覺，一閉眼就能想到你，一睜眼就想去找你……我一次次充滿希望，一次次失望，如果次數再多的話，我怕我這一輩子都找不到你。

那以後的日子，我該怎麼過呢？還是像前世那樣，稀裡糊塗地活到三十幾歲，將就地捱日子嗎？

今天過年了啊，家家戶戶都掛了紅燈籠，你一個人怎麼過年呢？

張蔓終於再一次，絕望地在那座庭院門口失聲痛哭。

「嘭……」

這時，突如其來的巨大響聲嚇了她一跳。

她回頭，原來是海岸邊有人放煙火。

大朵大朵的紅色煙火，在深色天空中炸開，開出了一朵圓滿的、巨大的花——似乎在慶祝一年過去，和新的一年開始。

星星點點的火花隨後墜落，消失在蒼茫黑夜裡，飽含著勞碌一年的人們對於新年，最美好的祝願。

張蔓揉了揉眼睛。

她心心念念的少年，就站在不遠處的路口，站在火紅色的煙火底下，目光深沉地看著她。

雖然頭髮淩亂、鬍子沒刮、不修邊幅，但還好，沒有缺手臂少腿。

張蔓站起來，極輕極輕地呼吸著，擦掉眼淚。

埋怨的、痛苦的、思念的、崩潰的話，此時此刻統統說不出口。

她走過去，拉著他的衣袖，指了指他背後。

「李惟，你看，海岸邊放煙火了，好美。」

第十七章　最重要的人

——「李惟，你看，海岸邊放煙火了，好美。」

夜幕之下，無聲暗湧的海邊，半山腰的豪華別墅區，一條鋪滿皚皚白雪的岔路口，少女拉著少年的衣袖，仰頭看他。

巨大的煙火在他們的身後，絢麗而奔放。第一朵煙火似乎按下了某個開關，慢慢的不僅僅是一朵，幾朵甚至幾十朵煙火同時綻放，照亮了N城的半邊天。

人們紛紛從家裡出來，站在外面看煙火。

這裡是N城地勢最高的地點，又靠近海邊，視野開闊，或許是看煙火最好的地點。

少年垂眸看著他眼前的女孩。

很久不見，她似乎瘦了一些。

她白嫩的臉頰此刻泛著紅，脖頸上出了細密的汗，和他說話時，還帶著脫力的輕喘。

她的帆布鞋上，沾了很多塵土，或許是為了方便走路，她挽起褲腳，在這樣刺骨的冬天裡，露出一截纖細的腳踝。

她抬著頭，縱橫交錯的淚痕讓整張小臉看起來髒髒的，但她現在看向他的眼裡，卻充滿光亮。

少年艱難地，握緊手裡拎著的袋子，無邊情緒在內心翻湧。

原本他還以為，是他實在熬不住而幻想出她。所以剛剛他站在她的身後，小心翼翼地觀察了她很久。

其實這麼多天下來，他已經有一些分辨的能力了，眼前這個豐富的、充滿細節的、長髮飄揚的女孩，是他的蔓蔓，不是假的。

內心堅冰，忽然碎裂。

所以說，人類都是貪婪的啊，他的第一反應竟然是狂喜。

他的蔓蔓來找他了。她竟然一個人找到了這裡，找到他蜷縮著躲藏起來的殘破軀殼。

她沒有責怪他，沒有咒罵他，她說，讓他看煙火。

不是焦慮地尋找了多日，終於重逢的情緒決堤，她平靜的，彷彿是昨天約好的約會。

那麼多天沉寂麻木的心臟，忽然開始狂烈跳動，喉結上下滾動，他甚至嘗到喉間乾裂、血腥的滋味。

所有的情緒，似乎隨著漫天煙火轟然炸開，他在這一刻突然不想偽裝了。

其他的等看完這一場煙火，再說吧。

他這些天其實就快堅持不下去了。

「好，蔓蔓，我們看煙火。」

一場盛大的煙火，持續了整整半小時，各式各樣的花色和顏色，甚至還有像整片流星雨一樣的金色火花。

從半山腰上往下看，隱隱約約可以看到海邊聚集了很多人，人們對著煙火進行年末的狂歡和聚會。

這樣夢幻又華麗的場景，在十幾年後，各個城市開始禁止燃放煙火鞭炮後，就很難再見到了。

張蔓緊緊地拽著少年的衣袖，靠在他家院子裡的鞦韆架上，聽著耳邊煙火炸裂的巨大聲響，張著嘴，無聲地笑了。

還是被她找到了吧，她就知道，她一定能找到他。

煙火結束後，張蔓跟著李惟往他家門口走。

她原本想牽他的手，卻被他巧妙避開——他把手裡拎著的東西換了邊，讓靠近她的那隻手不落空。

張蔓咬著牙，站在門口，等他拿鑰匙開門。

從玄關進門後就是寬敞的客廳，按下電燈開關時，一盞巨大的水晶吊燈「啪」得一聲亮起。明亮燈光從高處打下，一瞬間照亮了整個空間。

和外面的豪華精緻不同，別墅裡非常空，比之前的公寓還更空。客廳裡，除了一個單人沙發外，其他的傢俱都罩著白色的尼龍布——大概有十年沒有人用過。別墅的吊頂很高，更顯得整個空間又空又大。

少年脫了鞋站在雪白瓷磚上，把唯一一雙乾淨的、能穿的拖鞋遞給她。

他從最開始那句話之後，到現在再沒和她說話，一直垂著眸也不看她。不拒絕，也不接受。

她都不知道他在想什麼。

張蔓換上鞋子，跟著他往裡走。

他或許還是沒想明白。

她要給他時間。

但張蔓心裡知道，很多事情不能再像之前一樣，澈底給他自由，由著他的性子來。這一次，不管他想不想得明白，她都不會再離開他半步。

「蔓蔓，餓了嗎？我去煮麵。」

少年從手裡一直拎著的袋子裡拿出一大袋泡麵，撕開包裝袋，取出兩小包，看著她。語氣不怎麼熱絡，倒也不算疏遠。

像是招待一個遠道而來的客人。

張蔓聽著他的語氣，心裡忽然來了氣。

剛剛重逢時的靜謐氣氛，似乎隨著煙火的結束，被呼嘯的海風帶走了。

找了他那麼多天，就算知道他生著病，就算知道他情有可原，就算知道從他的角度來想，這一切或許都是為了她好。

但，怎麼可能不怨？

她硬邦邦地回答：「嗯，找人找了十幾天，今天走了兩個小時，還爬了山。我很餓，有雞蛋和火腿嗎？我要加雞蛋和火腿。」

聽她說完，他一僵。

空氣沉靜了很久。

「沒有，我現在去買……」

他說著，把手裡的東西放在餐廳的桌面上，想往玄關走。

還真打算出門。

張蔓一把拉住他的衣袖，聲音裡帶著嘲諷：「所以，你原本就打算吃一包泡麵過年？」

她說完，少年明顯愣了一下。

張蔓心底氣憤又酸澀，他根本就沒意識到今天是過年。

他連過年都不知道。

還有家裡，都住十幾天了，除了一個單人沙發，其他傢俱上的白布都沒有拿下來。水晶燈上的灰塵也沒擦，看樣子，也就是剛住進來那天簡單地打掃一下，以滿足最低生活的需求。

他離開她這麼多天，過得也不好。

找到人之後，心裡的擔憂和絕望，放下了大半，反倒是苦苦壓抑的怒氣和怨懟，不斷上升。

怨他離開她，更怨他不知道好好照顧自己。

張蔓鬆開他的袖子，抱著手臂站在他身前，硬下心腸，裝作同樣滿不在乎地看著他：「李惟，你想一個人過年，還是我陪你過年？你要是想讓我走，我現在就回去。我媽和徐叔叔在家裡等我，他們不會讓我吃泡麵。」

「我……」

少年聽她這麼問，眼神明顯暗下來，卻又答不出口。

看吧，你根本就不想讓我走，何必裝不在乎？

張蔓的心臟像是泡在一盆檸檬水裡，酸澀又無力。

一些無奈的情緒開始作祟。

「校文藝部今天晚上也有跨年活動，好像要去唱歌。前幾天秦帥學長還傳訊息給我，問我去不去。聽很多同學說，學長不僅彈鋼琴好聽，唱歌更好聽，我也想去聽一聽。」

「你說呢？你說我要去嗎？」

「蔓蔓……」

少年總算繃不住了，無力地回頭看她，漆黑眼眸裡，掙扎又痛苦的神色一覽無餘。

他的手指，不自覺地攀上她的衣袖。

裝不下去了吧？不是很平靜很涼薄很無所謂嗎？

張蔓閉了閉眼，笑著再加一把火。

「李惟，我們分手了對吧？你上次那封郵件裡還說，覺得我以後會遇上更好的人。是啊，世界這麼大，我應該多嘗試嘗試。我如果去和學長約會，你是不是也覺得不錯？他人挺不錯的，家教好、成績好、長得帥、又陽光，還不會……」

她說著，輕輕笑了一聲。

「不會像某些人一樣，動不動就消失。」

少年聽完她的話，身體狠狠一顫。

他抓著她衣袖的手，往上握住她的肩頭，急切地想把她往自己懷裡帶。

去他的為她好，去他的不傷害。

什麼更好的人，她是他的啊，只能是他的。

劇烈的酸澀和疼痛讓他眼底攀上可怕的紅，理智在這一刻澈底占了下風。

張蔓見他這樣，心裡痛得不行。

明明就那麼喜歡她，那麼捨不得她，何必這麼折磨自己，也折磨她呢？

她用巧勁，輕輕推開他，繼續再添一把柴火。

「李惟，你別碰我，我們沒有關係了，我為什麼要讓你抱我？」

她要讓他親口承認，他們還有關係。

少年的身子一僵，雙手還停在她的肩頭，倔強地沒拿開。

卻還是沒說話。

張蔓垂下眼眸，嘆口氣。

「你去煮麵吧，我真的餓了。」

少年沉默許久，最終還是點點頭，往廚房走。

看著他走進廚房，張蔓無力地靠在門邊。

心裡的恐慌和無措，似乎只有堵住這扇大門，不讓他從她眼皮子底下跑掉，才能得到緩解。

張蔓拿出手機，傳訊息給張慧芳，告訴她她找到李惟了，今天不回去過年了。

好在張慧芳現在有徐叔叔，她倒也不用太擔心她。

幾分鐘後，少年端著兩碗麵從廚房走出來，放在餐桌上。

「蔓蔓，過來吃麵。」

張蔓沒應他，自顧自走到客廳，想搬一張大沙發，把門口堵上。

她離開了門，他如果又要跑，怎麼辦？

她再去哪裡找他。

她用力推著沙發，可是沙發是實木的，又很大張，她憋足了氣也沒辦法挪動一點。

似乎全世界都在嘲笑她，嘲笑她的弱小，和無能為力。

心裡的鬱結和無力在這一瞬間，忽然爆發了。

張蔓狠狠踢了沙發一腳，柔軟的拖鞋和實木沙發重重碰撞，受傷的絕對不是沙發。

她疼得蹲在地上，崩潰大哭。

什麼破沙發，和它的主人一樣，一直和她作對。

她找了這麼多天啊。

誰都不知道，這些天她是怎麼過來的，有多絕望，每天除了找他，就是閉著眼胡思亂想。

她都不知道，原來人還能這麼愛哭。

她每天都以為，第二天睜眼或許她就失去他了。她一個人去Z城，走過每一個和他一起去的地方，都會忍不住大哭。

其他人喜氣洋洋地等著過年，她卻在每一個街角巷口都能哭一場。

她根本，連新年也無法期待。

「蔓蔓……」

少年看她蹲著大哭，慌了手腳，他快步走過來，蹲下來，小心翼翼地拍著她的背。

他轉過她的身子，手足無措地摸摸她的長髮。

她蹲在地上，哭得像一隻受傷的小貓，哭得他心尖泛起強烈的疼痛。

不是這樣的啊。

為什麼一切都沒有按照他的計畫？

她怎麼會這麼執著，找了他這麼久？

他離開她，是為了讓她能好好過日子，怎麼會變成這樣呢？

「蔓蔓……」

少年輕輕環住她的肩膀，似乎想擁她入懷，但卻被張蔓狠狠掙脫。

「你別碰我，別叫我蔓蔓。」

「你不是不牽我的手嗎？那你現在為什麼要抱我？」

「你知道我今天走了多少路嗎？你知道我這兩天為了找你，去了多少地方嗎？」

她淚眼婆娑地抬起頭看他。

「你知不知道啊，你走了以後，我有多難過？」

少年的心臟，在這一刻，忽然疼得快要炸裂。

他再也沒辦法聽她說下去。

他一把抱起她，把人放在大大的單人沙發上，彎下腰，勾著她的下巴吻下去。

像初吻那次一樣，他捂住了少女的雙眼，但卻不是為了讓她專心。

他不能讓她看到，他通紅的眼底，瘋狂湧出的淚水。

理智和感情，在人類的精神生活裡，永遠是互相矛盾的對立面。

當初離開她的時候，他的理智占了上風。

然而掙扎那麼多天，在重新見到她的一瞬間，理智早就絲毫不剩了。

在熾熱情感驅使下，原始獸性暴露無遺。

少年瘋狂地親吻著他心尖上的人，急切地舔舐、啃咬、吮吸。

她柔軟的唇，從十多天持續不斷的夢境裡，闖進現實，那麼香甜，讓他欲罷不能。

張蔓被他親得缺氧，只能拿開他蓋在她眼上的手，重重推開他，張著嘴大口大口呼吸著。

還沒呼吸幾下，少年又暗著眼眸欺身上來，他禁錮著她，膝蓋跪坐在沙發上，姿態危險。

張蔓抬手隔住兩人的唇，不甘示弱地看著他。

兩人頭頂就是巨大的水晶燈，紅木沙發上，她仰身坐著，而他跪坐在她身前，兩人對視著，僵持著，誰都不相讓。

少年狼狽又憔悴，一雙眼睛固執地泛起微紅水氣，長長的睫毛上還沾著可疑的水光。像一個把自己藏在山洞角落，遍體鱗傷卻又不甘的野獸。

他剛剛竟然哭了。

張蔓心裡一顫，伸手想去觸摸他的雙眼。

少年警醒地往後退，被她看得無措又難堪，只能偏過頭去。

張蔓的內心如針扎。

是啊，他離開她也不好過，肯定是掙扎了很久才做出決定吧。

她不在他身邊的日子，他是怎麼過的呢？什麼樣的日子，才能練就這樣的眼神，讓她一眼都看不得——看他一眼，心臟有如蟻噬，想什麼都聽他的，什麼都順著他、寵著他。

她愛的少年，真的受了太多的折磨。

但她卻絲毫不能心軟——如果隨他去，那個後果，她不想體驗第二次。

她知道，他現在固執又脆弱，心裡的矛盾和掙扎只有他自己才能打破。

張蔓硬著心腸，語氣裡帶著嘲諷：「怎麼？我現在不是你女朋友了，李惟同學，你想非禮我嗎？」

「你要是覺得，我們已經沒關係了，那從今往後，你就別碰我一根手指頭，我們從此，再不相見。」

她強忍著心臟的酸痛，沒給他留一絲情面，也沒給他半點退路。

當然，選擇題，永遠不只一個選項。

為此，她拋出更迷人的條件。

「如果你現在承認，我還是你女朋友，那剛剛那個吻，我們繼續。」

少年聽完兩個選項，果然沉默了。

剛剛放完煙火的N城，陷入一片寧靜。這片半山腰的別墅區，在這年的最後一天，更像一座遠離塵囂的世外桃源。

整個房子裡，只有他們的呼吸。

他突然想到這些天，離開她的這些天。

這些天他在這個房子裡，每天除了想她，就是陷入無止盡的妄想。這些虛無飄渺的妄想，似乎從那天開始，就被按下一個開關澈底爆發。

他完全控制不了自己。

一下是Janet，一下是Nick，有時甚至他一回頭，就會發現他們站在他身後，那樣清晰可觸。

他整天整夜分不清幻想和現實，偶爾不清醒時，甚至會以為他自己其實一直和 Janet 還有 Nick 一起生活在這個房子裡，從來沒走出去過。

他甚至會以為，學校、蔓蔓，以及外界的一切都是他的錯覺。

等神智清醒過來，他又會陷入無窮無盡的暴躁和自我厭棄之中。

他根本就是一個徹頭徹尾的瘋子啊。

這樣的他，怎麼能有資格，重新擁有她呢？他能帶給她什麼？

——選吧，和原先決定的一樣，再不相見。

和她再不相見。他這一生，都不想傷害她啊。

片刻後，少年艱難地開了口。

「蔓蔓，我……」

一句話卡在喉嚨裡，如同一根狠狠刺進肉裡的魚刺，下不去，也上不來。

明明那天也是這麼選的，為什麼再見到她，卻無論如何也說不出口呢？

「你什麼？你說啊，我們是不是分手了？你在郵件裡說分手，我想聽你親口說一次。你再說一次吧，我們現在是什麼關係？你要是說我們沒關係，是普通同學，我現在就走，再也不管你。」

張蔓看著他眼裡劇烈的掙扎，繼續逼問，再也不給他絲毫顧左右而言他的機會。

少年的眼神越發暗沉，喉結上下滾動著。

他眼裡僅剩的那點掙扎，終於在長久的沉默後，澈底粉碎。

他再也無法欺騙自己。

——心裡或許有一絲理智在提醒他，離開她，但全身幾十萬億個細胞都在叫囂著，承認吧，你想要她，你想要她在身邊。

寡不敵眾。

少年心底疼痛地抽搐著，他嘆了一口氣，無力地抱著她，把腦袋靠在她脖子上。

終於承認。

人都是自私的，他也不是聖人。

他把自己的心臟狠狠撕成兩半，逼著自己離開她，但她這樣堅持不懈地找到他，又這樣逼問他，要他怎麼堅持呢？

少年的聲音裡，帶了七分疼痛，三分啞，說出口，就像戈壁上的岩石——掙扎了多年，最終還是被沙漠裡的颶風風化成漫天沙土。

「蔓蔓，妳是我的生命裡，最重要的人啊。」

他沉重灼熱的呼吸，灑在她脖頸。

張蔓終於繃不住了。

親口聽到他無可奈何的承認，她再也偽裝不下去。

她抬起手，摟住少年的後背，眨落眼角一串滾燙淚水。

「所以，你還第二個嗎？」

她小心謹慎地再次確認。

少年的腦袋在她脖頸上下蹭了蹭，無奈地回答：「嗯，第二個。」

再也不要離開她。

張蔓總算彎了唇角。

緊繃了那麼久的身體，忽然放鬆，她在這一刻，感受到了小腿上肌肉的痠痛，還有耳朵前兩天被風吹出來的凍瘡，微癢的疼痛。

她剛剛真的害怕，害怕他說，還是要離開她。

對付他，有時候真的不容易。

張蔓摟著他，很守信地履行第二個選項的承諾。

她先是在他眼睛上輕輕一吻，用嘴唇擦拭那一抹溼潤，然後托起他的下巴，靠近他，在他的嘴唇上試探地停留。

他的嘴唇微微顫抖，柔軟得很誠實，難以偽裝。

極其短暫的停留後，少年開始反客為主，急切又熱烈地回應她。

要把選對選項得到的獎勵，毫無保留地消耗乾淨。

等兩人終於想起要吃麵時，麵條早就泡軟了，一坨一坨黏在一起，口感極差。

寡淡的海鮮味泡麵，連蔬菜包都敷衍，是張蔓有史以來吃過最難吃的年夜飯了。

但她今天實在走了太多路，又爬了山，剛剛還和他周旋這麼久，餓得不行。也顧不上好不好吃，皺著眉頭解決了一整碗才放下筷子。

她抬眼看依舊在吃麵的少年。

他一直保持著不緊不慢的速度，眉頭都沒皺一下，沒對這個食物產生任何的喜惡。

張蔓翻開他剛剛放在桌面上的袋子，除了他剛剛拿出來的那袋泡麵，裡面還有另外兩大袋，每袋五包。

囤了十五包，也不知道想吃多久。

她放下袋子，靠過去牽他的手：「李惟，你吃了多久的泡麵啊？」

少年認真地看她，倒是沒再撒謊。

「十天。」

和她料想的倒也差不多。

「那還有兩天呢？在外面吃？還是……餓著？」

「……嗯。」

餓著。剛離開她的那兩天，只要想到他那天夜裡，放在她脖子上的手，就噁心到乾嘔，怎麼能吃下任何東西。

張蔓又心軟得一塌糊塗，坐離他近一些：「為什麼不點外送？」

「……我不能開手機。」

張蔓聽著這個回答，又氣又急：「這麼怕我找到你？」

少年搖搖頭。

其實不是怕她找到他，他是怕他自己。

開了機，他會控制不住地打電話給她。

「那你這些天都在做什麼呢？」

他家裡沒有電視，可能連網路都沒裝，他這麼多天都在做什麼呢？

「……想妳。」

只要清醒的時候，無時無刻不在想她。

張蔓看著他這樣子，忽然泄了氣。

「你知道這些天我打了幾通電話給你嗎？一百六十三通。我還傳了好多好多訊息給你，你一則也沒回。李惟，你說走就走，那麼乾脆，可真是狠心啊。」

對她狠，對他自己更狠。

少年聽完，額角的神經又開始跳動。

他放下筷子，難受地抱住她，不知道該做什麼或說什麼才能安慰她。

他之前從來沒想過，她能這麼執著。

「蔓蔓，妳瘦了……」

他摸著她的肩膀和脖頸，又捏捏她的臉頰，心疼得不行。她本來就瘦，現在更是沒有多少肉，下巴尖了，臉上原本有點嬰兒肥也沒了。

一張臉本來就小，現在瘦了一圈，顯得那雙眼更大。

怎麼會這樣呢……按照他原先的想法，十六七歲的少女，收到那封郵件之後，會傷心、會痛恨、會埋怨……

但怎麼會像她這樣，無論如何也要找到他，時時刻刻念著他，甚至找到他之後……還要跟他在一起。

張蔓看著他，他的眼裡藏了太多訊息，心疼、不解、迷茫。

他躊躇著不敢問，但她在這一刻居然都能讀懂。

張蔓生氣地偏過頭，狠狠地咬了一口他的臉頰，直到咬出一個深深的牙印才鬆口。

少年悶哼一聲，卻沒躲開，抱著她任她發洩。

還是不解氣，張蔓捏著拳頭，用力捶他，除了避開臉，頭、肩、胸口，胡亂捶了一遍。

骨頭碰骨頭，兩人都不好受。

——「李惟，你和我認識這麼久，你卻一點都不了解我。」

少年聽完一愣，急了。

他怎麼可能不了解她？

她的一舉一動，她生活中的每個細節，她每個笑容和每一滴眼淚，在這些夜裡，他一遍一遍反反覆覆回憶。

只有這樣，才能堅持著活下去。

他知道她口味偏辣，比起清蒸，更愛吃爆炒的海鮮。她最愛黃昏的大海和沙灘，每每看到，都會欣喜地嘆一口氣。

她寫作業時，習慣皺著眉，她會幫每個公式編號，一排一排整整齊齊。

她喜歡唱歌，也喜歡聽歌，最喜歡的是上個世紀英國的鄉村慢搖，認真寫作業時總會聽。

她平時不愛笑，卻愛對著他笑。

她傷心時，習慣蹲在地上，把腦袋埋在膝蓋裡哭，像一個被主人丟棄，蜷縮著發抖的小貓。

她……

想要辯駁的太多，卻被她一句話打倒。

潰不成軍。

「李惟，你一點都不了解我，你不了解我有多喜歡你。」

「你完全不了解，你在我的生命裡，有多麼重要。」

心裡醞釀那麼多年的沉重心事，總算在這個冬天，在和他重逢的這個夜晚，說出口。

張蔓忽然想起來，除了他和她告白那天，她好像從來沒有好好地說過，她喜歡他。

在一起之前，她一直擔心他的精神狀態，怕刺激他，怕他多疑，只能小心翼翼地克制著自己的感情。

在一起之後呢，每天沉溺在愛情的喜悅裡，只要和他在一起，什麼都忘了，更忘了表達。

她這個人沉悶慣了，表達感情對她來說，一直是個障礙。

但沒說出口，不代表不存在。

她那麼喜歡他。

她對他的喜歡，沉澱了這麼多年，早就成了她身體、生命裡的一部分，牢牢地烙印在腦海裡，流淌在血液裡，埋藏在心跳裡。

其實早就不單單是「喜歡」這簡單的字眼可以描述了。

怪她，或許就是因為她給了他這樣的錯覺，讓他以為她離開他能過得更好。

怎麼可能呢？

她的雙手搭著少年的肩膀，堅定又溫柔地凝視他。

「李惟，我比你想像的，要更喜歡你一千倍，一萬倍。」

少年聽完她的話，身體狠狠一顫。

就算心裡依舊掙扎著、擔憂著，還是阻擋不了溢滿整顆心臟的狂喜。

他的蔓蔓說，她比他想像的，更喜歡他千萬倍。

他明明以為，她對他只要有一點喜歡，或者，只要她能接受他正大光明地喜歡她，就是中了頭彩。

張蔓彎起唇角。

寂靜的夜晚，偌大的房子，相互依偎的兩個人。

很多東西，只有在這樣充滿安全感的情景下，才能說出口。

她的聲音溫柔，說著這麼多年來，不曾對誰說過的心事。

「我記得那天你陪我去徐叔叔家之後，你問我，從小我和我媽媽兩個人是怎麼過的。」

「我當時沒說什麼，我現在告訴你。」

「其實在遇上你之前，我完全不是這樣的人啊。」

「我媽生我的時候年紀太小了，她自己都照顧不好自己，又怎麼會用心照顧我。」

「我沒有爸爸，小學的時候，老師讓大家寫一篇作文，題目叫〈我的父親〉，應該只要是小學生，都寫過這個題材的作文吧。」

「你知道嗎？我編了一個，我自己都忘了我編什麼職業，好像是消防員，還是醫生。」

「我怕和其他人不一樣，怕老師當眾問我，更怕別人因為我的不一樣，同情我、注意到我。」

「我不愛冒險，也不喜歡新鮮，我一直一直活在自己狹小的舒適圈裡走不出去，也不想走出去。」

「我不追星，更不喜歡和女孩子們一起談論班裡哪個男孩子長得帥，哪個男生幽默風趣。緋聞和話題，從來和我無關。」

「我不像你一樣，因為一些原因從小被排擠，但我從來融入不進去。除了陳菲兒，我和誰的關係都很淡，每個人都有一個小團體，但我卻習慣身邊只有一兩個朋友，這樣挺好的。」

「我是我媽媽的朋友口中，那個永遠一聲不吭的『自閉小孩』。小時候我媽在酒吧唱歌，我坐在臺下看，經常想，為什麼我和我媽會這麼不一樣呢？」

「她在舞臺上，像是最亮眼的星星，而我，我無時無刻不想把自己藏進人群裡，不要出任何風頭，不要有任何人注意到我，只要有誰的眼神掃過我，我就會汗毛豎起，就會不安。」

「你還記得上學期剛開學的國慶表演嗎？陳菲兒和我說，你們男生或許喜歡女生多才多藝。我還問了你喜不喜歡吉他，你說喜歡。所以啊，為了討你喜歡，我硬著頭皮去報名，你都不知道，真正演出的那天，那束聚光燈一下打在我臉上，看著台下密密麻麻的人，我拿著吉他的手都在抖。可惜，你那天都沒來。」

她說到這，嘟起嘴，瞪他一眼。

雖然最後在沙灘上唱給他聽了，但他沒來，她那天真的有點失望。

少年抱緊她，連忙歉疚地吻吻她的臉頰，繼續聽她說。

「還有，我以前也不喜歡物理，但我知道你最愛的就是物理，你每次說起物理的時候，眼睛裡都帶著漫天的星辰和廣袤宇宙。慢慢的，我也喜歡上了這個單純又有力量的學科。」

她甚至在前世讀大學時，毅然決然地選了這個自己其實不太擅長的專業。

「陳菲兒從前總說，等她長大了，她要去世界各地流浪為生，去體驗世界每個角落不一樣的美。但我從來沒想過，我當時甚至想，走得那麼遠多累啊，不如待在家裡看看劇，不用擔心旅途中遇到的意外，也不用費盡心思去規劃，今天去哪，明天去哪。」

「但和你在一起以後，我時不時就會想，等以後我們有時間，一定要一起去看看綿綿細雨裡的江南，連春風都沉醉的貝加爾湖畔，我想和你一起去看泥沙遍地的黃土高原，想在塞納河邊和你一起散步，累了就倚在欄杆邊親吻。聽說，有很多情侶都會在那裡親吻。」

「所以啊，男朋友，我遇上你之後，幾乎變了一個人，是我從沒體驗過的熱愛。嗯，遇上你，我對這個世界開始充滿好奇和熱愛。」

「你離開我的那天，我就開始想你。」

「這份想念和痛苦，沒有因為時間而有絲毫褪色，反而越演越烈。」

「你相信嗎，如果我這一輩子都找不到你，或許幾十年之後，我成了小老太太時，還是會孤身一人，躲在狹窄的舒適圈裡，平庸而無趣地活著。那樣的一輩子，平淡無味，碌碌無為到可怕。」

就像前世一樣。

這就是她。

從來沒有轟轟烈烈的歡喜和憂鬱，只有平凡、普通，一輩子都躲在安全而堅硬的殼裡，外人看起來正常無比，只有自己知道，她和這個世界，根本格格不入。

但這種情緒，又不到折磨的程度，不會刺激她的神經到不想活了，可活著的每一件事，似乎對她來說，都食之無味。

只有他。

只有他，是她平凡人生中，最特殊的事情。

他是她午夜夢迴時的悸動和甜蜜，是她心底長久的期盼，是她跳動的心臟和流淌著的滾燙血液。

愛一個對的人，會讓自己有天翻地覆的積極改變。

他怎麼能不明白呢？

她要讓他明白啊。

她知道他現在對這個世界充滿懷疑，她知道他或許憂鬱到，甚至懷疑自己活著的意義。

她要讓他明白。

張蔓抬起頭，含著眼淚，親吻他的唇角。

——「所以，你不要妄自菲薄，也不要懷疑自己的價值，你對我來說，就是我的全世界。」

第十八章　想要重新擁抱妳

「你不要想著往後會有人能代替你，對我來說，你無可替代。」

張蔓說完後，少年一直緊緊抱著她，再也說不出話來。

愛一個人最好的體現，不是告訴他妳有多麼愛他，不是告訴他妳為他付出多少。最讓人震撼的，是讓他真真切切地感受到，妳有多麼需要他，和他對妳的重要性。

她竟然說，他對於她是無可替代的。

或許李惟從前一直認為，自己對張蔓而言不過是一個美好的初戀。他從沒想過，他之於她，會這麼重要。

這份重要性，就像是拴著風箏的繩子，讓他和這個世界，有了獨一無二的牽連。

這份重要性，讓他開始明白，他所做的每一個決定，不僅僅只影響他自己。

他終於了解到她的心情。

他的蔓蔓，他想永遠捧在手心裡，不讓她受到任何傷害的蔓蔓，這些天為了找他，四處奔波，受那麼多苦。

少年在這一刻忽然知道自己從前錯的有多離譜。

不告而別是為了不傷害她，殊不知，他擅自做出的決定，對她來說，才是致命傷害。

「蔓蔓，對不起⋯⋯」

他悔恨不已，滿心滿眼的歉疚和心疼無處發洩，只能用力把這個女孩揉進懷裡，似乎這樣，心臟處的疼痛和歉疚才能緩解一些。

張蔓終於鬆了一口氣。

她能感覺到，他聽懂了。

那麼從今往後，他至少不會再背著她做決定，只要他什麼事都和她商量，那一切都好說。

多日的奔波，讓她實在疲憊不堪，她揚起笑臉，用額頭蹭了蹭少年的臉頰：「好啦，罰你去洗碗。」

他乖乖聽話，收拾兩人吃剩的碗筷去廚房，張蔓倚在門口看他。

這樣的畫面，實在太居家，讓她滿心都是安全感。和他在一起，每一件再平凡的小事，都是溫馨。

張蔓看著少年把兩個瓷碗放進水槽，打開水龍頭。

怎麼幾日不見，他似乎笨拙不少，洗碗時也不知道把袖子挽起來，水龍頭裡的水噴濺在衣袖上，很快溼了一小圈。

張蔓笑著搖頭，看不下去，走過去要幫他把衣袖挽起來，卻被少年巧妙躲開。

「蔓蔓，廚房裡不乾淨，妳先去沙發上坐著等我，好不好？」

他笑著對她說，臉色看不出絲毫異樣，兩隻手浸在豐富的泡沫裡，衣袖蓋住手腕，隨著洗碗的動作沾上了許多泡沫。

張蔓瞇了瞇眼，心裡的敏感再次發作。

她一把抓住少年的手，強硬地挽起他的衣袖，卻在下一秒，心臟抽痛到她難以呼吸。

他乾淨有力的手臂上，一道一道，全是刀割出來的口子，深淺不一、角度不同，有一些甚至交錯盤在手臂上。

顯然都是新傷口。

其中有幾處結了紫紅色的痂還沒掉，另外幾處卻是皮肉綻開，還有些微的鮮血往外冒。實在太猙獰。

一個人，到底在什麼樣的情況下，才能這樣傷害自己？

她的心臟不斷往下墜，右手顫抖抓著他的手臂，根本不敢再看那些傷口一眼。

她抬起頭，咬著唇，直直看著他。

這個場景，實在太恐怖，讓她上下牙關無法控制地打顫，起了一身雞皮疙瘩。

連問都問不出口。

少年慌了神色，想要從她手裡掙脫出來，奈何張蔓使出很大的力氣，他再掙扎，或許會傷了她。

兩人僵持許久，張蔓先認輸。

這是在傷害誰呢？

他的手臂上有幾道傷痕，她的心上就有幾道。

她再也沒心情，難受地放開他，自顧自走到客廳，在沙發上坐下，無力地抓著自己的頭髮。

太陽穴「突突」地跳動，她的腦海裡，又浮現出那個畫面，怎麼也揮散不去。空蕩蕩的廁所，雪白的瓷磚，巨大的鏡子，被鮮血染紅的浴缸，和裡面躺著的臉色慘白沒有一絲生氣的男人——長相和少年時期沒有太大的變化，她一眼就能分辨出來。

他泡在浴缸裡的那隻手，是不是也像現在這樣，傷痕累累，遍布著深淺不一的刀口？

他是不是嘗試許多次之後，最深的那一道，結束了他的生命？

是這樣嗎？

所以，如果她再晚一點找到他，他就會像前世那樣？

張蔓捂住嘴。

這個新年，怎麼會這樣呢？這明明是他們在一起以後過得第一個新年，為什麼她會覺得這麼累？

她正難受地發著抖，忽然雙腳騰空，被人攔腰抱起來。

少年一手繞過她的背，一手繞過她腿彎，把人從沙發上抱起來，穿過寬廣的客廳，往樓梯上走。

二樓他收拾出一個房間，這些天一直自己住在那裡。

少年用肩膀推開門，把懷裡的少女放在柔軟的大床上，自己則側身躺在她身邊。

「蔓蔓，妳別難過，看著可怕，其實沒什麼感覺。」

他撥開蓋住她整個臉龐的長髮，在她臉頰上細細親吻著，想要安撫她。

看著她這樣，他心裡的疼痛，不知道比手臂上隱隱約約的疼痛，強烈多少倍。

張蔓躺著任他擺弄，心裡像是被劃開一道大口子，在這樣的冬天裡，透著冰冷的風。

她咬著牙，發著抖對他說：「李惟，你記住，你要是死了，我也活不了。」

嘗試過一次的，不是嗎？

前世，她在他死後不到一年，就遇到土石流。

張蔓一直不敢回憶那天。

那天下了極大的暴雨，也是她為期三個月旅行的最後一天。

她準備回家，因為她發現旅行對她完全沒有用。

絲毫沒有獲救。

每到一處景點，都會遇上不同的人和事，旅行中的人總比工作生活中的同事、朋友更放得開。他們來自天南海北，誰也不知道誰的過去，更容易互相傾訴生活中遇到的一些折磨。

但她沒有。

每天，她都靜靜地聽他們說自己的故事，成了陌生旅友口中，最完美、最溫柔的傾聽者。

她耐心地聽完，偶爾也會給一些勸慰，旅途中遇到的很多人都以為她過得簡單又幸福，卻沒人知道她每天夜裡，都在惶惶不安中入眠，只要閉上眼，都是無止盡的夢魘，和那個站在黑暗深處，絕望地向她伸出手的少年。

那天也一樣，她訂了回家的機票，精神疲倦地和幾個旅友從一個景區坐巴士去機場。

汽車在經過偏僻的盤山公路時，發生了恐怖的山崩，車子被迫往後急退，撞到了後面的巨大山石，整個車身往側邊翻，掛在山崖邊，搖搖欲墜。

車子並不是一瞬間就翻下懸崖的。

所有乘客們都拚命尖叫著，那種對於死亡的恐懼，不是個體的劫難，而是一種眾生相。

司機立刻打開車門，讓大家逃難，所有人都往門邊擠，生怕和這輛車一起掉進深淵。

可惜車門被幾塊石頭堵住了，要爬上去很費時間。

她的座位離車門很近，坐她旁邊的人早就擠到門邊，在開門的一瞬間拚命爬上門口的大石頭，逃了出去。

如果她當時毫不猶豫地往外衝，或許是有機會生還的。

但當她站起來打算往門口擠的時候，車身忽然一陣猛烈的顫抖，重心在顛簸之後更加偏向深不見底的懸崖。她回過頭，看到她後面還有好多人。

那些人的眼裡，含著巨大、清晰的恐懼。甚至有一個抱著孩子的女人，哭著想把小孩往前遞，希望前面的人能救救她的孩子。

那一瞬間，她想到了那個永遠離開她的少年，忽然就覺得累了，她有些不明白，自己這麼拚命跟他們擠，有什麼意義？

她似乎，沒有他們那麼恐懼死亡啊，何必要跟他們搶呢？

車身又是一陣抖動，她跌坐回位子上，澈底放棄掙扎，恍恍惚惚地閉上眼。

如果這一世，他還是死了，那她該怎麼辦呢？

少年聽到她的話，愣了很久，才反應過來，她竟然產生這種誤會。

他又是難過，又是心疼，看著眼前少女的神色越來越空洞，抬起她的頭，急切地親吻她的唇角。

一邊親，一邊迫切解釋。

「蔓蔓，我不是要……我不是要自殺，我只是想控制自己不去想那些不存在的人或事。」

他艱難地，說出自己知道自己很可笑的舉動。

「都說疼痛能刺激人的神經，我只是想在他們來的時候試一試。」

這些天，他一直能看見Nick還有Janet，他們的存在時時刻刻提醒他，他是一個沒有辦法控制自己的瘋子。

一個極有可能傷害她的瘋子。

可他還是心存僥倖，他還是想努力讓自己成為一個正常人，然後……

然後或許有一天，他還能再回到她身邊啊。

回到他最愛的女孩身邊，陪她過完長長久久的一生。

那麼怎麼樣，才能脫離那些虛妄的掌控，成為一個正常人呢？

精神錯亂、產生幻覺時，往往想法會變得單純又直接——既然強烈的疼痛感，能讓人走出夢境，那麼是不是也能讓他走出妄想呢？於是每一次見到他們，他都會試一試。

最開始是極其有效的。

每當鋒利刀刃劃破皮膚時，那種尖銳、刺激的疼痛感能讓他有極其短暫的清醒，而一旦清醒之後，妄想便不復存在。

他曾經為此感到狂喜。

人類在潛意識裡，都是趨利避害的動物，繼續訓練下去，大腦逐漸會接受這樣的暗示——有妄想，就會有疼痛。

長此以往，他或許就能控制自己再也不去妄想。

可惜這個方法嘗試幾次之後逐漸失效了。

他竟然慢慢習慣了這種疼痛感，習慣了冰冷刀尖劃破皮膚帶來的刺激。

甚至傷口深到鮮血淋漓，也沒有作用。

「蔓蔓，我不是要自殺，妳看，我的傷口都在手臂上，沒有靠近動脈……我只是，我只是不想讓自己失控。」

——我只是，想要有一天，能夠重新擁抱妳。

他不是輕生啊，他只是自以為自己找到了一個求生手段。

向她靠近的手段。

少年抱緊懷裡的少女，胡亂地在她臉頰、唇角、髮梢細密地親吻著，他嘗到了她臉上鹹澀滾燙的淚水，心尖也被燙了一下。

他對她，一向無可奈何，只能丟盔棄甲，舉手投降。

「蔓蔓，妳不喜歡的話，我再也不做了，我都聽妳的，妳別哭，好嗎？」

張蔓揪緊了他的衣襟。

他無措又憂鬱，竟然躲在這裡，想出這種辦法。

她的聲音悶悶的。

「疼嗎？」

少年啞著嗓子，摸了摸她的長髮：「……蔓蔓，我不疼，一點都不疼，所以沒有效果啊。」

「我要聽實話。」

少年沉默一下：「可能一開始有點疼，現在真的感覺不到。蔓蔓，妳別擔心，好不好？」

他做這些不是為了讓她心疼的。

他今天竟然讓她掉那麼多眼淚。

張蔓心疼又難受地抱緊他：「不管怎麼樣，你也不能用這種方法去抵抗。」

傷痕累累，實在太觸目驚心。

她一眼都不敢多看。

人類的痛覺，原本就是人類自我保護的方式，因為懼怕疼痛，人們就不會輕易傷害自己。

他卻反其道而行。

到底是多劇烈的痛苦，才會想用疼痛來消除？

她知道，對他來說或許很難，但她還是得說。

「李惟，你能不能……嘗試去接受它，接受你的妄想呢？你要知道，你只不過是生病了，沒什麼大不了的。你不能總是硬生生地和它對抗。」

他只不過是血肉之軀，這樣對抗下去，總有一天會遍體鱗傷。

「我知道，這對你來說很難。沒有人會願意自己不受控，去妄想一些莫須有的東西。但既然你控制不住自己，何不學著接受它？以後我們再慢慢接受心理治療，總有一天會好的。」

少年沒說話，兩人又陷入了良久的沉默。

房間裡的燈光調到最低，柔軟的光線泛著一絲暖黃。

暖色調比起冷色調，總是讓人感覺更溫暖。

少年看著少女臉上的一片陰影，想了很久。

他的聲音沙啞而痛苦：「蔓蔓，我不想一直都控制不了我自己。」

總算要說出，他內心深處最大的恐懼。

「妳知道妳住在我家的那晚，發生什麼事嗎？」

「我看見Nick站在床頭想要掐妳，等清醒過來之後卻發現，我的手放在妳的脖子上。」

少年說著，控制不住地發抖。

只要一回憶那個場景，他就無可抑制地心裡發冷。

「蔓蔓，或許未來有一天，我會像我爸爸那樣，完全失去理智，親手……」

他緊緊抱著她，把臉埋在她髮間，說不下去了。

她是他最愛的人啊。

如果真的有那麼一天，那麼她怎麼辦呢？他無法想像，如果有一天她在瀕臨死亡的邊緣掙扎，他卻毫不知情地繼續加害。

這些天，這件事成了他最大的惡夢。

張蔓愣住了。

沒想到那天夜裡，竟然發生這樣的事。

怪不得那天他明明說，他只有她了，想要她能永遠陪著他，卻在之後毅然決然地離開她。

原來所有的決定，都不是隨隨便便的。

他明知道離開她，他不會好過，卻還是做出選擇，肯定也掙扎過、痛苦過吧？

張蔓再一次無比清晰地認知到，這個少年，他愛她勝過愛他自己。

她的心臟微酸又微痛，她從他懷裡抬起頭，捧著他的臉。

「李惟，你的病症和你爸爸完全不一樣，你的情況我早就問過醫生了，失智的可能性非常低。那天只是你驟然知道了自己的妄想症，心神激盪之下的巧合罷了。你傷害我的可能性，幾乎沒有。」

「你還記得嗎？我剛剛和你說過，如果你離開了我，我會成為什麼樣的人，平庸無趣，碌碌無為，一生再也得不到轟轟烈烈的愛情。」

她直視著他眼裡的忐忑不安和疼痛。

「所以，你為什麼要因為一個沒有發生、也幾乎不可能發生的事，讓我陷入一生必然的不幸呢？」

「我想要的，就是能夠一直陪在你身邊，你若安穩，我便安心。」

她說完後，沒有立刻讓他回答。

和之前要他承認他們的關係不一樣，這件事，她必須給他時間。

有時候，接受比起抗爭，更需要勇氣。

遇到這樣的事，沒有人能坦然接受，即便是他。

她安靜地抱著他，打了個呵欠。

身體的疲憊讓她的思緒逐漸模糊。

「李惟，我今天好累，我想先睡一下，你在旁邊陪著我好不好？」

人在疲憊時，就容易脆弱，容易心軟。

張蔓極其自然地在他的下巴上蹭了蹭，撒著嬌：「我想要你抱著我睡。」

她說著，腦袋在他溫熱胸膛上拱了拱，找到了最舒適的睡姿。

「等等快到十二點的時候你再叫醒我，我們一起倒數。」

少年點點頭，心頭火熱地抱著他的女孩，聽著她越來越平穩的呼吸聲。

是啊，今天是過年啊。

和生日那天一樣，她總能給他最好的禮物。

張蔓是被人吻醒的。

她迷迷糊糊地睜開眼，房間裡一片昏暗，唯一的一盞燈也關了，而那人呼吸沉重地在她臉上胡亂拱著。

倒像一隻毛茸茸的大狗。

她剛剛睡得沉，這時腦袋還不是很清醒。只覺得臉上被他親得發癢，於是睡眼惺忪地推開他的腦袋。

「李惟，別鬧了，現在幾點了？」

少年沒說話，還想湊上來，被她抵著腦袋往外推。

「……十一點四十五，蔓蔓，妳讓我叫醒妳的。」

張蔓眨了眨乾澀的眼睛，她竟然睡了兩個多小時。

「這麼晚了，還有十五分鐘就倒數了，你不許鬧我。」

少年的聲音發軟，還帶著點委屈。

「蔓蔓……我這麼多天沒親過妳……」

她那麼香、那麼軟，抱在懷裡心裡就直發癢。

失而復得的狂喜，還有擁她在懷的饜足，他的心情，遇上她之後，似乎每一天都跌宕起伏。

他根本不可能睡得著。

她睡得沉，安安靜靜地呼吸著，每次呼吸都伴隨著胸膛的輕微起伏，背上瘦瘦的脊骨也隨之上下起伏，像一隻窩在他懷裡，沉睡的小貓。

她的髮絲柔軟，鋪滿整個枕頭的同時，也有那麼幾縷，調皮地鑽進他衣領。

在這樣暖黃色的燈光下，她的嘴唇呈現柔軟的粉紅色，唇紋不明顯，不像他，總是嘴唇乾澀。

她整個人比他細膩很多。

他看著這樣的她，什麼都不想做，只想不顧一切地親吻她。

——這個女孩啊，輕而易舉地就能點燃他作為人最原始的欲望。

她是他在這個世界上，唯一想要擁有的，甚至怎麼擁有都不夠的。

可惜，看她睡得香甜，他又不忍心打擾她。

只好自己一個人，心頭火熱地忍耐兩個小時，好不容易等到十一點四十五，可以叫醒她。

張蔓心裡一陣好笑：「今天不是讓你親好多次了？」

少年看著她，湊上來禁錮住她的腦袋，一邊親吻她的臉頰和嘴唇，一邊回答：「那是我選對選項的獎勵，不算數。」

兩人總算趕在最後一分鐘一起新年倒數。

疼痛與折磨，總算隨著這一年一起離開。

「李惟，新年快樂！」

「蔓蔓，新年快樂！」

第二天是大年初一，張蔓起得早，換好衣服去客廳打視訊電話給張慧芳。她昨天實在太疲億，倒數完就洗漱睡覺了，期間一直沒注意看手機。

早上起來才發現張慧芳打了好幾通電話給她。

張慧芳和徐尚就要結婚了，昨晚她在徐叔叔家過年，和徐叔叔還有他媽媽一起。

這也是張慧芳第一次正式去徐叔叔家裡住，張蔓不免還是有點擔心。

婆媳關係是永恆不變的矛盾話題。

前世陳菲兒和她婆婆的關係不算很好，兩人從來不住一起，住一起久了就會有矛盾。

很快，視訊電話被接通，那邊張慧芳精神滿滿地坐著吃飯，張蔓眼尖，看見她碗裡頭白白胖胖的水餃。

這年視訊電話沒有後來做得那麼高畫質，畫質有些模糊，不過透過圖元極低的畫質，還是能看到張慧芳揚起的笑臉。

張蔓看她那臉色，就知道她應該過得還不錯。張慧芳這人，最受不得氣，受了委屈就算藏著掖著，也不可能掩飾得那麼好。

何況她也擔心她身邊有旁人，直接問的話反而不好，就沒提這個話題。

「媽，妳今年過年吃餃子啊？看起來不錯。」

張慧芳瞬間眉開眼笑起來，得意地把手機正對著自己，斜著靠在茶壺旁邊，用筷子夾起一個胖乎乎的餃子，咬一口，炫耀般給她看裡頭的餡。

『妳奶奶做的，三鮮餡的，超好吃。張蔓，妳昨晚不在真是太可惜了，沒口福啊，老太太做了一大桌菜，我們三個吃到肚皮快破了才勉強吃了四分之一。』

張蔓心裡微暖。

看來老太太還挺和藹。

她看著那水餃，還真有點嘴饞。

張慧芳嚥下那口餃子，滿足地吸了一口湯汁：『對了張蔓，妳那小男朋友怎麼樣了？昨晚打好幾通電話給妳，妳怎麼沒接？不會幹什麼壞事了吧？』

「……」

張蔓無語了，別天天都是這個話題好不好？說多了，她本來沒想幹什麼壞事，都忍不住想幹了。

「媽，我還未成年呢，妳能別想這些少兒不宜的事嗎……」

張蔓沒好氣地說到一半，就看到影片右上角，屬於她的這個小框框裡，出現一個頭髮滴著水，身上披著浴袍的少年。

雪白的浴袍腰間，隨意繫了一條腰帶，顯得有些鬆垮，領口開得很低，露出刀削般的鎖骨和胸前大片肌膚。

張蔓不自覺嚥了下口水。

畫面太美，實在是太……十八禁。

少年擦著頭髮，根本沒發現她在打視訊電話，走到她身後抱著她，用下巴親暱地蹭了蹭她頭頂，又低下頭在她臉頰上輕輕一吻，聲音還帶著點早起的迷糊。

沉沉悶悶的。

「蔓蔓，怎麼不多睡一下？」

張蔓：「……」

張慧芳：『……』

這次真是跳進黃河都洗不清了。張蔓的臉頰爆紅，眼看張慧芳咬了一半的餃子「啪唧」掉在桌上，深吸一口氣似乎就要開罵，立刻快速地說了聲：「媽，新年快樂，我先掛了。」

接著敏捷地用大拇指按下掛斷鍵。

臉都丟光了。

她回過頭，咬牙切齒地看著現在才反應過來的少年，氣得搶過他的毛巾，包住他的腦袋用力揉搓。

「你怎麼洗完澡不穿好衣服就跑出來了？」

少年低低沉沉地笑了，捉住她暴躁的小手放在唇邊親了親。

「我洗完澡回房，發現妳不在……而且，這也不是第一次被抓到，蔓蔓，別擔心。」

張蔓反應過來，他說的是那次在Z城的賓館裡。

她剛想順著他的邏輯點頭，突然覺得不對。

……什麼叫被抓到？抓姦嗎？

張蔓抬起手狠狠掐了一下他的臉才解氣。

新年新氣象，新年的第一天裡，N城久違地見了陽光。此時客廳裡拉著薄紗窗簾，但陽光還是透過大大的落地窗照了進來，讓偌大的空間顯得亮堂又溫暖。

張蔓勒令少年去房間裡換衣服，自顧自拉開窗簾，走到客廳外頭的陽臺上。

陽臺外頭是別墅的後院，一大片草坪泛著枯黃色調，但還算整齊，草坪那頭有一小塊區域，應該是種了一小片花──到了冬天都凋零了，張蔓也看不出來是什麼花。

雖然別墅這麼多年沒人住，但物業為了社區整體的環境，還是照常打理花園和後院，看起來倒也不算蕭索。

但重點不是這些花草。

張蔓探著身子從陽臺望出去，山腳下蔚藍色的大海一覽無餘，海浪在陽光下泛著淺淺銀白色，孜孜不倦地拍打岸邊的巨大礁石。

純粹又原始的大自然，沒有過度開發，美得過分。

這個陽臺，真的能看到這麼美的風景，只是……

張蔓抬起頭往上看。

陽臺的吊頂很高，她頭頂上有一條不銹鋼的曬衣桿，冰冷地固定在天花板上。

她的心臟一抽，咬住了下唇。

回過頭，少年正好從客廳走出來，看到她一直盯著天花板上的曬衣桿看，他的眼神略微黯淡。

張蔓心裡一緊，知道自己猜的沒錯。

就是這裡。

她上前兩步牽著他的手，把人帶到陽臺上，稍稍用了點力氣，讓他緊緊靠在陽臺的欄杆上。

她踮起腳尖，摟住少年的脖子，在陽光明媚的清晨，獻上新年第一個熱吻。

少年很快忘了之前心中所想，抱著她的腰，將她更緊地帶向自己，熱烈地回應她。

一吻又是許久才分。

親吻這件事，不管多少次，每次帶給兩人的心跳和悸動，都不輸於初吻——甚至因為變得越來越熟練，舒適和愉悅感提升，讓兩人更加欲罷不能。

張蔓紅著臉，窩在他懷裡微微喘息。

「吶，男朋友，以後你只准記得，我在這年的第一天，在這個陽臺上吻了你，好不好？」

她說完，更加臉紅。

這句話，實在太肉麻。

說實話，和他在一起之後，她的改變太巨大，有些話前世或許打死她她都說不出口，但現在每天不說上幾句，心裡就不舒服。

就想對他說情話。

「……嗯。」

少年卻依舊一貫內斂，可眼裡的溫柔笑意和不那麼平穩的呼吸，還是騙不了人。

張蔓在李惟家住了將近一週才回家。李惟也在張蔓的建議下搬回市中心的公寓住，這樣她每天去陪他也方便。

大年初七，兩人拖著個大行李箱，搭了車回到萬城海景。

從大年初一開始，N城一直持續著冬日難得的晴天，前段時間的積雪早就融化得差不多了，只有每個街道的轉角處，還殘留一點點摻雜了髒汙的白。

市中心的公寓社區，果然要比半山腰的別墅區熱鬧很多，人們趁著新年，喜氣洋洋地走家串戶，以拜年為由頭，和許久不見的親戚朋友們團聚。

兩人剛上樓，正好遇上他隔壁的阿姨出門倒垃圾，阿姨剛見著他們，一愣，半晌笑咪咪地對兩人打了個招呼，一副「過來人」的眼神：「和好了？小夥子你可別再離家出走了，小女孩著急的喲，哭得我都心疼。」

張蔓前幾天敲人家的門，在她面前嚎啕大哭都沒什麼感覺，這時回想起來，實在太丟人。

她訕笑了下，紅著臉，匆匆催著少年開門，進了房門。

「蔓蔓？」

他伸手摸摸她毛茸茸的腦袋，又捏了捏她的臉。

張蔓撇撇嘴：「都怪你，我前幾天找不到你，總在你家門口哭，被那阿姨看到過好幾次……」

少年摸她腦袋的手一頓。

半晌低下頭，在她耳邊認真說：「……對不起。」

張蔓伸手戳了戳他腦袋：「用不著，你別再跑了就行，男朋友。」

少年的聲音低啞又認真：「嗯，永遠不會。」

下午，張蔓陪李惟去了醫院。

今天是大年初七，醫院各個科室也開始上班了，張蔓依舊提前在網上預約上次的醫生。

這次少年老老實實地進去做檢查，不出意料，經過針對性的、仔細的問診以及腦ET、腦漲落圖檢查，醫生給出的結論是，除了上次確診的妄想症之外，還伴有中度憂鬱。

張蔓看到這個結果，卻大大鬆了一口氣。

情況比她想像得好太多。

中度憂鬱，雖然有可能會產生輕生的念頭，但很大程度會自我緩解，大部分患者不會真的走到極端。

或許她最開始那天，帶他去看這個世界，讓他不至於世界觀崩塌，還是起了一定的效果。何況少年從昨晚見到她之後，情緒也有很大程度的好轉。

剩下的問題還是他非常嚴重的妄想症。

醫生給的建議是，暫時不利用藥物控制，而是讓李惟每週來做一到兩次的心理治療，張蔓當然滿口答應。

她知道這個病將會是兩人長長久久的鬥爭，前世他肯定也吃了很多藥，接受了長期的心理治療，甚至僱傭私人心理醫生，但最終還是死於精神分裂症和憂鬱症的雙重爆發下。

所以她也沒期望能立刻治好，哪有這麼容易。

但只要能控制在一定程度，她就心滿意足了。

到家後，張蔓摸摸鼻子，走進去，往客廳一探腦袋。

果然，她媽就坐在沙發上，冷眼等著她。時隔幾天沒見，又發生了上次的「視訊風波」，張蔓心裡還是相當尷尬的。

「還知道回來啊？我以為妳打算跟那臭小子過日子去了呢。」

張蔓立刻轉移話題。

「媽，妳婚禮的日子定了嗎？」

她記得之前她說是年後。

好在張慧芳也懶得為難她：「什麼婚禮不婚禮的，我和妳徐叔叔年紀都大了，我們商量了一下，打算元宵節那天請兩家人還有一些朋友吃個飯，小聚一下就行了。」

張慧芳說完嘆口氣：「張蔓，我這邊除了妳徐姨，還有幾個朋友，就只有妳了，撐不起場面。徐尚家親戚多，隨隨便便就能來兩桌。這一對比，我們豈不是太單薄了？」

她說著眼睛又亮了：「對啊，張蔓，妳可以把菲兒叫來，還有，妳那小男朋友，讓他們幫我撐撐場面。菲兒這孩子嘴甜，不像妳這個悶葫蘆，到時候把他們家七大姑八大姨哄得服服帖帖的，我臉上也有光……還有妳小男朋友，雖然跟妳一樣悶，不過長相一個頂五個，亮瞎他們的眼。」

她越想越興奮，直接跳過張蔓的意見，拍板就定。

張蔓張了張嘴：「……」

她媽這個腦迴路，真的很清奇——讓閨密和男友一起參加媽媽的婚禮？

畫面太美她不敢想。

第十九章 一起去北大

很快到了元宵節這天。

張慧芳一大早就開始打扮，因為不算是隆重的婚禮，她沒穿婚紗，挑了一件雪白的露肩魚尾連衣裙，撩人的捲髮規矩地盤起來，耳飾和手鏈換了珍珠的，又化了精緻的淡妝，整個人看起來優雅又端莊。

收拾完自己，她開始安排賓客接送流程，緊接著打電話到飯店交代所有人的忌口，因為徐尚的媽媽有糖尿病，她還特意吩咐少做太甜的菜式。

張蔓站在門口看著她。

她聲音軟，說起N城的方言不像一般人那麼生硬，每兩句話又帶句適宜的玩笑，張蔓能聽到電話那頭每個人的愉悅。

很多事情，她做得越來越好。

她的身上，帶著成熟女人獨特的韻味，還有責任與擔當。

前世這時，她和鄭執正在熱戀期，但也沒有給她這種感覺。

她和鄭執在一起時，像一個談著甜甜戀愛的小女生，但和徐叔叔在一起之後，整個人沉靜不少，還真有點家裡女主人的氣質。

再也不是稀裡糊塗過日子的媽了。

什麼樣的年齡階段，或許就要有相應的愛情。

年輕時候的愛情，給自己無限悸動和甜蜜，就像李惟於她，每每見他，心臟都會狂跳。

而中年時期的愛情，更像是彼此扶持與陪伴，就像徐叔叔於張慧芳，他教會她人生、責任和承擔。

張慧芳出門之前，珍重地從抽屜裡拿出一個盒子打開，把裡面放著的戒指戴到無名指上。

張蔓湊過去看，不免嚇一跳：「這麼大顆？」

張慧芳得意一笑，晃了晃手指頭：「那是，妳徐叔叔說了，就算不辦隆重的婚禮，也不能讓我吃虧。妳看還有這條項鍊，是老太太結婚時戴的，現在傳給我了。」

她說著讓張蔓幫她戴上。

貴氣逼人的紅寶石項鍊，外頭鑲著一圈碎鑽，分量極重，華麗得嚇人。

張蔓咋舌，這東西都能拿來當傳家寶了吧？

等母女倆收拾好，徐尚開車過來接她們去飯店。

包廂一共就三四桌酒席，張慧芳這邊湊了好些人，勉強坐下一桌，也不算太寒酸。

很多親戚朋友們來得早，大家坐在包廂裡聊天吃瓜子，張慧芳應付自如，幾句漂亮的場面話一說，倒了茶給大家，招待得所有人心裡都放鬆、舒坦。

她看時間還早，又招呼兩邊人打牌的打牌，聊天的聊天，這樣兩方就能熟絡。

張蔓這個獨生女，也成了大家的重點關照對象，被張慧芳領著，頭腦發昏叫了一圈人，叔叔阿姨姑姑嬸嬸……

好多人圍著她，問她幾歲了，在哪裡上學，成績怎麼樣啊，有沒有談戀愛……這種感覺，雖然有點頭痛，但真的很奇妙。

徐老太太年輕時是留學回來的富家小姐，在N城開了間小有名氣的花店，每天就是喝喝茶，賣賣花，過著不食人間煙火的日子。

聽張慧芳說，徐尚的父親之前是N大教歐洲史的教授，前幾年生病去世了。

張蔓先是嘴甜地叫老太太一聲「奶奶」，老太太聽了，笑得合不攏嘴，直拉著她誇她長得好，看起來乖巧。

又跟她介紹徐尚的兩個姐姐。

兩位姑姑一胖一瘦，胖的那個和老太太長得非常像，看起來性格非常大方，時不時說幾句玩笑話，調節一下氣氛。倒是苗條點的那個，帶著個跟她年紀差不多的女兒，母女倆都坐在一邊玩手機，不太愛說話。

聽張慧芳說，徐家直系人丁很單薄，大姑姑之前也離婚了，一個兒子判給前夫；小姑姑則只有一個女兒。

所以今天來的，大多數都是隔了一層的表叔表姑姑，一大家子還有好幾個和她年紀沒差太多的年輕一輩，倒是熱鬧得很。

張蔓正被幾個親戚打趣得不知道怎麼回答，幸好陳菲兒來了，對她眨了眨眼，立刻熱絡地加入一群女人們的閒聊中。聊天她最拿手，很快一圈親戚朋友拉著她「菲兒」長，「菲兒」短的，連張蔓這個親閨女都沒空理了，張蔓鬆了口氣，正好樂得輕鬆。

熱熱鬧鬧的到了吃飯時間。

徐尚看了看手錶，走過去摸了摸張慧芳的頭髮：「小芳，妳那邊朋友差不多都來齊了嗎？不然讓廚師上菜吧？」

張慧芳正在看人打牌，隨口回了一句：「蔓蔓男朋友還沒來呢。」

她聲音本來就大，坐在旁邊的好多人都聽到了，包廂裡一靜。

正在玩手機的小姑姑撇撇嘴，扯了扯自己女兒的衣袖。

她女兒在隔壁市師資最好的高中上學，聽話又刻苦，從來不跟那些亂七八糟的同學玩，成績還是很不錯的。

「嘖嘖，蔓蔓好像比妳還小幾個月，小小年紀就早戀啊，妳別學她，好好學習才是正道，聽到沒？」

小女孩天天被媽媽教育，早就習慣了，乖乖點頭。

就在這時，包廂門被推開，一襲黑衣的少年戴著棒球帽走進來，走到張慧芳身邊對她歉意地笑。

「阿姨，不好意思，我來晚了。」

包廂裡一靜。

這小帥哥，也太……俊了吧，俊得人移不開眼。特別是幾個年輕女孩子，按捺不住興奮，時不時就往張慧芳身邊瞄。

哇，不笑的時候酷酷的，笑起來也太好看了吧，好像眼睛裡有星星。

這是誰啊？

這個不會就是剛剛說的，張蔓的男朋友吧？

少年說著，從手裡拎著的禮品袋中拿出兩個禮物，送給張慧芳和徐尚，祝他們新婚快樂。

包廂裡又一靜，隨即傳來一陣倒吸氣的聲音。

卡地亞的對錶……加起來應該要十幾萬……

小姑姑停下玩手機的手，轉過臉，親切地看著自己女兒。

「楠楠啊，學習太辛苦的話，早戀緩解一下，也沒太大問題。」

李惟送完禮物，坐在張蔓身邊的位子。

張蔓有些尷尬地看了老太太一眼。

她一向不是應付自如的人，人情往來的標準她總把握不好。讓他叫人，覺得有點奇怪，自己都隔著一層，他就隔得更遠了。

不叫吧，也很奇怪……畢竟剛剛張慧芳已經說出來，這是她男朋友。

李惟剛剛問了張慧芳，知道桌上幾個人的身分，主動站起來，也沒和她商量，叫了一聲奶奶奶好，又叫了兩個姑姑，和幾個表叔。

笑容溫和而標準。

張蔓心中微怔。

他今天仔仔細細刮了鬍子，穿得很清爽得體，從進來到現在就一直面帶微笑。像一個端端正正有禮貌有家教的陽光少年。

根本看不出前幾天才確診了中度憂鬱。

還有剛剛那個精心準備的見面禮，她甚至都不知道。

其實她之前通知他讓他來時，沒囑咐什麼，畢竟張慧芳的這波騷操作，她也覺得很無奈。只是沒想到他竟然會這麼認真。

張蔓知道，他應該是希望能給她的「新家人」留下一個好印象，讓她不會在新家庭裡格格不入吧。

她心裡又酸又軟，藏在桌下的手輕輕抓了少年的衣擺。

不算親密的舉動，卻很親昵又依賴。

他這樣孤僻又冷清的人，為了她，總是學著去調整很多東西。

老太太聽著這聲「奶奶」，笑得雙眼瞇成了縫，腿腳麻利地站起來，從隔著兩個位子之外的座位，換到他們身邊。

老人家認認真真地從口袋裡翻出兩個厚厚的紅包，給兩個孩子一人一個。

張蔓微張著嘴，她還真沒料到老人家會給紅包，而且還給了兩個。

她還在愣神，李惟就伸手接過了紅包，把其中一個鄭重收起來，另一個塞到她懷裡，摸摸她的腦袋：「蔓蔓，發什麼呆，還不謝謝奶奶？」

張蔓愣愣地道謝，就看到老太太對他們眨了眨眼睛。

「蔓蔓，這小夥子就是那第三個平安符吧？」

張蔓聽完她的話，愣了好半天才反應過來，她說的是那次她給張慧芳的三個平安符——本來只給了兩個，還是徐叔叔想到了李惟，就讓他媽媽多拿一個。

這年頭的老人家，一個比一個厲害。

張蔓訕笑著點點頭，有些不好意思。

老太太卻高興得很。

蔓蔓這孩子，她第一眼就看出，不太會和人往來，性子比較沉悶，但跟她媽一樣，是個實心眼。

她這輩子就喜歡小孩子，可自己兒孫單薄，小兒子到現在都沒有孩子，大女兒呢，一個兒子判給了前夫，幾乎沒怎麼回來過，也就二女兒有個女兒，但這些年一直跟著女兒女婿住在隔壁市，跟她也不太親。

本來以為兒孫福也就這樣了。

誰知道臨老了，兒子爭氣，娶了個漂亮大方的媳婦，還一下多出來兩個半大孩子，這麼俊和漂亮，又有禮貌又知道分寸，招人喜歡。

張蔓其實還是有點尷尬，她本來只想讓李惟來湊個人頭，對外就說是她同學。

誰知道她媽那個缺心眼、大嗓門。

畢竟她前世是高中老師，也當過一陣子班導師，和家長聊的最多的問題，除了孩子的學習，就是早戀……她深知大部分家長對早戀深惡痛絕。

不過尷尬歸尷尬，她也沒太大所謂，反正李惟和她，也不僅僅是早戀。

以後他們還會一起上大學、結婚、生小孩，既然都是一家人，遲早都要見面的，早點晚點也無所謂。

老太太一看張蔓臉上掛不住的僵笑就猜到她的尷尬。

老人家嘛，活了這麼多年，或許沒有年輕人那麼會說話，但總有她自己表達善意的方式。

她過來握住張蔓的手，拉著她問。

「蔓蔓，跟奶奶介紹一下唄。」

「呃……奶奶，他叫李惟，是我同……咳，我朋友。」

老人家一聽她彆彆扭扭的話，就笑了，臉上的皺紋因為笑容顯得更多了，突然有種容光煥發的感覺。

她看了看張蔓，又看看李惟，笑著說：「兩個孩子真好，青梅竹馬，兩小無猜，真般配。」

「我和妳爺爺，當年也是十六七歲就在一起了，我們是在倫敦留學的時候認識的。那時候我剛到國外，英語不好，融入不進留學生的圈子，酒會的時候大家都在聊天、跳舞，我心裡悶得慌，一個人躲在陽臺上哭。妳爺爺是學校出了名的社交達人，喝了一圈酒，從酒會大廳出來透氣，看我一個人在哭，也沒說什麼話，就遞了他的手帕給我。」

老太太說到這，滿臉的溫和笑意根本藏不住。

「當時真的覺得，他就像個天神一樣。後來，妳爺爺每天陪我練口語，跟我講他學的歐洲史，騙著騙著就把我騙上手了。」

「時間過得真快，一晃五十多年過去了，少年夫妻老來伴，沒想到這老頭臨老還是一個人先走了。」

她本意是緩解張蔓的尷尬，但真說起來，自己倒是傷感上了。

這麼大年紀，生離死別、跌宕起伏，經過人生的每個轉彎走到現在，也不是想起事就會掉眼淚的那種傷感。

就是看著他們，忽然就想起了從前也是意氣風發、悸動滿滿的少年時。

張蔓看著老太太，被她兩句話說得發怔。

少年夫妻，老來伴。

她想到就心裡又疼、又暖、又難受。腦海裡一下是李惟清俊的少年模樣，一下又是報紙上，他出席國際學術會議時，西裝革履的青年模樣，還有……前世他死之前的樣子。

她知道他的少年、青年，卻根本腦補不出他老年時會是什麼樣子，是不是也像尋常的老爺爺一樣，頭髮白了大半，眼角長了好多皺紋，也有老年斑？

還會不會像現在這樣，冷靜內斂，但看著她的眼裡，全是溫柔的光？

張蔓回過神，看著老太太眼裡隱約的思念，心裡有點不是滋味。她也不太會說話，安撫地拍了拍老太太的手。

但從另個角度來說，心裡卻落下一塊大石頭。

張慧芳這一世，運氣真的不錯。她心眼實，不那麼敏感，風風火火的容易得罪人，老太太雖然心思細膩，但看起來就是個寬厚能理解人的人。

由於酒席中午和晚上都有，吃完飯大家都沒走，大人們留在包廂聊天的聊天，吹牛的吹牛。幾個小輩沒人壓著，鑽進隔壁小包間，搬了兩張方桌，打起麻將。

打麻將張蔓也會，不過也就是會的程度，遠遠不到精通。

年輕人裡，除了李惟正好七個人，湊兩桌還差一個，於是幾個表姐按著李惟的肩膀，非得讓他上牌桌。

他們這桌就是張蔓、陳菲兒、李惟還有表叔叔家的大表姐。

表姐比他們大四歲，現在在Z城上大學。

李惟不會打麻將，好在陳菲兒是個大師，前幾把一邊打一邊教他規則，他很快就上手。

飯店裡沒有自動麻將桌，大家都得手動疊牌，年輕人玩習慣了，疊起牌來飛快。陳菲兒和表姐的手速讓人看得眼花繚亂。

張蔓和李惟就顯得有些手忙腳亂。

她偷偷抬眼看他，少年的下頜骨繃得緊緊的，為了跟上大家的節奏，修長的雙手快速又仔細地疊著麻將牌。

——每次都規規矩矩地疊成十八對。

他疊完了，還不忘幫她疊兩個，好像怕她又被陳菲兒嫌棄手慢。

張蔓覺得有點好笑。

真正打起牌來更是有趣，他喊「吃碰槓胡」，都比別人嚴肅一點，就好像面前的麻將牌是多麼正經的事，需要鄭重對待。

張蔓忽然覺得，以後應該多多挖掘他的其他面貌，他從前只有一個人，除了看書睡覺，連手機都沒有，更別說社交。他活得太單調，很多事情都沒嘗試過，她往後要陪著他一一嘗試才行。

「……蔓蔓，妳能別總盯著妳男朋友看嗎？我剛剛說了碰，把妳手裡那張牌放下……」

陳菲兒看她那樣就氣不打一處來，從桌上撿起剛剛表姐打出去的一條，和自己的兩個配成一組，翻在桌面上。

張蔓悻悻地伸爪子，把剛剛抓起來的那張牌放回去。

沒想到少年也發表了意見。

他低低沉沉地笑，右手理牌，左手伸過去摸摸張蔓毛茸茸的腦袋。

「蔓蔓，做事要專心，妳總看我，我也打不好。」

張蔓著急了，抓著他的手戳戳他手背：「你打不好可不能怪我。」

陳菲兒對他們秀恩愛已經見慣不慣了，翻了白眼，張蔓的上家、單身多年的表姐卻不動聲色地嚥了嚥口水。

表面上當然得維持大表姐的派頭，但心裡早就嚎了好幾輪。

我靠。

這男生也太他媽帥了，剛剛那個溫柔得要死人的摸頭殺……嚶嚶嚶嚶嚶。

現在高中生都這麼會撩的嗎？

還有她這個新妹妹，原本剛見面的時候還以為是個又美又高冷的女生，怎麼在這男生面前秒變小白兔？她看他眼神裡也太有愛了吧？

？？？

怎麼回事？

為什麼我他媽看兩個高中生談戀愛看得滿心姨母笑？

不行不行，表姐咳嗽兩聲，決定還是得拿出表姐的氣場，用可怕的升學考來敲敲兩個高中小屁孩的警鐘。

不能白白被虐啊。

「蔓蔓，妳現在高一了吧？有目標大學嗎？你們有沒有打算讀同一個大學啊？」

張蔓還沒回答，陳菲兒瀟灑地打出一張牌，順口替她說。

「北風！有啊，他們打算一起去北大。」

「？？？？？」

北……北大？

剛想向學弟學妹們推薦一波她們大學的表姐嚥了嚥口水。

對不起，打擾了。

吃完晚飯，張慧芳還得張羅送客人們回去，張蔓就和徐叔叔打了招呼，帶著李惟和陳菲兒出了飯店。

陳菲兒根本懶得看他們秀恩愛，飛速爬上公車走了。

張蔓牽著少年的手，兩人沿著飯店旁一條小路一直走。

今天是元宵節，外頭很熱鬧，能看到天空中不斷有炸裂的煙火和放飛的孔明燈。

路兩旁高大的法國梧桐葉子早就落光了，看起來光禿禿的，或許還得等天氣再暖和一點，才會長新葉。

張蔓扯了扯少年的衣袖。

「男朋友，你今天吃了飯，打了麻將，還收了紅包，你開心嗎？」

自從他開始接受心理治療，問他開不開心成了她每天必備的工作。

之前就和他約法三章過，開心就是開心，不開心就是不開心，不許對她撒謊。

少年很誠實地點點頭。

「今天很開心，尤其是……」

他說著，牽著她路過一盞路燈，忽然低下頭親她一下。

淺淺的吻落在她唇邊，一觸即分。

他吻完，眼波流轉地看著她，深情與溫柔，無處可藏。

張蔓的心臟怦怦直跳。

她以為他要說情話，誰知道少年笑了一下。

「——尤其是收了紅包。」

張蔓氣鼓鼓地捶他一下，卻被他摟過去圈在懷裡，深深吻下來。

——其實有時候，還是會很沮喪。

那種精神層次上的憂鬱情緒控制不了，比如他到現在，吃東西時都嘗不出什麼味道，對很多東西也提不起興趣。

好在愛她，就是一件足夠愉快的事。

只要一想到她，就想鼓起勇氣去做很多事，打起精神從所有的不愉快裡面，找到愉快的感覺。

這邊小情侶在慢悠悠地散步，那邊張慧芳送走最後一個賓客，累得坐在車子裡，哼哼唧唧地揉著小腿。

他們今天酒宴明說了不收紅包，但徐家畢竟都是有頭有臉的親戚，沒送錢，也都準備了價格不菲的禮物。

其中最貴的，當然還是李惟送的對錶，徐尚收的時候，還有點咋舌。

——這臭小子，把他買給張慧芳的鑽戒都比下去了。

徐尚把所有禮物放到後車箱鎖好，打開車門坐到駕駛座上，殷勤地幫老婆揉起肩膀。

「小芳，妳說李惟這孩子送了這麼貴重的禮物，我們回給他什麼好呢？半大孩子，送奢侈品也不太好，我一時之間想不出來什麼回禮比較合適。」

張慧芳奇怪地看了他一眼，挑了挑眉。

「說你蠢你還喘上了，我給他回禮？他都把我女兒拐走了，我給他回禮？哼……」

一想到上次視訊，讓她掉了半個餃子的畫面，張慧芳的冷哼聲越發起勁。

聽說這臭小子還有憂鬱症，打不得罵不得，張慧芳一口氣嚥下去，還想給他回禮？就讓他破費，怎麼了？

徐尚一邊幫她揉肩膀，一邊好笑地說：「真這麼討厭他？那今天還讓他來？」

張慧芳鼻子裡發出一聲「哼」聲：「還不是我這邊缺人，為了湊場面罷了。」

徐尚搖搖頭：「妳啊，永遠不說真話。」

還不是因為元宵節，想叫他一起來吃飯。

大過節的，那孩子一個人待著太冷清，人多，熱鬧點。

寒假結束，新學期開始。

原本李惟辦了休學，但張蔓考慮到他一個人在家太孤單，就和他商量還是回學校，每週放假兩天去醫院做心理治療。

這樣的話，她每天能和他待在一起的時間就更多了。

何況兩人以後都是競賽生，時間表一致——上學期物理期末考試，李惟缺考，張蔓考了第一。班導師便讓她加入物競班。

除了張蔓之外，班裡還有三位同學也要加入物競班，包括李惟。

一中的競賽體系健全，競賽培訓也比別的學校還早，特別是物競生和數競生，高一下學期每天的晚自習都要用來上競賽輔導課，也會有專門的老師帶競賽。

然後高二上學期，學校會讓他們提前一年參加預賽試試水。大部分是不太可能在高二那年就在複試拿獎的，所以只是為了積攢經驗。

但張蔓可不是這麼打算的，前世李惟就是在高二那次全國決賽裡，拿了一塊金牌，保送北大，她也不能拖後腿。好不容易在一起了，要是因為她沒拿到保送就要談一年的異地戀，她才不願意。

於是張蔓在開學第一天就給自己立了大大的flag，這學期必須拚命學習，就算她不是頂尖聰明，不太了解競賽這塊，但畢竟教這麼多年的高中物理，很多解題經驗和題目直覺也不是蓋的。

何況她還有李惟這個外掛。

在苦逼的高中生裡，競賽生無疑是令人羨慕的。

不用在教室裡參加枯燥的晚自習，各科老師對於他們的作業完成情況也會適當放水，一些文科課程甚至可以直接翹掉，去教學大樓裡那間「競賽小黑屋」刷題就行了。

這種特殊性，很讓人羨慕。

不過真正搞競賽的人，就不覺得輕鬆了，搞競賽需要孤注一擲的勇氣和非常清晰的自我規劃。不成功，便成仁，競賽沒拿省級一等獎，沒辦法參加決賽，更沒有自主招生降分資格，又耽誤學習，大部分人就算之後回去參加升學考也沒什麼作用了。

而且由於和學校常規體制不同的特殊性，高中時搞競賽，真的需要學生們非常大的自制力，每天要接受那麼多別人大學才會學的知識，那麼多定理、公式，刷不完的題……

所以大部分有勇氣搞競賽的人，都對這門學科愛得深沉。

競賽小黑屋，就是為他們熱愛的學科癲狂的地方。

經過幾天的篩選，物競班一共十一個人，除了一班四個同學，還有七個來自另一個實驗班和普通班。

幾個同學在這天晚自習，被負責統籌物競班的劉志君帶去了小黑屋，互相見面，之後他們要長期相處好幾年。

學物理的幾個同學對李惟並不抵觸。人總是會對同領域的強者，產生崇拜和敬畏。

再瘋再不合群，那也是物理大神啊！大神本來就不是普通人嘛，要是普通，他能當大神嗎？

人家每次物理考試不是滿分，就是接近滿分。這還不是重點，重點是，人家現在根本就沒把高中階段的物理放在眼裡好嗎？聽一班的人說，人家把量子力學、廣義相對論都自學完了，現在好像在學量子場論和群論，以及前沿的學術論文。

北大物理系大三學生的水準，還是極其優秀的那種。

他們這群渣渣有什麼資格歧視大神？

所以他們對李惟的不熱情，並不是因為排斥，而是在大神面前瑟瑟發抖的矜持。

十一個人裡，除了張蔓之外只有一個女生，叫齊樂樂，是個普通班的女生，平時總成績比張蔓還差，但物理一枝獨秀。

齊樂樂名字甜美，人就沒那麼甜美了，個子和張蔓差不多，體型卻是張蔓的一點五倍，戴著厚厚的眼鏡，很內向，一進小黑屋就自顧自找位子坐下來刷題。

其他九個全是男生，參加物理競賽，這種男女比例非常正常。

一班那兩個男生，其中一個就是坐在張蔓前面的金明，另一個則是物理課小老師徐浩思。幾人原本就是同個班的，都很熟絡，沒說什麼話。反倒是別班幾個男生，見著張蔓興奮不已，一進門紛紛過去搭訕。

要電話都是日常操作。

畢竟是校花小姐姐，走到哪裡都備受關注，好不容易有機會一起鑽小黑屋，說不定鑽著鑽著，就能鑽出火花來。

金明瞄了幾個蠢蠢欲動的男生一眼，又瞄了李惟一眼，小眼睛裡泛起了八卦的光。

坐在兩人前面一個學期，真不是白坐的。雖然後腦勺沒長眼睛，但不妨礙他動不動就能聽到幾句讓他酸掉牙的……悄悄話。

二班物理課小老師陳峻在同伴慫恿下，笑嘻嘻地拿出自己的手機，想讓校花小姐姐輸個電話號碼給自己。

手機剛遞出去，忽然感覺脖子後頭涼颼颼的。

有一種汗毛豎起的感覺。

他回頭，發現大神正靠在窗邊，手裡拿著一本裝訂過的全英文論文，面無表情地看著他。

陳峻突然有點手抖。

好像有聽說，李惟追過張校花。

他搖搖頭，決定忽略大神微妙的眼神，繼續和小姐姐搭訕。

「張蔓同學，輸一下手機號碼唄，以後有什麼活動一起出去玩啊。」

「不好意思，我沒有手機號碼。」

張女神一張冰山臉，冷冷淡淡拒絕他。

陳峻：「……」

其他人：「……」

所以，妳桌子上那個手機，是放著當吉祥物的嗎？

誰也沒注意到，倚在窗邊那個少年，忽然低著頭，彎了彎唇角，慢條斯理翻了一頁論文。

高一下學期的競賽生活如火如荼地展開了。

李惟每週三和週六都要去醫院做一整個上午的心理治療，張蔓只能週六放假陪他去。

其餘時間，兩人都和物競小班的同學們一起，白天正常上課，每天晚上接受競賽培訓。

當然，一般公史地課大家也會翹掉，一起去小黑屋刷題。

劉志君隨意給十一個同學安排了固定座位，張蔓和齊樂樂坐隔壁桌。

另外八個同學兩兩配對，李惟則被安排一個人坐在窗邊。

小黑屋裡的競賽培訓無疑是很辛苦的，接受全新、高難度的知識對於前陣子才掌握一些力學、運動學的基礎知識的高一同學來說，非常困難。所以往年競賽班的課程一般都是由淺入深的設置，盡量讓每個同學都能跟上進度不掉隊。

學校今年聘請的教練是北大物理系畢業的年輕老師，名叫林平正，聽說他當年拿過物理競賽金牌。

大家一開始當然對新老師非常崇拜，物競金牌，又是北大物理系畢業，對於這些滿腔熱血的少年來說，簡直是他們的榜樣。

然而，林平正的課程設置非常不合理，完全不考慮學生的接受能力，第一節課一上來，一群連力學分析都還沒鞏固好的同學們，就被迫接受了剛體、轉動慣量、力矩、角動量等一堆大學力學核心概念。

除了張蔓和李惟，班裡其餘九個人全程呆滯臉，上完一節課後，都對人生產生深刻懷疑。

林平正上完課，看著底下面無人色的同學們，鼻子裡發出了輕微的哼聲，抬手推了推厚厚的眼鏡，從桌上拿起大家高一上學期物理考試的成績表。

「我不知道你們學校選拔競賽的機制是不是有問題，透過一次選拔考試就選了你們這些人，我認為並不是很科學。有幾個同學自己還是需要注意一下，特別是有的同學，在之前的每次考試都表現平平甚至極差，也就最後一兩次考試突然變好。名字我就不點了，競賽不是兒戲，不要抱任何僥倖心態。」

張蔓聽到這，不免有些尷尬，好在其他人也沒往她這邊看。

這老師說的，可不就是她嘛……上學期一開始，她的物理成績幾乎不及格，後來慢慢飄上及格線，也就最後兩三次週考、月考，以及最後的選拔考試，開始變好。

說完個人，林平正又開始說整體。

「你們一中的學生不算好，教學品質也普通，我看過你們學校之前幾年的競賽歷程，只能說，成績非常一般，雖然在隔壁幾個小城市裡還算可以，但比起全國競賽水準，還差得遠。」

他說完，自顧自收拾東西往外走，看都不看他們一眼。

聽完這句話，同學們的自信心有些受到了打擊，眼裡也略微氣憤。

畢竟還是半大孩子，就算自己的學校再差，也容不得別人說，脾氣比較衝的陳峻直接站起來想和他理論，結果被他後面的鄧年按下了。

才第一天，不好起衝突。

但大家都有點意難平。

一中在他們市雖然是升學高中，在省裡卻完全沒什麼名氣，每年國立大學的錄取率也一般。林平正自己是全省最好的高中出身，又是北大物理系畢業，他看不起一中也正常。

但他每一句話，都透露著強烈的優越感，有點讓人不爽。

張蔓有些不開心地撇了撇嘴。

她前世當了十多年的物理老師，自己雖然沒能力帶競賽，但見過的物競教練不少於十個，有的還是大學裡資深的物理教授，集訓時被聘請來講一兩次課。

資歷越高，越是謙虛內斂。

哪像林平正，教書教得不怎麼樣，脾氣倒是不小，第一節課就給他們下馬威。前世她沒參加物理競賽，對這些不熟悉，連學校物競老師是誰都不認識，沒想到這個老師這麼令人失望。

少年一直沒聽課，自顧自看自己的論文，累了就側過頭看看張蔓，此時見她不開心地撇著嘴唇，皺了皺眉，習慣性地想去牽她的手。

伸出手的時候才反應過來，他們現在不是隔壁桌。

——中間隔著一個兩人寬的走道呢。

他收回手，低下頭，不悅地抿了抿唇。

第二十章　你懂物理嗎

物競培訓就這麼進行了一個多月，林平正的態度越發惡劣，經常在剛剛講完新課後直接叫同學上黑板做題。

他沒叫過李惟，反而總是叫張蔓等幾個他認為的「差等生」。好在張蔓上學期最後一段時間一直在刷剛體力學的題目，所以大部分都能應付過來，但其他幾個同學就不行了。特別是齊樂樂，基礎不太好，每次題目解不出來，被林平正冷嘲熱諷一通，下來就趴在桌子上悶悶不樂。

張蔓只能低聲安慰她。

她心底嘆了一口氣。

這樣下去，同學們的一腔熱血和自信心都快被打擊光了。

物競小班的每位同學都很氣憤，他們私下和劉志君反映，劉志君很快找了教研組商量，卻沒得到任何有效回覆，只說林平正是個非常有經驗及實力的競賽教練，讓他們不要對他有偏見。

眾人只好作罷。

這天中午，物競班三帥——陳峻、鄧年和曹志學又在小黑屋裡 diss 起林教練。

當然，「三帥」是他們自己封的。

曹志學是普通班的，除了物理好，其他的課都一塌糊塗，平時總是吊兒郎當的，反正一點都不「志學」：「你們發現沒，林平正天天腳步虛浮，雙眼無神，眼下青黑，我敢打賭他晚上肯定是小電影看多了……」

陳峻本想附和，忽然瞄到走進教室的張蔓，於是咳嗽一聲，誇張地說：「哇曹志學，你也太汙了吧？我純潔的小心臟受到了玷汙，跟你當同學實在是太可恥了。」

曹志學聽到他突如其來的噁心語氣，本來還一愣，轉頭看他瞄的方向，就知道自己被坑了。

這傻子居然看到張女神走進來也不提醒自己。

他偷偷看張蔓一眼，大聲挽尊：「怎麼汙了？心靈不純潔的人，聽什麼都汙。我就是覺得林老師可能比較喜歡看電影，比如《活著》這種批判社會現實的優秀電影。」

陳峻：「……」

算你狠。

鄧年就機智多了，裝作沒看到張蔓進來，順嘴誇一波女神：「你別說，林平正絕對是因為當年自己參加競賽的時候太慘，現在混出頭了出來報復社會。每天都要上黑板做題，我們又沒有張蔓同學那麼聰明，天天被他罵。」

後面刷題兼聽八卦的齊樂樂和金明：「……」

這彩虹屁，也太生硬了吧？還物競班三帥呢，三傻還差不多！

三傻各自日常表演一番，就張羅著要去外面餐廳吃午飯，補補腦子，還問張蔓去不去。

張蔓婉拒了，三傻有些失望，不過也沒說什麼，勾肩搭背走了。

她翻開書，刷著昨天林平正安排的題目，在教室等李惟回來。

今天週三，他上午又一個人去做心理治療。

每次去完心理治療，他都會有一晚上的時間處於較為沉默的憂鬱狀態。

這也是張蔓唯一能看到他明確憂鬱症狀的時候，平常他總是壓制地很好，對她親昵對她笑，幾乎看不出來不開心。

只有這段時間，他基本不怎麼說話。

張蔓心疼得不行，卻也沒辦法。

這是無法避免的，要治好心理疾病，就是需要把內心積壓的情緒爆發出來，再進行疏導。這種行為無異於用刀割去傷口上腐爛的肉，在治病的同時，首先會痛。

大家都去吃午飯了，小黑屋裡一個人也沒有。

張蔓做完半張卷子，才看到少年從教室後門走進來，她開心地迎上去，拉著他坐在位子上，自己則坐在他旁邊的空位。

「男朋友，你今天有進步嗎？」

每次做完心理治療，醫生都會給他這週的心裡測評。

少年看著她，她雙眼亮晶晶地問著和上週同樣的問題。

他點點頭。

張蔓知道他不太想說話，也就不再打擾他，在桌子下牽著他的手，輕輕撓他手心。讓他感受到她的存在。

她陪了他一下，去倒了一杯水放在他面前。

「男朋友，今天乖乖吃藥好不好？」

醫生上次開了抗憂鬱的藥給他，但他總是不愛吃。

果然，少年搖搖頭，把腦袋抵在書桌上，沒說話。

他的眼底，盡是疲憊和疏離，整個人有點沮喪。

張蔓心裡一疼。

他每次這樣的時候，她真的心疼得難受。

她咬咬唇，環顧了四周，反正沒人。

她湊上去，親了親他的臉頰，靠近他耳邊：「乖，吃完有親親獎勵好不好？」

這一招還是非常有效。

少年抬頭，修長乾淨的手指剝出一顆白色藥丸，放進嘴裡，喝了水吞嚥下去。

他仰頭喝水，額頭、鼻梁、嘴唇到喉結，流暢的線條讓張蔓沒出息地嚥了下口水。

他的側臉，好看得驚心動魄——無論看他多少次，她都能感到無邊悸動。

少年吃完藥，放下水杯，轉過來看著她。

眼神暗沉沉的，意思再明確不過。

張蔓揪住他衣袖，咬了咬唇。

畢竟是在教室裡，就算沒有人，也還是……

張蔓沒忍住，臉紅了，但要履行承諾啊，她咬咬牙硬著頭皮親上去，剛貼到少年柔軟的嘴唇，就聽到教室門口一陣清脆的響聲。

她睜開眼，看到教室前門那裡，物競三傻之一的鄧年捂著嘴看著他們，手裡晃著的一串鑰匙嚇得掉在地上。

鄧年：「？？？」

媽耶我看到了什麼？嗚嗚嗚女神被拱了……不對，女神拱了別人……

張蔓還貼著少年的嘴唇，和鄧年對視一秒，瞬間尷尬地頭皮發麻，臉通紅。

她迅速鬆開少年，趴在桌子上憋著氣不想說話。

果然不能在教室裡做壞事，太尷尬了……她可以原地消失嗎？

鄧年嚇得手都在抖，結果發現大神一邊溫柔地摸著女神的長髮試圖安慰她，一邊轉過頭，目光涼涼地看著他。

那眼神實在可怕，簡直就是死亡凝視啊，他被看得雞皮疙瘩掉了一地。

鄧年嚥了嚥口水，遲疑地試探著往後退一步。

「呃，你們繼續，繼續，我什麼都沒看到……」

說完，他哆哆嗦嗦撿起鑰匙，眼裡含著一泡失戀的熱淚，堅強地轉身往外走。

時間又過了半個月。

四月初，是N城一年四季之中最好的季節。

雙城溪邊整齊的垂柳長出嫩綠色的葉子，每棵柳樹中間，不算高的迎春枝條上，開滿了金燦燦的迎春花。

學校小花園裡火紅的月季更是勾人。

春天和冬天不一樣，不論是雨還是風，都帶著些許溫柔。

這天也下著綿綿小雨，春風微冷，張蔓和陳菲兒一起吃完晚飯走進教學大樓，收了透明雨傘，輕輕抖落傘上的水珠。

她走上二樓，看到幾個同學勾肩搭背地進出小黑屋，擠眉弄眼地說著笑話，看到她走過來，紛紛和她打招呼。

張蔓招招手，回了他們一個笑容。

經過將近兩個月的相處，十一個同學之間的關係越來越好。

搞競賽的人通常都比較單純、孤注一擲，沒那麼多心思。

大家都是在最熱血、最有拚勁的時候，遇上了一群有同樣追求、志同道合的人，總能勾起心底的情懷和理想。

他們一起打鬧玩笑，一起熬夜刷題，一起熱烈地談論宇宙和黑洞，時空和星球，一起diss林平正。

十幾個人的小團體中每個人的性格其實差的很遠，卻相處得很融洽。物競三傻每天負責插科打諢，金明坐在教室後排，在大家聊天玩樂的時候負責盯梢，齊樂樂雖然安靜，但每次大家開玩笑時，她也會開心地瞇起眼睛，露出兩個肉肉的酒窩……

每個人在這個小團體裡，都有自己特定的存在意義，很容易產生深厚的友誼。

張蔓偶爾還能看到幾個男生一起問李惟題目，他雖然平時冷淡，不參與他們的勾肩搭背，但不管誰來問題目，他總是能給出細緻又詳細的解答。

甚至有時候，林平正上課叫人站起來回答問題，他還會幫幾句。

張蔓忽然覺得很慶幸。

前世李惟一直被同學排擠，在學校裡從來都是一個人，冷淡又疏離。張蔓自己也是，除了閨密陳菲兒，幾乎沒有親密朋友。

所以不管是李惟還是她，都很少有過這種融入團體的感覺。

班級的氣氛越來越其樂融融，但還是有人不太高興。

比如李惟。

自從那天張蔓主動親他被鄧年發現之後，她在小教室裡就再也不和他親近了。

她曾經總會在大家沒注意到時，有一些親昵的小動作。

比如經過他身邊時，偷偷地拿手背碰一碰他的臉，再比如有時候替老師發作業，她輕輕地撓他的手心，甚至在沒人的時候親親他的臉頰。

然而現在，這些小動作完全消失了。

不管有沒有人在，她時時刻刻和他保持著距離，就連偶爾他手癢想摸摸她的腦袋都被躲開。

而且，或許是混熟了，她最近總是對著物競班其他男生笑，笑得那麼甜那麼美。

少年咬著鋼筆筆帽，眉頭微微皺起。

這該死的小黑屋。

這天晚自習下課，兩人一起回家。

外頭是濃重夜色，溫柔的春風吹拂過，撥亂了張蔓的長髮。一路上她神情嚴肅地和李惟保持距離，一直走到校外又轉過一個街角，才總算放下心來，伸手去牽少年的手。

沒想到剛搆著他的手心，就被他用力拉過去，摟在懷裡，不顧一切地親下來。

在學校裡她不給親，回家路上這麼短，不抓緊時間怎麼行。

眼見小巷子裡也沒什麼人，張蔓放鬆心情，被少年壓在小巷角落的牆上，按著後腦勺，放縱地親吻。

張蔓努力調整呼吸，抬起下巴，青澀又熱烈地回應他。

春風拂面，夜色沉重，少年明明沒喝酒，但他的吻卻帶著一絲醉人氣味。

其實她也很想親他。

「曹志學，你也太蠢了吧，手機都能丟在學校，還得老子陪你回去拿，你該不會怕黑吧？」

曹同學一邊大口咬著脆皮冰棒，一邊不屑地說：「誰他媽怕黑，鄧傻子，我是怕你一個人回去怕黑好吧。」

「你他媽才怕……我靠你看那邊，有兩個人，穿著我們學校的校服在接吻……」

「嘖嘖嘖，世風日下啊……走，我們過去看看。」

兩人賊兮兮地躲在牆角，兩眼放光地看過去。

英俊挺拔的少年，把嬌小的少女圈在身體和牆中間。

他托著她的後腦勺，溫柔又熱烈地吻她。

和平時冷淡理智的天才少年，似乎完全不是同個人。

而被他親吻著的少女，紅著臉，睫毛輕輕顫抖著，雙手無意識地揪著少年的衣袖。

和平時高冷沉默的冰山女神，完全不是同個人。

「……」

「……」

鄧年上次撞見過，所以對兩人的關係心裡有數。他轉過頭，看著曹志學一副傻愣愣的樣子，笑得解氣又痛快。他一直憋著沒說，總算等到這一天了。

「曹志學，你他媽雪糕掉了，哈哈哈哈。」

曹志學明白過來之後，惡狠狠地拍了一下他的腦袋。

「靠，鄧年你是不是想死，你知道你不告訴我？我他媽還打算過兩天女神生日的時候送她一個禮物呢……我就說昨天我去問大神問題的時候，他看我的眼神有點嚇人……」

鄧年嘿嘿一笑。

「兄弟，別慌，我們不是還有陳峻那個二傻子嗎。要不……我們慫恿他去表白？」

失戀的傷痛很快被興奮替代。

曹志學摸了摸方正的下巴：「你說的有點道理，嘿嘿嘿……」

「是吧是吧，嘿嘿嘿……」

林平正每週講三次課，每次兩個小時。他講課的進度非常快，而且內容跳躍。

又來到講課的夜晚，物競班的幾個同學蔫蔫地趴在桌子上等他來。真的不想上他的課，反正課後自己還要再學一遍。

不過該來的還是得來。

林平正面無表情地從教室外面走進來，也不抬眼看他們，翻開講義：「今天講科氏力。」

底下所有同學：「？？？」

所以角動量定理的內容就算講完了？

角動量定理和轉動定理是力學競賽中非常難的一部分，他居然只用一個半月的時間草草講完。練習題也是隨隨便便往下堆，而且還不幫他們改作業，都讓他們做完自己對答案。

大家學的不太好，做習題也做得很吃力。

這稀裡糊塗的，就開始講科氏力了？也太跳躍了吧……

林平正簡單介紹了幾句，拿著粉筆往黑板上抄公式。

大家在學剛體力學時，勉勉強強接受了一大堆外積、微分以及粗淺的積分運算，此刻看著滿黑板的公式推導，全體呆滯了。

就連張蔓都覺得很頭痛，看得暈乎乎的。

對於高一學生來說，根本就是天書一樣的重點，他從頭到尾居然只花十五分鐘就講完了。

而且思緒非常跳躍。

林平正把科氏力的推導圖一畫，輕描淡寫地寫完公式，給了他們五分鐘的時間領悟。

曹志學雖然看不懂，但是打算先記下來。

「v=dr/dt=v'+wXr'+vr……」

「然後 a=dv/dt……」

結果寫到一半公式就被擦了。

還讓不讓人學了？

「靠。」

他把筆一放，沒忍住，輕聲罵了一聲。

沒想到就這一句，被林平正聽到了，他輕蔑地瞟了他一眼，擦乾淨黑板上最後一個向量符號，推了推眼鏡。

「怎麼，腦子轉的慢，手也沒長？曹志學、張蔓，上來把我剛剛寫的公式，重新推導一遍。」

才講完，就要人複現一遍？怎麼可能……

曹志學聽完，梗著脖子憤怒地和林平正對視幾秒，最終還是沒說什麼，重重推開椅子站起來，上了講臺。

張蔓也放下筆，無奈地搖搖頭。

科氏力這個東西，她當時大學學力學時就沒弄明白，而且其實這個內容，競賽考試時也不會讓學生推導。雖然在物理重點裡不算太難，但對高一學生來說，實在是太複雜太艱澀了。

張蔓總覺得林平正似乎並不是真的想好好教導他們，他的眼神扭曲而複雜。這樣的人張蔓前世見過不少，少年得志，後來卻逐漸平庸，接受不了落差，只好在生活中處處尋找優越感。

她心底嘆了口氣，站起來，剛想往講臺上走，卻被少年輕輕拉住衣袖。

「老師，我替他們寫。」

少年的聲音沒什麼起伏，眼神暗沉地看著林平正，讓人看不透在想什麼。

反正不是開心的表情。

林平正冷笑一聲：「你替他們寫？行啊，到時候競賽你也替他們考好了。」

曹志學回過頭，咬著牙：「李惟，沒事，我自己寫吧。」

大不了就是像之前那樣，冷嘲熱諷幾句，總不能每次都讓他幫。

張蔓也安撫地看他一眼，溫柔地拿開他拉著她衣袖的手。

她從講臺上拿了一根粉筆，走到右側黑板前。

科氏力，描述的是在旋轉體系中進行直線運動的質點由於慣性產生的偏移。

她想了很久，沒回憶起來剛剛林平正是怎麼講的——他講的實在是又快又亂。

於是她打算根據坐標系來硬算，硬微分。她跟著自己的思緒寫了幾個式子，但那麼多年一直不明白的重點，怎麼可能憑空就弄明白。

寫到一半，還是卡住了。

曹志學那邊更慘，就開頭寫了一個 dr/dt 的公式，憋紅了臉也寫不出來下一個。

林平正看著他們的窘態，完全沒有身為競賽教練的急迫或者對學生的關心，反而是一臉嘲諷和不屑。眼裡的優越感，似乎要戳破兩人的臉皮。

張蔓深呼吸，轉過身，把粉筆放進粉筆盒裡：「老師，我不會。」

再僵持下去就是浪費時間。

但曹志學卻一口氣哽在胸口嚥不下去，雖然也不會，但就是站在講臺上沒說話。

一張臉早就憋得通紅。

林平正對張蔓的示弱，不屑地嗤笑了一聲，倒也沒說什麼，把火力放在了曹志學身上。

「曹志學，我勸你真的好好考慮一下，以後要不要走這條路。我喊你上來回答問題的次數不算少吧，大家多多少少還能答上來一點，你呢？你沒有一次答出來過。」

曹志學被他噴得脖子都紅了，這個年紀的少年最要面子，平時在班裡，物理也總是數一數二的，年級裡也經常考前十。

何況他是普通班出來的，班導師和物理老師一直是用優等生的眼光看他。哪裡受過這種打擊？

他漲紅著臉，緊緊握著拳，低著頭，身上的銳氣像是被消磨了一大半。

他甚至開始懷疑，自己到底是不是學物理這塊料呢？

難道真的是他太笨了嗎？

三傻之一的陳峻看不下去了，硬邦邦說道：「林老師，按照往年的物競範圍，科氏力應該不會考推導，只會考方向判斷和應用。」

在這個地方鑽牛角尖，真的沒必要，如果真要探尋原理推導，好歹也給他們一點時間去鞏固吧？

林平正笑了，看著他：「你是老師還是我是老師？要不要你教我什麼該學什麼不該學？」

陳峻本身就性格衝動，此刻被他奚落，澈底憤怒了，多日積壓的不滿全部爆發出來：「林平正，你根本就不會教書，別仗著自己是北大的就看不起人，你這樣講課，誰他媽能聽得懂啊？」

林平正脾氣也上來了，說了很多平時藏在心裡，不會當眾說出來的話：「物競本來就是有天賦的人才能參加，我今天告訴你，我憑物理競賽金牌保送北大，我還真就了不起。聽不懂就承認自己智商低，有些事情，不是勉強就能勉強的來的。」

陳峻不知道怎麼反駁，氣紅了眼睛：「靠，老子不幹了，有你這麼侮辱人的嗎？」

他氣得狠狠摔了筆，把書和筆記本一收，走到講臺上扯曹志學。

這大傻子，挨了罵還跟個木頭似的杵著那。曹志學被他拉著從講臺上下來，就連三傻之中最冷靜的鄧年這次也沒勸了，安安靜靜站起身跟著兩個好友收拾東西也打算走。

正值晚自習下課，其他各個班級的同學聽到動靜，都過來看熱鬧。發現是教練和學生吵架，普通班的同學們瞬間有興趣，看熱鬧不嫌事大地圍了過來。

林平正這個人本來就傲得不行，見他們要走，冷笑一聲，把教鞭一放：「行啊，你們三個今天就退出物競班好了，也別回來參加競賽，升學考去吧。」

陳峻捏起拳頭，語氣冷硬：「不參加就不參加，物競了不起啊。」

話是這麼說，氣勢還是低了一截，他也知道自己現在灰溜溜地走了可能無法收場，但承受不了林平正的侮辱。

周圍看熱鬧的同學大概明白是怎麼回事，開始議論紛紛。

有人看不起林平正的作為：「我靠，這教練厲害啊，真狗，這麼囂張的嗎？真以為自己北大了不起了？」

但畢竟是重點高中，對國內頂尖大學畢業的人，總有一種莫名敬畏，所以也有人替他說話。

「北大的嘛，人家狂一點也有本錢，可能還是年輕氣盛吧。」

「你懂個屁，我聽金明說，這老師根本不幹人事，課講得超差，天天覺得自己可厲害了。」

「那也沒辦法，我們導師劉志君根本做不了競賽題啊，還是要靠人家。」

張蔓看到這場面，心裡嘆了一口氣。

三個人梗著脖子就要走，林平正火冒三丈地站在講臺上，眼裡都噴著火。

這都什麼跟什麼啊。

這些孩子們都有天賦，也有理想，憑什麼遭受這樣的打擊？張蔓有些憤憤不平，開口還算客觀平靜：「林老師您讓我們做推導，或許有您的道理。」

——「但是，您是不是給我們留太少時間了？我看過曹志學的講義，您說他每一道題都不會做，其實不是的。在我看來，他是個很聰明的孩……同學，只要回去仔細看完筆記，基本上就都能掌握，解題的方法清晰，腦子轉的也快。我覺得您每次剛上完課就讓我們上來做題，有點不合理，這樣不但達不到鞏固知識的目的，還會嚴重打擊學生們的積極性，對於教學非但起不到正面積極的作用，還會引起學生們嚴重的抵觸心理。希望您能夠稍微改一改教學模式。」

她的語速不快不慢，卻有點壓迫感。這也沒辦法，當了多年高中物理老師，一說起教育，「教師腔」自然而然就出來了。

林平正在氣頭上，根本聽不進去話，何況張蔓在他眼裡，就是一個差等生，還口口聲聲和他講教學方法？

「張蔓是吧？妳別以為我沒說妳，妳就沒問題了。我看過妳的成績單，剛上高中時，物理還考過不及格？是，高一上學期的物理簡單，妳們這些女孩子，努力一點勤奮一點是能補上去，但妳別小看競賽。競賽不是勤能補拙的東西，智商是最低要求。」

他說著，火氣徹底上來，開始口無遮攔：「我今天攤開說，就你們班這幾個同學的智商，還是盡早別搞物理了，你們就是在侮辱『物理』這兩個字。」

曹志學剛聽張女神幫她講話，感動得不行，此刻聽林平正數落她，摔了書就想衝上去。憤怒得眼睛都紅了。

但他剛想上去，卻被人伸手扯住。

他回頭，一直沒出聲的大神安安靜靜坐在位子上，一隻手有力地拉著他，讓他掙脫不開。

少年的身子有些不規矩地往後靠，嘴角忽然掛上一抹笑意，黑漆漆的眸子裡，突然帶上一抹平時從未見過的陰霾，直直地和林平正對視。

他明明在笑，但曹志學卻起了一身雞皮疙瘩，奮起而攻之的氣焰一下就消退了。

這老哥，還以為他平時面無表情的時候比較可怕，沒想到笑起來更嚇人。而且，他明明是坐著，但看林平正的眼神，怎麼就能這麼居高臨下呢？

所有人都看著少年，只聽他輕笑了一聲，反問：「物理？」

——「你懂什麼叫物理嗎？」

少年的聲音略帶沙啞，聲音不算大，但語氣裡的那份桀驁不馴和自信，卻成功讓全場安靜了一瞬。

他的問話，太有引導性，幾乎在場的每個人都順著思考。

所以什麼叫物理？

接下來，大家就聽到一些他們畢生都沒接觸過的層面，驚得差點掉了下巴。

「你知道什麼是克爾黑洞的解析延拓嗎？」

林平正在氣頭上，驟然聽到一個有些熟悉的名詞，成功哽住。

克爾黑洞？似乎是高級廣義相對論的內容。

他大學混了四年，也就大一學的力學和電磁學還算可以。大二大三選了應用物理，四年下來被當了好幾科，GPA低得自己都看不下去，差點被退學。專業課程都學的稀裡糊塗的，又怎麼可能去了解這些東西。

沒給他多少反應時間，少年繼續問他。

「你能解釋什麼是自發對稱性破缺嗎？」

他的聲音完全沒有一絲波動，也不憤怒，甚至因為沙啞低沉的音色，讓人覺得有那麼一點酥麻和溫柔。

但在場的所有人都能清清楚楚地聽出來。

——碾壓。

不是同等階級之間互相看不起的輕蔑，而是大神對於普通人，完全不把你當回事的忽視，澈澈底底的碾壓。

少年問完這句後，好整以暇地安靜了半分鐘，像在給林平正一些時間思考。

當然不可能回答出……

看他漲紅著臉卡在那裡，又笑著問了最後一句。

「這些都不知道啊？那再換一個……你知道怎麼計算非阿貝爾規範場論的重整化嗎？」

林平正被他的三連問問得血液上湧。

非阿貝爾規範的重整化……這次他甚至連這個名詞都沒聽過，重整化……似乎是理論物理系量子場論的內容。

他們系不學。

他閉了閉眼，腦袋嗡嗡直響，彷彿又看到當年在北大時，每次考試都考不過其他同學的那個自卑又要強的自己。也看到後來，因為成績不好變得孤僻又自卑、整天無所事事、靠打遊戲虛度光陰的自己。

還看到臨近畢業，眼看著同學們念研究所、出國留學，卻因為被當和畢業論文出錯，恥辱地延畢了一年的自己。

一個十六七歲的臭小子，居然讓他想到了系裡那些GPA、科研兩手都穩的物理大神，那群真正懷著理想，走在物理研究康莊大道上的人——也是那群他嫉妒得要命，最厭惡的人。

他是比不上他們，但李惟呢？

不過就是個高中生，他何德何能？

簡直就是笑話。

一個人越是自卑，表現得就越自負，他帶著戾氣反問：「什麼重整化？我不會，難道你會？」

也就吹吹牛罷了，還以為說這些名詞出來，就能嚇到他？

少年這時忽然站起來，走上講臺，牽過還站在講臺上少女的手，拉到身後。

「蔓蔓，給我一支粉筆。」

他背對眾人，面向她時，表情突然溫柔又柔軟。

張蔓愣愣地從粉筆盒裡遞了一支給他。

少年歪著頭，想了幾秒鐘，看了一眼手錶。

「從基礎開始的話，大概寫到放學也寫不完……算了，我從格林函數開始吧，反正……」

他偏過頭，看了林平正一眼。

「反正，你應該也看不懂。」

他搖了搖頭，開始在黑板上寫下一個個冗長又複雜的公式，很快就占了一小半黑板。

這才是真正的物理，集數學的優美和物理的縝密於一體，不知道比剛剛科氏力的推導複雜多少倍。

周圍看著他洋洋灑灑書寫的同學們，包括物競班的另外十個人，早就驚呆了……

這都是什麼？這是物理嗎？

我的 F=ma 呢？我的 V=at 呢？

嗚嗚嗚媽媽，我不好意思告訴別人，我是理組生我學過物理了……

春夜，微風，窗簾浮動，教室裡在這一刻極其安靜，只剩下少年手中粉筆和黑板不斷摩擦的「沙沙」聲。

還有眾人壓抑的，不敢打擾的呼吸聲。

他的側臉精緻無雙，乾淨有力的手指白皙，連握著粉筆的動作，似乎有不一樣的好看。

張蔓已經澈底看呆了，心臟怦怦直跳。

而林平正看著他的模樣，陰沉地咬咬牙，雙手緊握，心裡的嫉妒和自卑再一次席捲而來。

他在這個少年的身上，感受到了曾經，他永遠都不想去回憶的感覺。

就是這種感覺。

就是這種被碾壓得無力反抗的感覺。

他看著滿黑板的公式，突然無比心慌。他紅著眼睛，拿起板擦瘋狂擦掉少年寫到一半的式子。

他討厭物理。

這些公式，看的他想吐，讓他無時無刻不回憶起對他來說，屈辱又無力反抗的四年。

明明當年他進北大時是基礎最好的那一批，拿物競金牌、進國家集訓隊……是什麼時候開始出現偏差的呢？

什麼時候開始被別人一點點踩在腳下？

他飛快擦了整面黑板的公式。

直到全部擦完後，心裡那種扭曲的恥辱感，才略微減輕一些。

他「砰」的一聲扔了板擦：「很好，我是懶得教你們了，忤逆老師，不知道尊重前輩，李惟，你這麼能耐，以後競賽班你來帶啊？」

少年輕笑一聲。

「你的提議不錯。」

「還有，請你以後別再侮辱北大，也別侮辱物理。」

原話奉還。

暴躁與冷靜，氣急敗壞與篤定。

高下立分。

林平正看著周圍圍觀的同學，再也忍不住心裡的羞恥和憤怒，頭也不回地摔門而出。

那樣子狼狽至極，甚至可以說落荒而逃。

林平正走後，物競班裡安靜了很久。

所有人都看著那個拿著粉筆的少年。

黑板上現在一乾二淨，他們簡直懷疑，剛剛自己看到的那一切全是一場夢。

可怕的沉默過後，三傻之一最冷靜的鄧年率先反應過來，跑到門口趕人。

「看什麼看，都回去寫作業，有你們什麼事啊。」

然後他發現他沒趕動。

門口那群堵得最裡面的女生，此刻正雙手托著腮看著李惟，嘴角上揚，兩眼冒著星星。

那眼神，簡直就是一群女妖怪們看著可口白嫩的唐僧肉。

這……鄧年滿頭黑線，前兩天論壇上不是還有人討論過大神嗎？不都怕的要命嗎？

經過這番爭執，風向徹底一邊倒了。

「李惟這麼厲害的嗎？簡直就是把那個教練踩在腳底下摩擦啊？」

「就是，平時知道他成績好，但也沒聽說這麼厲害啊？他剛剛說什麼？什麼重整化？我的天……膝蓋已碎。」

「這才是大神吧？不對，大神中的大神！」

門口站著的幾個女生甚至激動地想擠進來，那眼神讓鄧年想到他家那個瘋狂追星的表妹。

鄧年頭皮一麻，面無表情地在她們的嚴重抗議下，把門關上。前面那兩個女生他認識，明明是文科班的，她們看懂什麼了就一臉崇拜？

還是他們學物理的比較理智。

結果他一回頭，發現學物理的、物競班第二、平時冷靜理智到不行的張女神，此時也托著腮，含著熱烈又激動的笑容，看著大神的側臉。

甚至比外頭那群還嚴重，就差流口水了。

鄧年：「……」

靠，媽媽，我的心好痛。

這時，金明走上來狠狠勾了一下李惟的肩。

正常的言語已經表達不出他的激動，只能動手了。他個子比李惟矮半個頭，不像勾他的肩膀，倒像掛在他身上。

「李惟，你剛才也太帥了吧？碾壓，絕對是碾壓啊！哈哈哈，你們看到林平正的臉色沒？絕對是鐵青的，回去大概可以嘔死他。」

曹志學也上來拍了拍少年的肩膀：「這也太他媽爽了，哈哈哈，那個老廢物，讓他看不起我們，給我們李哥遞粉筆都不配！還他媽北大呢，應該只是個北大差等生，只能在我們面前賣弄。」

張蔓他們班的物理課小老師徐浩思也走過去，殷勤地給李惟捶肩，滿臉都是解氣的笑：「我看他不爽那麼久了，今天終於解氣，李惟，大神，辛苦了！」

其他幾個人雖然沒說話，但也激動又崇拜地看著李惟，再也沒有一絲畏懼和排斥。

這天晚上之後，他們打心底把他當成了自己的好夥伴、好朋友。

甚至是榜樣。

這個少年，他不是冷漠，也不是沒感情，他有自己的底線，也有熱血，也有想要維護的東西。

他比他們更有能力。

一陣彩虹屁之後，有人問道：「李惟，你剛剛說的是真的嗎？如果林廢物不教了，你真答應幫我們上競賽課啊？」

上課還要備課，其實挺不容易的，他們都知道他每週有兩天要去醫院看病，而且……這樣的精神壓力會不會給他造成什麼不好的後果？

少年皺著眉看著肩膀上搭上來的三隻手，目光涼涼。

三個人頭皮一麻，訕訕地收回爪子。

「反正也不難，他不教我來教，不會比他差。」

他平時自顧自看自己的書和論文，根本懶得複習競賽的知識，時間長了可能也會手生。教他們的同時，就當花時間複習了。

少年的話還是不多，但平淡的語氣卻透露著強烈的篤定和自信，讓所有人瞬間吃了一顆定心丸，幾個總問李惟問題的男生，更是興奮地歡呼起來。

他教的肯定比林廢物強多了啊，而且看今天這情況，論物理造詣，妥妥碾壓他。

第二十一章　我老公最帥

這天放學後，少年一路上有些沉默。

張蔓想到他剛剛發著光的樣子，心頭還火熱著，也沒怎麼說話。

他剛剛真的好帥……自信、認真、強大，比起那些十六七歲的毛頭小子們，他實在是沉穩太多。讓她心動難耐，如痴如狂，視線一秒鐘都捨不得離開他的臉。

而且更讓張蔓感動的是，這個對任何事都漠不關心的少年，現在已經逐步走出自己的世界。

——他做出這些舉動，不僅僅是因為她，還因為整個物競班。

他甚至答應要幫大家補習。

張蔓的嘴角逐漸彎起，她最愛的少年，從今往後也有朋友了——不是像 Nick 那樣虛幻的朋友，而是真正的有血有肉的朋友。

再轉一個彎就到徐叔叔家社區了。他家離張蔓原先的家很近，他們結婚後，張蔓就跟著張慧芳搬進他家住。

兩人通常都會在下一個路口道別。

就在張蔓要走過這個牆角時，少年突然停下來。她還牽著他的手，被他拉得停住，不由得回頭看他，眼睛亮亮的。

「男朋友，怎麼了？」

她的聲音尤其軟——在這麼意氣風發、像個天神一樣的他面前，她的心都要化了。

然而下一秒，天神下凡了。

少年小心翼翼拉過少女的手，轉過她的身體。

「蔓蔓，我今天這樣，妳會不會……不喜歡？」

他今天……太出風頭了。

他自己也知道，他變了很多，雖然表面上依舊雲淡風輕，但事實上，他對林平正說那些話，就是他內心憤怒的證明。

他成了一個感情用事的少年。

他知道張蔓的性格，她沉默寡言慣了，不喜歡被人關注。

他當然能真真切切感受到，她很愛他，全心全意地喜歡他。

但有時候，由於太在意，喜歡和愛，容易變成束縛。他會害怕改變，希望自己能夠永遠停留在，她喜歡的樣子。

感情真的比他今天在黑板上寫的那一大堆公式推導複雜太多，沒有一個確定的答案。

至少光靠推導，他得不出那個答案。

張蔓的心臟依舊在怦怦直跳。

她知道他生病了，一個憂鬱症患者，總會比常人更加敏感，更加脆弱，他需要她一次又一次的證明她愛他。

有時候，行動往往比言語更直接。

她拉著少年的手，讓他的手心按在自己的心口：「李惟，你感受到我的心跳了嗎？它因為你，正在瘋狂地跳動。」

她笑得眉眼彎彎：「我對你的喜歡，不會因為你的改變而褪色，你變成什麼樣，我就喜歡什麼樣的。」

感情表達太熱烈，以至於張蔓完全忘了，她現在這個動作有多麼驚人。

昏暗的牆角，撲動的飛蛾，牆面上復甦的整片爬牆虎。少年和少女面對面站著，她的手裡握著他的手心，攤平了，放在她的胸口。

溫暖春日裡，敞開的校服外套下面，只有一件薄薄的針織衫。

她很瘦……但似乎，也不是他想像中那麼瘦。

她的體溫隔著薄薄的針織衫，還摻著難以言說的柔軟和彈性，那麼直接又劇烈地傳到他手心。

她的心跳，就像她自己說的……那麼快，但似乎沒有他的快。

少年含糊不清地「嗯」了一聲，狼狽地收回手，像是被燙了一下。

他飛快轉過身往前走，再也無法繼續問下去，只剩耳尖在微弱路燈下，悄悄紅了。

張蔓這時才意識到。

她的臉一下爆紅，胸口處還殘留著他掌心的溫度。

她後知後覺感受到，剛剛那個寬厚的手心，在貼到她時，有多麼僵硬。似乎連五指，都不好意思撐開。

於是今晚的告別，顯得特別匆匆——誰都不想多停留，怕對方看出自己不自在。

張蔓飛奔上樓，靠在徐叔叔家門口，按著胸口喘氣。

其實她自己有時候都說不上來為什麼。

她不是一個真正的少女，按理來說，就算前世沒談過戀愛，但對這些情侶之間的親密接觸，至少不會這麼害羞、放不開吧？

但他是致命的，他不用動手，一個笑容就能要她的命。

張蔓在心底暗罵自己幾句——肯定是她潛意識裡太想親近他。

平復一下心跳，張蔓才開門走進去。

家裡只有徐叔叔和張慧芳。

老太太習慣一個人住，只有逢年過節才會過來。

張慧芳不管換到哪裡，一張軟沙發，一顆毛線球，兩根針織棒，一個電視就能過日子。

不過現在，多了一個人陪她看電視。

徐尚聽到開門聲，站起來從鞋櫃裡拿一雙拖鞋放在門口：「蔓蔓，回來了？妳的拖鞋今天洗了，先穿這雙。聽說下個學期晚自習下課的時間調整了？比這學期晚半個小時是嗎？」

張蔓笑著對他點點頭，趿拉著拖鞋往裡走。

徐叔叔家社區很新，比她們原來住的房子要大很多，她的房間也大了將近一倍。

餐廳裡的餐桌上，放了一份宵夜，是徐叔叔拿手的香煎鮭魚和蘆筍，旁邊還放著一小碟張蔓最愛的辣椒醬和辣味豆腐乳——這種中西搭配的奇怪吃法，只有張蔓覺得無比美味。

她自然地把書包往沙發上放，走到餐桌上坐下，也不用人招呼，開始解決那塊鮭魚。

平心而論，徐叔叔的手藝比張慧芳好太多。

正吃著，陳菲兒打電話過來，語氣激動：『蔓蔓，快看學校論壇，傳瘋了！我靠，妳男朋友也太帥了吧，不行了，大神還是大神啊。』

張蔓把手機從耳邊拿下來，打開論壇。

果然，上面最熱門的那個文章留言數已經上千了。

文章標題就是「給大神跪下了，膝蓋已碎」。

張蔓點了標題進去，是一段影片。

影片拍得不算清晰，她和曹志學站在講臺上，她還好，曹志學狠狠握著粉筆，低著頭，臉漲得通紅，顯然是挨了罵。

影片裡，第一句就是林平正的話：「……我憑物理競賽金牌保送北大，我還真就了不起。聽不懂就承認自己智商低……」

那種囂張和優越感隔著螢幕都令人窒息。

鏡頭一轉，可能是錄影者手很不穩，整個畫面都在抖。是陳峻和林平正吵架，物競三傻收拾東西打算離開的畫面。之後就是她的那段勸言，聲音溫和，話語也中肯。

然後是林平正惡狠狠地奚落她：「……我今天攤開說，就你們班這幾個同學的智商，還是盡早別搞物理了，你們就是在侮辱『物理』這兩個字。」

接下來，就到了整個影片的高潮部分。

冷冷淡淡的少年，側臉在燈光下精緻無比，教室裡粗陋的環境，模糊的手機畫質，但鏡頭轉到他時，觀眾們總感覺是不是一下穿越到了攝影棚。

而且這個少年，還不僅僅只有皮囊。

他一開口就是碾壓。

三個漫不經心的恐怖問題，讓臺上粗著脖子罵人的林平正，一下啞了聲。之後，他在林平正的挑釁下，走上講臺，寫下一個又一個冗長又優美的公式推導。

影片不到二十分鐘，除去前面的爭吵和後面林平正擦黑板、摔門而出，中間有十分鐘都是少年安安靜靜寫公式的樣子。

這段時間裡，影片內一直存在的議論聲、嘈雜聲統統不見了，鏡頭放大，能看清少年的手指，還有黑板上的公式。

榮淮一枝花：『一中什麼時候出了這個神仙小哥哥？我他媽看三遍了！這也太帥了吧？啊

啊啊啊姨母笑停不下來啊，我媽問我是不是瘋了。』

第一樓居然不是一中的。

張蔓隨意翻了下面的留言，剛開始還笑著，後來徹底黑了臉。

雖然絕大多數留言都在嗷嗷叫，但分寸還算合適。

她看到超過十個留言喊「老公」了，大多數都是榮淮或者三中那群奔放熱情的女學生們。

呵呵，老公？

張蔓氣得直接翻到最下面，自己蓋了一樓。

『前面的都無效，我老公最帥！』

張蔓手速飛快地留言，隨意看了ＩＤ一眼，瞬間石化。她竟然忘了，她平時從來不用論壇，論壇名字就是自己的本名，張蔓。

她打算立刻刪除。由於她玩論壇一直潛水，從來沒留言過，一時之間連刪除都不知道怎麼刪。折騰了半天，總算把那則留言刪了，咬了一半的香煎鮭魚都涼了。

張蔓看著文章，本來還想換個ＩＤ重新發一次，但經過這麼一次折騰，冷靜了不少。

她搖搖頭笑了。

現在竟然學會在論壇上跟一幫小女生爭風吃醋了。

怎麼越來越不像她自己了？

除了別的學校那群不明真相的小女生之外，一中很多認識李惟的人，因為這個影片，也開始對他改觀。

奇奇怪怪：『我靠，大神也太厲害了吧？我第一次目不轉睛地看人寫物理公式看了十幾分鐘……那老師臉都青了哈哈哈，被一個高中生逼到這分上，也是絕無僅有了。』

饅頭：『莫名看得很解氣啊，這老師也太囂張了吧，這次我站李惟。』

鄒鄒鄒鄒小氣：『樓上有道理。這老師影片裡說的是人話嗎？還侮辱物理？而且，他中間那段話明顯看不起女生啊，什麼叫『高一上學期簡單，妳們這些女孩子，努力一點勤奮一點是能補上去』？WTF？女物理學家也很多好不好？前兩年那個新聞沒看過嗎？中科大的莊小威，三十四歲就成了哈佛雙聘正教授。』

草莓牛奶：『對啊，我一個文組生看了也來氣。還有說他們物競班智商低的，他們每個人都是高一物理大神欸，說他們智商低那不是看不起我們學校嗎？北大了不起啊，我們學校每年也能出北大Q大啊。』

冰紅茶：『就是就是，太氣人了！大神反駁得好，由於身心過分通暢，我多年便秘都治好了。』

KKKz：『樓上腦迴路真清奇……對了，上次不是也扒出李惟為了保護我們學校某個女生，打了嚴回嗎？怎麼感覺他其實是個很好的人啊。而且聽一班的人說，人家現在老老實實接受心理、藥物治療，平時做人又低調，一個學期過去了，從來沒聽過做出什麼傷害同學的行為。』

小凳子小桌子：『唉，我聽我國中同學說，李惟真的挺慘的，從小在育幼院裡待了七年呢……其實歷史上很多天才都有精神疾病啊。其他不說，本外貌協會表示，他真的太帥了吧！！！這麼模糊的影片，也完全蓋不住那絕美側臉啊。我要死了……』

大部分人開始對李惟改觀。

其實中學生之間的排擠、流言或者傳聞都是這樣，並沒什麼深仇大恨。十六七歲的少年，心智還不成熟，對一個人的判斷穩定性很低，因為一些小事情能厭惡一個人，也會因為另一件事輕易改觀。

張蔓收起手機，心裡滿脹脹的，發自內心為他開心。

她最愛的少年啊，他不僅優秀，他還那麼好、那麼溫柔。

她從來不想那麼自私，只讓她一個人知道他的好。

她想讓全世界都知道他的好，她想讓全世界都善待他。

第二天，林平正寫了一封說明信給校方，表示高一這邊的競賽他不帶了，以後只帶高二的。說明信裡的說辭當然是學生們不尊敬他這個教練，太張狂，他不想繼續教了。

他這麼傲的人，發生了這種事，怎麼可能繼續教下去？

原本學校領導們看了他的辭職信，還一頭火氣。認為現在的學生越發不知道天高地厚，連教練都能氣走。

學校領導以及物理教研組的所有老師們一起開了會，決定嚴肅批評幾個鬧事的學生。

物理教研組長，高三實驗班班導師丁老師推了推眼鏡，對劉志君說道：「劉老師，你回去讓他們每個人寫一份檢討和道歉信，明天我拿去給林老師，看看還有沒有緩和的機會。現在他要是不教了，高一的競賽班誰來帶？我們學校物理老師沒人有這個水準。」

他最討厭的就是不知天高地厚的學生，居然還能趕走老師？真是天下奇聞。林平正走了，他們還怎麼學競賽？做事情也不顧一下後果。

劉志君沒聽兩句，摸了摸鼻子，默默拿出手機，連上會議室的投影機，放了那個影片。他昨晚可是熱血沸騰地看了整晚，平心而論，李惟的物理造詣，比他這個班導師真的強得不是一星半點。

於是幾個物理老師，外加兩個校領導，坐在會議室裡，安安靜靜地看完二十幾分鐘的影片。

丁老師看完，也沉默了。

學生們確實很囂張，但這一次……他心裡居然有點舒坦？

高二年級的物理組長是個年輕老師，教學水準相當高，看完後立刻鼓起了掌。

沒毛病啊，是他他也罵，往死裡罵，那個林平正，一看就不是什麼好人。

「劉老師，這個同學是你們班的嗎？也太強了吧？我當年大學都沒學過這些，他全是自學的？小小年紀真不容易啊，你看那公式寫得多漂亮。」

劉志君聽他這麼問，臉上相當有光：「是啊，可不是嗎。」

校領導看完整個影片，沉默一下，問了個問題：「我不懂物理，幾個老師看一下，李惟同學的水準能不能擔任高一競賽輔導的職責？現在再找個新老師，中間可能會有幾個月銜接不上，下次預賽離現在只剩四五個月了。還有，這件事會不會影響他的課業成績呢？這個孩子，肯定要穩在頂尖大學。」

劉志君把手機拿回來：「水準肯定是足夠的……不過至於是不是能抽出時間幫同學們輔導，我要回去問問他本人。」

反正再也沒有人提林平正了。

下午，劉志君破天荒把李惟叫到辦公室詢問他的意見。得到肯定答覆後，他和教研組報備。當天晚自習，劉志君親自來到小黑屋，宣布這個消息給高一年級物競班所有同學們。高一物競班物競教練由李惟暫代，持續到學校聘請來新的物理教練為止。

眾人得到消息後，欣喜若狂，歡呼聲差點把屋頂掀翻了。

張蔓也很開心，坐在位子上，嘴角揚起。

至少他之後每天都有事可做，充實的學習與日常生活，一定程度上可以緩解憂鬱症，對他的病情很有好處。

劉志君走後，物競班同學們一起開始刷題。

課間，徐浩思等幾個同學問完問題，拿著手機去找李惟。

不行了，忍不住了，都八卦一天了。

「李哥，我問你個問題啊。」徐浩思嘿嘿一笑，打開手機：「不是課業上的問題……」

「昨天我逛論壇，碰巧看到這篇文章，又很碰巧地看到了這個留言……這個張蔓，不會就是我認識的那個張蔓吧？」

他說著，還用眼神示意走道旁邊，正低著頭奮筆疾書的少女。

感覺是個大八卦啊……張女神不會真的喜歡李惟吧？之前他就聽劉暢說過，那次司錦校花跟李惟表白，張蔓肯定是吃醋了，他當時還不信。但他現在不確定了……這個留言過兩分鐘就刪了，大概沒幾個人看到，好在他看到立刻就截圖了。

少年修長乾淨的指節接過他的手機，視線停在那張截圖的最下方。

文章的最後一層樓。

張蔓：『前面的都無效，我老公最帥！』

少年的食指抵著手機背面，大拇指輕輕地在那個ＩＤ上，摩挲兩下。

他喉結上下滾動，愉悅地笑了。

「等一下我加你，截圖傳給我。」

這天物競三傻翹掉了半節晚自習，開始商量他們的大計。

陳峻立了立領子，帶著兩人走到空無一人的籃球場上。

剛下過雨，溼漉漉的地面上有一顆籃球，可能是下午某個班級上體育課忘記收回去。他拿起籃球，輕輕鬆鬆投了籃，有點沮喪地皺起了眉，嘆了一口氣。

「唉……你們說，過兩天張女神就生日了，我們送什麼好呢？一起鑽小黑屋都快三個月了，聯絡方式都沒要到，唉……張女神是不是挺討厭我的？」

籃球劃出一道優美弧線，直直命中籃框，隨後重重掉落在地上，彈了幾下後，寂寞地往操場旁邊的草叢裡滾過去。

鄧年和曹志學看他那樣子，確實挺失落的。

怎麼突然有點不忍心坑他了？

兩人對視一眼，張了張嘴有點欲言又止。

要不然，告訴他？

失戀就罷了，萬一當眾出醜，好像也滿可憐的。

曹志學的話到了嗓子眼，正要脫口而出。

結果，就在這時，陳峻卻突然拍著大腿狂笑起來。

「噗哈哈哈哈曹志學，我差點忘了，你昨天看那個影片了嗎？」

曹志學一臉呆滯，前一秒不是還傷感著嗎？話題跳這麼快？

「哈哈哈哈曹傻子，一看就知道你沒認真看影片。你有沒有聽到昨天張女神反駁林平正時，幫你說話了？」

「當然聽到了，張女神人也太好了，又溫柔又善良。」

曹志學一臉痴漢地回憶。

他昨天差點被奚落得失去信心了，要不是張女神誇他，他肯定還沮喪著呢。唉，這麼好看又優秀又善良的女生，怎麼就名花有主了呢？還這麼如火如荼，如膠似漆，纏纏綿綿……心好痛。

他想到那次小巷裡的畫面，恨不得戳瞎自己的雙眼。

「哈哈哈哈哈……」陳峻依舊在笑，甚至跑過來指著他的臉笑，笑得得意又猖狂。

「那你有沒有聽到她說了什麼？」

曹志學又是一臉呆滯地搖搖頭。

什麼啊，不就是誇他聰明嗎？

他為什麼笑得讓人這麼不爽？這麼……欠揍？

「我倒回去聽了四次，絕對沒錯，張女神提到你的時候說『在我看來，他是個很聰明的孩……同學』，她在說同學之前，本來是想說『孩子』的。」

「噗哈哈哈哈哈，曹大傻，你完了，你在女神眼裡，只是個孩子！哈哈哈……孩子，笑死我了，我雖然沒要到聯絡方式，但我在她眼裡，至少是個男人！曹孫子，乖，要不要爺爺買雪糕給你啊？哈哈哈哈哈……」

他一邊笑得直哆嗦，一邊擦掉笑出來的眼淚，直不起腰來。

曹志學：「……」

這個大，傻，子！

……他剛剛居然還有點不忍心坑他？媽的，得往死裡坑！不往死裡坑他他都不姓曹！

他黑著臉走過去，給鄧年一個眼神。

鄧年：「……」

媽媽，曹傻子今天怎麼好像有點可怕？

正在他恍神時，就聽曹志學無比親切地笑了，故作傷感地嘆了一口氣：「是啊，陳峻，我是追不到了，我們三個就靠你了。對了，你記不記得，昨天女神就是在你和林平正槓上之後，才出聲反駁他的，她不會是在幫你吧？」

語氣無比真誠。

陳峻聽完，笑容一滯，對啊！

很有道理啊！

他沉默著開始回憶，越想越覺得有可能，當時他梗著脖子要走，張女神好像還安撫地看了他一眼，然後挺身而出，和林平正講起了道理。

如果不是因為喜歡他，她這麼冷淡的一個人，怎麼可能在那種時候挺身而出呢？

曹志學心裡嘿嘿一笑，傻子快上鉤了。

讓你笑我，還指著鼻子笑我，還笑出眼淚來。

我他媽不坑你，坑誰？

他戳了戳鄧年。

鄧年立刻開始幫腔：「你還真別說，你一說我好像也有這種感覺。陳峻，我們班只有你最熱血，昨天最開始只有你敢跟老師槓，我聽一班的同學說，張女神的理想型就是熱血少年。」

他說著，拍了拍陳峻的後背：「兄弟，你很有機會啊！」

曹志學繼續添把火：「十分肯定她喜歡你，勇敢地上吧，女孩子臉皮都薄，過了這個村就沒這個店了。」

陳峻：我……靠？幸福來得太突然？

春風真他媽溫柔，操場邊燦爛的野花真他媽香。

春天來啦！

陳峻抹了一把臉，撿起滾落到操場一角的籃球，意氣風發地站在三分線外，姿勢帥氣地投出去。

沒中。

他卻絲毫不在意。

女神居然……喜歡他？

怪不得，其實早就有苗頭。

就說嘛，昨天他去問大神問題時，張女神好像還看著他們這個方向，那眼神，溫柔中帶著崇拜，含情脈脈的，結果他眼神剛和她對上，她就慌忙收回視線。

肯定是被他撞見她偷看他，不好意思了。

天吶，既然女神也喜歡他，他們就是兩情相悅？女神連看他一眼都害羞，肯定臉皮薄，表白這個艱巨的任務，一定要交給他！

陳峻挺起了胸膛，在這一刻，他覺得自己長大了，是個有責任的男人了。

他看向兩個好兄弟：「我打算這週五表白，成功了週六女神過生日，我就能陪她一起過，哥們，幫我！」

兩人聽到他的話後，對視一眼，都重重地點點頭，眼神鄭重。

陳峻不免鼻子一酸，拍了拍兩人的肩膀。

不愧是一起浪的好兄弟，忍痛割愛也願意幫他。

週四晚自習，李惟幫物競小班上了第一節課。

他重新講回剛體的角動量定理和轉動定理。

雖然是第一次講課，可他完全沒有任何生疏的感覺。少年站在黑板前，他的個子比林平正要高很多，底下坐著的同學們忽然覺得黑板被對比得有些矮。

他的衣袖挽起，乾淨有力的手拿著粉筆，在黑板上寫了幾個公式——是這一塊題目裡會用到的所有變數和它們之間的關係，動量P、角動量L、力矩M、轉動慣量I……

他寫完後，在每個公式後面畫上規規矩矩的圓圈，按順序標上號碼。標完後，張蔓看見他回頭，目光看向她時，笑了一下。

接下來，少年又把之前一段時間那幾個男生問過他的問題，還有他自己的基礎題型，分別總結成了幾個相應的類型。

然後，他開始拆題幹和圖。

把每個題幹裡的有效資訊，還有圖裡的相應位置直接提取出來，在每個相應的位置上寫下變數標號。

之後再把每個變數，連結題目的已知條件，寫下一連串的相應公式標號。

不管是細杆、彈簧、細繩、小球還是斜面，不同的性質，有不同的受力模式。很快，幾個題目分析下來，這些讓大家無比頭痛的物體，直接轉化成一個個物理符號。

這樣一來，一個複雜完整的物理題目，就被簡化成一個類型題，拆成了一堆物理變數以及它們之間的關係式。

簡單、清晰、明瞭。

陳峻張了張嘴，一句「我靠」道出了所有人的心聲。

還能這麼做題？那些圖還有題幹，此刻被剝去了外衣，爭先恐後地叫囂著，自己是哪個重點、哪個變數、哪個公式，所有複雜多變的題型，全部回歸到黑板最上角那一塊公式區。

絲毫沒有遺漏的。

這……這種感覺就好像你手上原本有一個雜亂無比的大毛線團，而他剛剛做的，就是找出一根根線頭，然後輕而易舉地理順所有死結。

也太舒爽了吧？

整個教室十分安靜，和林平正在的時候一樣。不過不一樣的是，他在時，是死氣沉沉的靜，但現在，是眾人兩眼放光、奮筆疾書地抄著黑板上的總結，根本沒空說話的靜。

十五分鐘後，總結完的眾人又兩眼放光地看著黑板前的大神。

「剛剛這些是針對幾個基礎類型題目的數學分析，當然，真正的物理模型非常複雜，這一套方法並不適用於所有題目。所以我希望大家還是要從物理的角度去真正理解每個公式的含義。」

「這門學科，並不僅僅存在於運算。」

少年說著，開始借助各個模型，解釋每個題目和每個公式的物理意義。

角動量和力矩的關係、角動量和動量的關係、中間涉及到的微分和積分過程在現實模型中怎麼理解、轉動慣量對於一個質點系來說，是什麼樣的一種性質……

原本死記硬背、生搬硬套的公式，在他的敘述下忽然變得鮮活而生動。不是靜止於書面的數學推導，而是活生生的物理圖像，從他的每句話中，跳動而出，直觀地在眾人眼前優雅地旋轉、跳舞。

這才是物理。

不僅僅要借助數學作為推導工具，更要去理解更深層面的物理含義。

很多年後，在物理學術領域小有名氣的陳峻，在大學課堂上講《力學》給他的學生們時，講到角動量這部分，忽然想起他少年時期曾經坐在狹小教室裡，上過的這節課。

年輕有為的青年教授，面對著階梯教室裡一百多個學生，突然頓住了。

多年過去，他還是能感受到當時那種心跳加速的感覺。

在那個只追求應試的年代，那個天才少年拋開推導，用平實的語言，跟他們講述了物理的世界觀，建構出一個生動的物理圖像和框架。

明明在今天看來，是十分基礎又簡單的內容，卻讓當時的他覺得——

原來物理，這麼美。

張蔓的生日是在春意綿綿的五月中旬。五月是N城一年四季中，最好的季節。這時候不論是海風還是太陽，都收斂了冬日或夏日的銳氣，保留著屬於春的溫柔。

她的生日在週六，少年不想讓她陪他在醫院裡約會，於是特地把這週六要去的心理治療換到了週五上午。從醫院回來後，他還是像往常一樣，不太愛說話，但情緒比起之前每次做完心理治療好了很多。

兩人坐在一班教室裡，他們依舊是隔壁桌。

少年趴在桌子上，左手臂曲起墊在額頭下，右手在桌下悄悄牽住少女的手。

他的手心微涼，略帶薄繭的拇指無意識地在她細膩的手背上輕輕撩撥著，時不時又撓撓她的手心，撓得張蔓心裡癢癢的。

午休開始前，教室裡全是剛吃完午飯回來的同學，班導師劉志君站在講臺上發前幾天考的月考卷。

張蔓耳尖微紅，上半身坐得筆直，故作正經地寫字，寬大的校服袖子擋住了兩人在桌下牽著的手。

這種隱密的接觸，讓她有種莫名心跳加速的感覺。

徐浩思正好拿著一疊卷子在發。

五六十份的卷子，完全沒按順序，他一個人不知道要發到什麼時候。

他看了一眼金明，唉，這人一回教室就睡覺。

於是他又看到坐在位子上，直著腰桿子奮筆疾書的張蔓，眼睛一亮：「張蔓，幫我發一下試卷啊。」

張蔓點點頭，左手用力，想不動聲色地收回，卻被少年緊緊拽住不放。

徐浩思看她一直沒站起來，極其沒有眼色地從走道上好幾個同學中間擠過來，把試卷分了一半放在張蔓桌上。

「妳幫我發這一半啊。」

但下一秒，就對上一雙眼。

少年直起腰，目光涼涼地看了他一眼，聲音沙啞：「要我幫你發嗎？」

「……」

徐浩思站得高，又站得近，看到兩人在桌子下牽著的手，觸電般拿著試卷彈開。

媽耶，這也行？他回頭看了一眼在講臺上分配發各科試卷的班導。

果然就算班導師在，也阻止不了大神談戀愛。

徐浩思說完，惡狠狠按了按正在睡覺的金明的腦袋，把那一半卷子無情地拍在他臉上。

「不用了呵呵，金明說他幫我發。」

金明：「……」

我剛剛好像沒說夢話吧？

張蔓尷尬得不行，紅著臉想抽回手，但少年就是不鬆手。

「蔓蔓……」

他轉過來，聲音比往日還要沙啞許多，黑漆漆的眸子定定看著她，絲毫不掩飾眼底的脆弱和疲憊。

張蔓的心一下就軟了，於是不再掙扎，任他牽著。

班導師還在講臺上，她不敢轉過身看他，於是一邊正著身子寫字，一邊柔聲問：「累不累？你想喝水嗎？我去幫你裝水。」

她說著轉了轉手心，把手指輕輕滑進他指縫，和他十指相扣。

他最近確實比之前累很多，又要講課，又要負責幫物競班那群精力旺盛的同學們解惑。

原先那麼沉默的人，現在每天要說的話，或許比之前一週加起來還要多。一天兩天下來，嗓子就啞得不行了。

張蔓撇撇嘴，心疼得不行，要形容物競三傻的問題有多少，簡直是十萬個為什麼，有時候張蔓都看不下去了，偶爾他們問的問題如果她會，她就幫著教。

「不累，也累……」

少年的回答有點莫名其妙。

他一個人去做心理治療，備課、上課，其實並不覺得多累，好像也沒有多沮喪。但一看到她，似乎整個人的意志力還有抵抗力，統統降低了，堅硬的殼被剝去，只想把所有脆弱和柔軟都暴露在她面前。

他想讓她牽著他的手，抱抱他，親親他。

週五，下午最後一節課幾個理科班上的都是文科課程，所以物競班的同學照例去小黑屋刷題。

李惟教兩堂課之後，大家都對角動量這塊重點清晰了太多，最近進度非常快。搞競賽就是這樣，滿腔熱血，再加點入門的成就感，刷起題來真的很來勁，連平時最浪的三傻也卯著勁學習。

不過今天注定有大事發生。

距離放學還有五分鐘，曹志學戳了戳鄧年，鄧年立刻會意，用筆蓋戳了戳前桌的陳峻。

「陳傻子，快下課了，可以開始了啊。」

陳峻還在猶豫，明明什麼事都還沒發生，心裡已經腦補出了無數結局。

張女神會不會無情地拒絕他？並且狠狠嘲諷他？

不……不可能，昨天他去問大神題目時，張女神特別溫柔地把他的問題拿過來，親自教他。

後來碰上難題，還耐心坐在位子上，和他一起討論半個小時，最後兩人一起解決了。

絕對是喜歡他啊！！！

陳峻的內心越發堅定，還冒著讓頭腦發昏的粉色泡泡，深吸一口氣站起來，從包裡掏出兩張電影票，走到張蔓座位上。

他把兩張電影票遞到她面前：「張蔓同學，明天妳生日，一……一起去看電影嗎？我……我很喜歡妳。」

曹志學和鄧年兩眼放光地捂住嘴。

而周圍其他或看書、或刷題的臉倒吸一口氣，齊刷刷抬起頭，先看了一眼陳峻，又看了一眼張蔓，最後全部看向李惟。

小黑屋大型修羅場……

張蔓正在刷題，聞言抬起頭，看到他手上的兩張電影票。

她內心實在有點無奈。

其實平時她都暗示著拒絕過好多次了，何況她能看出來，陳峻不是真的有多喜歡她，他性格愛玩愛鬧，什麼都不太當回事，也就是少年時期圖一時新鮮感、有趣罷了。怎麼突然表白了？還是當眾表白？肯定是被哪個傻子慫恿了。

張蔓有點尷尬……

怎麼拒絕才合適呢？這事情她也是第一次遇上……畢竟之前都是收情書，秦帥那次也就是試探，沒當眾表白。

陳峻問完就覺得不對勁。

這……教室裡也太安靜了吧？

正常這種大型表白現場，不都會起個鬨嗎？他早就做好眾人起鬨吵鬧的準備了。

他抬起頭，茫然地環顧四周，發現大家竟然都沒看他，而是看著他背後。

他僵著脖子，慢慢轉頭，視線和一個人對上了。

大神的眼神在這一瞬間，讓他想到了N城最冷的一月，漫天大雪之下，屋簷下的結實冰凌，凍得他生生打了顫。

靠，怎麼突然有種不祥的預感……

這樣的對視，大概持續了五秒鐘，少年目光絲毫不躲避地看著陳峻，沙啞的嗓音緩緩響起來。

——「不好意思啊，她有男朋友了。」

陳峻：「……」

腦子你他媽倒是快點轉啊，分析一下剛剛聽到的那句話是什麼意思？

少年剛說完，尖銳的下課鈴聲急促地響起來，他簡單收拾書包，走到少女座位旁邊，對她伸出手。

「蔓蔓，我們回家吧。」

他明明語氣溫和，但平平的語調和刻意下壓的尾音讓張蔓打冷顫，她縮了縮脖子，心虛地不敢抬頭看他。

她的面前現在有兩隻手，一隻攥著兩張電影票，另一隻手心空空。

張蔓心裡嘆了一口氣。

表忠心的時候到了，這種時候絕對不能猶豫啊……不然她就自身難保了！大傻，對不起了……張蔓咬咬牙，把自己的手，放進了那隻空空的手心裡握住。

陳峻遲鈍的大腦，總算捕捉到了全部的資訊……我靠？？？

所以張女神有男朋友？她男朋友居然還是大神？

誰能告訴我，我是誰，我在哪，我為什麼在作死的邊緣瘋狂試探？

張蔓極其尷尬地單手收拾東西，牽著少年的手走出教室。

兩個當事人走了，教室裡依舊一片寂靜，除了陳傻子，所有人聽到這個爆炸的消息都沒有絲毫反應或驚訝。

陳峻茫然地站在原地，突然反應過來。

他雙眼含著兩泡熱淚，激動地抓著齊樂樂：「齊樂樂，妳該不會知道他們的事吧？」

齊樂樂淡定地推了推眼鏡，目露同情地點點頭：「我是張蔓隔壁桌，當然知道了，她每天不是在看書，就是在看大神。」

陳峻雙手抖了抖，又眼巴巴看向金明：「那你……你也知道？」

他的眼裡滿含淚水，他的聲音無辜又弱小。

金明看熱鬧看得正愉快呢，絲毫沒有任何同情，大笑著說：「當然知道啊，你竟然不知道？他們多光明正大，我們班導師在教室裡，他們都是牽著手寫作業的，嘖嘖嘖，我算是吃了一學期狗糧了……陳傻子你是真瞎啊……」

陳峻的目光，悲憤地環繞教室一圈。

徐浩思也撓撓頭，企圖安慰他：「別難過，你也不算太瞎，我也是前段時間剛知道的，沒比你早幾天，哈哈……」

真是太會安慰人了……

另外幾個同學此時也紛紛表示，他們是知道的。

「陳峻你是不是傻啊，你沒發現大神每次只要跟張女神說話，就特別溫柔嗎？那天張女神被林平正數落，大神去黑板前面，第一件事就是把她拉到身後護著，你是真瞎啊……」

「就是，他們關係肯定不一般啊，你沒發現他們共用一個水杯嗎？」

「……」

竟然所有人都知道！

陳峻幼小的心靈受到猛烈重創，他淚流滿面地轉身，奔向兩個好朋友寬厚的胸膛：「嗚嗚嗚，他們太壞了，他們竟然都知道！他們知道這件事都不告訴我們，全班居然只有我們不知道張女神和大神在談戀愛，嗚嗚嗚，大神剛剛好可怕，他以後會不會刁難我們？」

陳峻一邊心碎，一邊覺得自己特別有團隊精神，他們物競三帥，從今往後該怎麼辦啊？

就在陳峻陷入自我感動與憂慮時，曹志學用手指頭推開他的腦袋，身子發著抖，一張臉憋笑憋得通紅。他陡然拍著桌子爆笑出聲，整個人快笑瘋了。

——讓你他媽笑我，在大神面前，我寧願當個孩子，也不想當企圖挖他牆角的男人。

他一邊笑，一邊大聲點醒他：「陳傻子，表白的是你，電影票是你送的，關我們什麼事？你完了。」

陳峻的哭聲一滯，難以置信地看向昨天還讓他感動得鼻酸的好哥們。

鄧年看著他淚汪汪的目光，平靜又絕情地攤了攤手：「把『們』字去掉，我們班，只有你一個人不知道。」

陳峻：「……」

一分鐘後，隔壁普通班同學A：「是不是他們學物理的都有點精神問題啊？我怎麼看到物競班一個男的拿著拖把追另外兩個男的，轉瞬間就在走廊上跑過去了？嚇我一跳。」

同學B推推眼鏡：「真可憐，又瘋了三個，可能是讀書壓力太大吧。」

第二十二章 一直陪在她身邊

週六一大早，張蔓穿上前兩天張慧芳買給她的早春新裙子，急匆匆地下樓。

張慧芳坐在餐桌上，看她穿著鵝黃色的連身裙，配上小皮鞋，滿面紅光地開門關門。

她咬了一口包子，對徐尚使了個眼色：「嘿你還真別說，張蔓這丫頭，自從和那個臭小子談戀愛之後，變順眼了。嘖嘖，她國中那時，我買了好多小裙子給她，她死活都不穿。」

徐尚點點頭：「蔓蔓從前不太愛說話，現在活潑很多。」

張蔓自然聽不到他們的議論，她急匆匆地按了電梯往下，剛出公寓大門，一眼就看到站在樓下等她的少年。

他今天碰巧穿了一件薑黃色的連帽休閒衣，和她的連身裙非常搭。這件休閒衣還是張蔓之前陪他去買的，他衣櫥裡的衣服大多是黑白灰三色，雖然很素淨好看，但顏色太冷淡、壓抑，不益於身心健康。

於是她陪著他去買了好多色彩鮮豔的休閒衣和T恤，少年抵不過她的堅持，皺著眉頭都買了，但穿不穿還另說——那件她最喜歡的粉色米老鼠T恤，從來沒見他穿過。

「男朋友，早啊！」

張蔓兩眼彎彎地走過去，挽住他手臂，湊上去在他側臉上親了一口。

少年看著眼前笑意盈盈的女孩，目光有些微怔。

她今天沒有紮馬尾，長髮直直地披下來，瀏海長長了許多，不再像之前那樣蓋住額頭，而是從中間梳開，別在小巧的耳後。她身上穿著一件帶波點的鵝黃色連身裙，材質輕盈，帶著荷葉邊的裙擺隨著她的腳步微微晃動。

他是第一次看她穿這樣的顏色，心臟突然就被戳中了。

好像她在他的心裡，一直就是這樣溫暖的、帶著力量的顏色，不像紅色那麼有攻擊性，也不像灰黑色那麼冷淡。

鵝黃色，溫暖得剛剛好。

少年張開雙手，抖落眼角眉梢的冷冽，含著笑把他的女孩抱了滿懷。

兩人牽著手，逛街、吃火鍋、去遊樂場……少年還帶著她去蛋糕坊，為她做了一個生日蛋糕。行程是他安排的，每一個細節都仔細又周到。明明就是情侶約會之間很尋常的事情，但她覺得幸福感爆棚。

吃完晚飯，張蔓挽著少年的手臂站在電影院門口，忽然沒忍住，「噗哧」笑出聲。

「蔓蔓，怎麼了？」

她搖搖頭，一把抱住他，抬頭：「男朋友，我們今天總算年輕了一次，之前每次約會都讓我覺得我們像是結婚很多年的老夫老妻。」

之前基本上有空就是去他家，她做飯、他洗碗，然後兩人一起念書；或者一起去海邊散步，周圍都是一些跑步鍛鍊的老人；不然就是他帶著她，去頂級的西餐廳吃飯……還有前段時間，徐叔叔親戚家的表姐們還總找他們跟陳菲兒一起打麻將。

哪像是兩個高中生的戀愛嘛。

「老夫老妻？」少年彎著眼睛，伸手摸摸她的長髮，聲音有些愉悅，「我覺得很好。」

兩人走進電影院，電影票是之前買好的，這兩天最熱映的一部英文驚悚片，名字叫《幽魂》，劇情燒腦，懸疑、驚悚氣氛濃厚，是未來十幾年內該領域的經典。

少年拿著電影票，買了一桶大份爆米花、兩盒冰淇淋、還有兩杯可樂，帶著張蔓進了放映廳。

這時，影院門口站著三個熟悉的人影，其中一個看著他們的方向，眼裡飽含幽怨的淚水。

陳峻昨天的電影票沒送出去，無奈之下只好叫鄧年和曹志學來陪他看，沒想到居然在這裡碰到了張女神和大神。

他們竟然也來看這場電影，果然是驚悚片，太驚悚了，他幼小的心靈又受到了沉重一擊。

而且……光天化日之下他們居然摟在一起！

成何體統？

嗚嗚嗚，心好痛。

還有，他剛剛看到大神居然還買了大桶爆米花和他夢寐以求的哈根達斯冰淇淋，太奢侈了……

陳峻悲憤地從口袋裡掏出一百元：「曹傻子，幫我買三杯可樂，一份大爆米花，三盒冰淇淋！」

牆角挖不到也就算了，不能輸了氣勢！

有人請客，何樂而不為？曹志學接過錢屁顛屁顛跑去買，一分鐘就回來了。

他把手往陳峻面前一伸：「錢不夠。」

「……」

好吧。

陳峻咬牙切齒：「冰淇淋就……不要了，大桶爆米花加三杯可樂吧……」

兩人的座位在第七排，電影很快開始。

開場介紹了住在小鎮上的一家四口，一對恩愛的父母還有兩個冰雪聰明的孩子。父親路易士是小鎮上唯一的牙醫，母親麥吉則是家庭主婦，兩個孩子一男一女，差兩歲。哥哥喬性格沉穩，喜歡探險，妹妹瑞秋活潑開朗，成績好、樂於助人，是親戚朋友眼裡最完美的孩子。

一家人富足又幸福地生活著。

但小鎮裡接二連三發生怪事，好幾個人莫名其妙身亡，臨死前神色驚恐。

一天，哥哥喬又去小鎮周邊的森林探險，之後再也沒回來過……後來，路易士開的牙醫診所裡，發現了一具屍體，是哥哥喬的。路易士被當成殺人犯帶走，母親麥吉精神恍惚之下，出車禍死亡，只剩下小女孩瑞秋，開始尋找真相之旅……瑞秋一直堅信，這世界上沒有幽魂，這些事情全是人在搗鬼。

影院裡關著燈，電影的色調又一直是陰暗的雨天。

周圍安靜又擁擠，在黑暗中，誰也不知道你旁邊坐著的是誰。

這樣的環境，讓人心不在焉。

少年一邊漫不經心看電影，一邊給專心致志、恨不得眼睛貼到大螢幕上的少女投餵爆米花。

她看得很認真，他塞爆米花給她時，她下意識張嘴，自覺地從他指尖上把金黃色的爆米花吮吸走。

柔軟的嘴唇和舌頭、堅硬的貝齒，每次都會不經意碰到他指尖，有次她吃了爆米花後，甚至握著他的手指，伸出舌頭舔了舔，似乎要把殘留的糖漿都吃乾淨。

實在是，誘人而不自知。

少年的喉結上下滾動，黑漆漆的眼神，在一次又一次的投餵後，變得越發深沉。

終於，在張蔓再一次吃到爆米花後，被旁邊的少年按在懷裡，深深地親吻下來。

他緊緊摟她在懷，急切的吻帶著灼熱的氣息，細密地舔咬著她的唇。

然而張蔓這時候哪有親吻的心情，她環著少年的脖子，草率地應付他的吻，歪著頭，雙眼還在往電影螢幕上瞟——現在正好播到瑞秋鎖定了三名嫌疑人，並跟蹤他們，調查真相的時候。

影片的敘事非常緊張，情節一環扣一環，電影的拍攝手法和剪輯也讓整個故事的懸疑、恐怖風格更上一層樓。

小瑞秋跟蹤一名劇院老闆時，溜進了劇院，差點被發現，於是匆忙藏在劇院一個空的座位裡。

劇院裡正好也在進行表演，只聽她身邊一個老婦人忽然悄聲說。

「這樣黑暗的環境裡，你永遠不知道，身邊坐著的是人還是鬼。」

這時，突然有個演員從高高的舞臺上墜落。

張蔓被嚇得一哆嗦，起了一身雞皮疙瘩，牙齒沒忍住，狠狠咬了少年的嘴唇。

少年吃痛，舔了舔被她咬破的唇角，閉著眼笑了。

她一向羞澀，回應也一直是矜持生澀的，這次竟然也吻得這麼熱切這麼激動。

他輕輕睜開眼，想再加深這個吻，卻看到懷中少女的視線飄過他的耳廓，直直地盯著大螢幕，小嘴無意識張著，劇情一緊張，她就嚇得一哆嗦，然後下意識咬他一口。

絲毫不留情。

少年一愣，半晌後眉目間的愉悅變成惱羞成怒，不滿地在她唇上輕輕咬了一口。

敷衍得有些過分。

——就不該聽她的來看這部電影，愛情片多好。

「別鬧，快到高潮部分了。」

張蔓緊張地盯著大螢幕，推開他的腦袋。

他擋到她的視線了。

在調查過程中，憑藉過人的智力和冷靜的判斷力，這個善良活潑的小女孩，歷經艱難險阻，總算抓住了害她一家的兇手——是一個在她父親隔壁開美容店的，有精神分裂症的女人。然後就到了影片的高潮——在兇手被槍決的當天晚上，瑞秋突然發現自己房間裡，有一本日記。這時，影片沒放這個日記，而是把之前的很多伏筆一一放出。

——原來瑞秋自己，才是那個「幽魂」，在陽光下，她是人們眼裡最乖巧的三好學生，一到黑暗裡，就是一隻最可怕的厲鬼……

電影最後一個鏡頭，夜幕降臨，小女孩闔上日記本，驚恐的表情突然消失，她慢慢咧開嘴，露出一個微笑，嘴裡流出了紅黑色的血跡……

「啊啊啊啊啊！」

整個電影院開始了此起彼伏的尖叫。

因為故事實在是太恐怖、配樂太驚悚，最後那個鏡頭把所有人嚇了一跳。沒想到，真正的幽魂就是小女孩自己！

張蔓雖然沒尖叫，但全身雞皮疙瘩掉了一地，哆嗦著躲進少年懷裡。

她回憶之前被自己忽略的細節，哥哥是在黃昏時失蹤的，瑞秋對哥哥說，等一下天色要變黑了，讓他不要外出。還有母親出車禍時，也是夜幕剛剛降臨……

太可怕了，但是好好看……

張蔓享受著驚悚片帶來的刺激，轉身想要和少年討論伏筆和劇情，看到他嘴唇後，嚇得尖叫起來。

前一刻放映廳的燈光打開，她清晰地看到，他唇角有一抹鮮紅色的血跡——就像電影裡最後的幽魂。

「啊啊啊啊！」

放映廳慘白燈光下，少年膚白如玉，唇角邊那一抹鮮紅血絲動人心魄，就像影片最後，小女孩微笑的嘴角流下的紅黑血跡。

電影情節太嚇人，效果太逼真，張蔓一看到這個場景，腦海裡開始不斷迴盪著那句臺詞：你永遠不知道，身邊坐著的是人還是鬼。

理智被恐懼死死壓住，她一邊尖叫，一邊觸電般從他懷裡跳起來，縮在自己座位上發著抖，離他遠遠的。

前座兩個女生本來就看得心驚膽戰的，心神極度緊繃的情況下，猝不及防聽到一聲尖叫，立刻被嚇得跟著尖叫起來。

「啊啊啊！」

「啊啊啊啊啊！」

「……」

於是，幾秒鐘的時間裡，一個傳一個，放映廳小範圍內響起了一陣此起彼伏的嘶啞尖叫聲，甚至有的女生嘶啞中帶著破音。

負責收場打掃的清潔工阿姨拎著水桶和拖把走進來：這場觀眾有夠膽小。

前面穿著紅裙子的女生被嚇得心律不整，依稀記得剛剛後座有人尖叫，回頭搜索，一下就鎖定了罪魁禍首。

她拍了拍劇烈跳動的胸口，對著張蔓目光不善：「……嚇我一跳，瞎叫什麼啊。」

張蔓這才反應過來，不好意思地低下頭。

少年輕輕抬手，抹去唇角血跡，把人摟過來，聲音裡帶著笑意：「不好意思，我女朋友膽子比較小。」

那女生被嚇得不輕，本來還想再說一句，眼睛一瞥……呃，我靠，這男生也太帥了？

於是到嘴邊的責怪嚥了下去，算了算了，不跟帥哥計較。

張蔓也不好意思地道歉，然後拉著少年的手，快步走出電影院。

等走到燈火通明的街上，她才抬起臊得不行的臉。

等等，剛剛她尖叫是因為看到他唇角有血。

她把人拉到一盞路燈下，拍拍他腦袋，讓他彎下腰。

等兩人差不多高，她舉起右手，食指和中指曲起，抬著少年下巴，大拇指輕輕在他嘴角邊觸碰。

指腹上沾了點血跡。

「李惟，你嘴角怎麼流血了？剛剛嚇我一跳……」

少年的唇角隱隱作痛，心裡有點無奈：「……妳說呢？」

張蔓仔細回憶了一下。

剛剛電影放到一些恐怖情節時，她好像下意識狠狠咬住了什麼東西，以發洩內心的恐懼。

咬住了什麼呢？

軟軟的，很有彈性，還熱熱的……還有她環著他脖子的手，很長一段時間被阻擋的視線，一直歪著脖子才能看清的電影畫面……

呃……她居然把他的嘴唇咬出血了。

張蔓的臉立刻爆紅。

她一把抱住少年，把腦袋埋在他胸口，不敢看他，也不敢讓他看她的臉，這也太狠了。

「男朋友，疼不疼？」

犯了錯，都不敢直呼其名。

少年的胸口愉悅地震動著，手鬆鬆地環著她的背：「嗯，疼。」

張蔓在心裡嘀咕，又不好意思問出來，疼怎麼不叫啊？

她剛剛至少咬了他好幾分鐘吧？一直咬了好多下，要是當時他提醒她一下，也不至於咬破出血啊。

她懊惱地在他胸口蹭了蹭。

少年把人從懷裡挖出來，認認真真地看著她：「很疼，要吹一吹。」

張蔓：「……」

這樣面無表情又毫無波動地說這句話，真的很違和好嗎？

但身為罪魁禍首的她卻沒有拒絕的權利，只好湊上去，輕輕吹了吹他唇角的傷口。

吹了好半天，認真惟再次上線。

「聽說唾液可以殺菌消炎……」

他說完，笑著湊上去。

春夜迷人，N城進入最繁忙的季節。冬天裡不愛出來活動的人們，在這種春風柔軟的夜晚裡成批成批地出門，影院外頭的廣場上擠了很多人。

廣場靠近海邊，從石臺上下去就是沙灘。

人們光著腳在沙灘上漫步，一群孩子拿著小鏟子和塑膠桶，樂此不疲地玩著沙子。其中一小塊區域放著吵鬧的音樂，一群大媽整齊舞動著紅色的扇子，扭腰扭得起勁。

兩人牽著手從臺階上走下去，沿著沙灘漫步。

沙灘旁邊有個小販在賣風箏——上面串了很多小型燈串，在黑夜裡也能看得一清二楚。

海邊已經有好幾個人在放風箏了。

一年四季裡，夏天總是電閃雷鳴、暴風雨，秋天空氣太沉靜，冬天太冷……春天是最適合放風箏的季節，海風多而平穩，能很好地托起風箏。

旁邊就有個十幾歲的男孩子，在放一隻孔雀形狀的風箏，孔雀開著綠色的屏，在高空裡閃閃發亮。

張蔓很快被吸引了注意力。

春風穩穩托著那隻孔雀，越來越高，直到最後，小男孩手裡的線都放完了。

說實話，她長這麼大，真的從來都沒玩過風箏。

小時候記不太清楚，可能是不想跟著大家一起跑，長大以後，又覺得那是小孩玩的玩具。

沒看多久，手裡突然被塞了東西。

她低頭，竟然是一隻燕子風箏。

少年的聲音帶著溫柔笑意，揉了揉她髮頂：「蔓蔓，妳再看下去，人家以為妳要搶風箏。」

張蔓微怔，他怎麼總能知道她想幹什麼？

十分鐘後，跑得幾乎力竭的張蔓拖著掉在地上的燕子，頹喪地回到少年身邊。

「媽媽妳看那個姐姐，她好笨哦，我看她來回跑了很久就是放不起來，她的燕子在沙灘上都磨掉了好幾個燈。」

「……」

張蔓收回風箏，遞給他，眼神沮喪。

那隻燕子半邊翅膀掉了好幾個LED燈，看起來像是被折了翅膀，醜醜的。

少年笑著拿過風箏，伸出手指點點她額頭：「笨。」

他說著，伸手感受風的方向，把風箏線拉出大約三公尺的長度，提著線逆風站著，把燕子風箏輕輕往半空中一抛，等風箏飛起來，他往反方向慢慢地走，邊走邊轉動線軸放線，甚至沒跑。

然後，那燕子就真的越飛越高。

張蔓抬著頭看著幾乎成了一個小點的風箏，張了張嘴。

……這麼輕鬆嗎？怎麼可能呢？

他感受力道，一張一弛拉著線，等風箏放穩了，就把線軸塞到她手裡。

「蔓蔓，妳試試。」

張蔓小心翼翼地拿著線軸，手上能感受到風箏飛動時強烈的牽扯力。

長長的風箏線很細，還是半透明的，在夜色裡根本看不見，這麼細的線，真的不會斷嗎？

她忽然感覺，她和李惟之間也是這樣。

他好像就是一個風箏，被風颳到了極高的地方，而她小心翼翼地收著線，一點一點把他拽回來，拽回到她身邊。

如果太用力，線斷了，那她就會永遠失去他，只能看著他越飛越遠，沒有任何補救的辦法。

還好，最後他總算安安穩穩地回到她身邊。

「李惟，你剛剛怎麼放的啊？你都沒跑，風箏就飛起來了。」

她一邊緩緩放線，一邊回頭。

少年彎下腰與她平視，指了指自己的嘴唇。

「親一下告訴妳。」

張蔓紅著臉，飛快湊上去親了他一下。

少年又回親她一下，才履行承諾。

「最開始線長最好在兩三公尺，看準風向，逆著風走，在感覺到有風的時候，立刻升放，然後一邊走一邊根據拉力調整方向和線長……」

他說著收回線，把風箏降下來，一步一步帶著她放了一次，耐心十足，像在教一個小孩子。

果然，按照他說的步驟，風箏再一次高高飛上天。

張蔓歪頭看他：「哇，好厲害，你之前放過風箏嗎？」

少年笑著點點頭，沒多說。

算放過嗎？

小時候在育幼院，有一年春天，院裡安排去海邊郊遊，老師發給大家一人一個風箏，他拿到手才發現，線是斷的。

大概是被誰剪壞了。

不過那天，他印象中最後還是有放風箏。

Janet 突然出現在海邊，一步一步教會他怎麼放風箏，他還記得好像是一隻藍色的海鷗風箏。

他記得他開開心心地和 Janet 一起放了一上午風箏。

後來線斷了，風箏飛遠了，等他回過神來，Janet 已經走了。

現在回想起來實在可笑，哪是 Janet 教他的啊，大概是他在旁邊眼巴巴看著其他孩子放，感受風的方向，自然而然就察覺出該怎麼放了，又在事後產生這樣一段自我安慰般的妄想。

今天也是同樣溫柔的春天。少年從少女的身後環抱住她，她的腰肢纖細，身體溫暖，笑容飛揚，只有她，能讓他不斷感受著這世界的真實和希望。

在柔軟春風裡，少年看著波光粼粼的海面，悄悄彎了唇角。

這個女孩給了他源源不斷活著的力氣。

昨天做完心理治療，醫生又一次評估打分，說他的狀態比起之前好多了。

他越來越相信，或許真的能這樣過一輩子，一直一直陪在她身邊。

放完風箏，夜色已經很深了，少年照例送她回家。

兩人在樓下告別，張蔓突然有點不捨，抱著他遲遲不鬆手。

「回去嘴唇要記得擦藥啊，洗臉的時候注意點，傷口不能發炎了……」

她絮絮叨叨地囑咐著，聽到少年無奈的輕笑。

他抬起手，輕輕繞過她脖子，有什麼東西和他的手指一起，涼涼地掠過她頸側。

「好了。」

他說著，輕輕推開她的肩膀。

張蔓下意識低頭，發現鎖骨下方墜著一個銀色吊墜，非常小巧，是一個長著兩扇翅膀的小天使，在社區明亮的路燈下泛著柔和又好看的光。

她抬眼，少年的吻猝不及防地落在她顫動眼睫。

——「生日快樂，蔓蔓。」

六月末，N城進入了這一年漫長的夏。空氣沉靜，偶爾陣陣海風輕輕吹過行人的臉頰，留下些許溫熱灼人的溼氣。空氣裡的悶熱在期末考最後一天達到了巔峰。教室裡，大風扇的噪音和難以驅散的溼熱，讓每個考試的同學都煩躁不已。

最後一門考試是生物。

張蔓拿著計算紙搧風也沒什麼用，熱空氣搧出來的也是熱風。她糾結好久，在響鈴的那一刻咬咬牙，改了一個選擇題，交了試卷，走出考場。

考完期末考試的高一學生們也迎來了為期兩個月的暑假。

張蔓走出教室，腳步驀地一收。

初夏的陽光異常劇烈，她早上看了天氣預報，過兩天應該會下暴雨，所以今天格外悶熱。

教學大樓裡非常吵鬧，來來往往的同學們，因為即將放假，臉上洋溢的激動笑容藏也藏不住，也有幾個一邊走，一邊對答案，時不時露出懊惱的神情。

生物老師收完所有試卷，用專門的牛皮紙袋裝好、封口，隨意捲起來，夾在手臂下，急匆匆進了辦公室。

學生們放假了，他們還要改試卷。

這一切都那麼熟悉。

除了教室裡的空調系統不一樣，這一切和十九年後的那天，似乎沒有什麼區別。也是學年剛剛結束、燥熱的初夏，大同小異的四層樓高的教學大樓，還有一群如放飛的小鳥進入暑假模式的學生們。

不過不同的是，今天她是剛考完最後一門科目的學生，而那年的那天，她是在辦公室裡，改完最後一張卷子的高一物理老師。

記憶的節點忽然有點模糊了，一些片段在腦海裡浮現。那天她改完試卷，接到張慧芳又一個催婚電話。她背著包走下樓，在樓梯口遇到教務主任周文清，他約她吃飯。

然後吃到一半，她收到陳菲兒的訊息，看了熱門關鍵字……

內心的鈍痛感如期而至，明明被日頭晃了眼，張蔓卻狠狠打了冷顫。

原來曾經還有個夜晚，她澈澈底底失去了他……

現在的日子過得太順遂，特別是這個學期開始後，隨著兩人的感情不斷升溫，她在不知不覺中開始刻意迴避這段記憶。

然而現在，相似的場景、相似的時間、相似的人，讓她猛然想起埋在記憶深處的那個夜晚，她蹲在便利商店門口，嚎啕大哭的那個夜晚。

錐心之痛再一次湧上心頭。

張蔓突來一陣眩暈，不由得扶住走廊的扶手。

時間過的真快啊，她重生回來已經快一年了，重新和他相知相識，甚至相戀，感受著他帶給她所有關於青春年少的羞澀與悸動。

張蔓的心跳陡然亂了一拍，某個令人恐懼的念頭襲上心頭。

——這一切，會不會是她的一場夢？

會不會，她其實還是失去了他，然後極度悲痛之下，做了一個漫長的夢呢？

慌亂的感覺來襲，張蔓下意識地抬起手，摸了摸校服領下那個天使吊墜，冰涼的金屬觸感讓她的心忽然有了著落。

她不再駐足，腳步輕快地跟著人群往樓下走。

然而剛下了一層樓梯，她低頭，猝不及防地在樓梯口看到了她愛著的少年。

他靠在牆邊，低著頭，神色疏離淡漠。

比起一年前她初見他時，他似乎又長高了一些，當時訂製的校服褲現在看起來有點短。

在一群高一還未發育完全的學生裡，他的身高實在顯眼，更不用說隱在陽光下那張毫無瑕疵的俊臉了。

張蔓看得呆住，少年立刻察覺到她的目光，下一秒抬頭，視線撞上她，疏離乍去，亮起星光。

她一下紅了眼眶。

不是夢。

她很確定啊，現在不是夢啊，之前那些才是夢。

心頭的悸動和忽然而至的無邊感慨讓張蔓忘了這是在人來人往的樓梯口，她忍著內心的酸脹，飛快下樓，走過去，牽過少年的手：「男朋友，你提前交卷了？」

問的時候，她輕輕靠過去，眼睛往他校服上蹭了蹭，蹭掉些許溫熱水氣。

眼眶還悄悄地泛著紅。

「嗯，提前了十五分鐘，過來等妳。」

他眼裡含笑，也不顧周圍一片倒吸氣的聲音，在眾目睽睽下抱住他的女孩。

周圍猛然看到這一幕的同學：「……」

「我靠……」

「我的天……」

此起彼伏的倒吸氣聲和驚呼聲瞬間蓋過了樓梯間內原本的喧鬧。樓梯口緩緩流動的人群因為這個突發狀況而停滯，所有匆匆回教室的同學們都停下腳步，一個接一個往轉角處看，眼神亮得詭異。

這種校園八卦，能迅速勾起所有沉浸在辛苦學業中的高中生們的興趣。

一部分樓上的同學原本想下樓，因著停滯的人群，被堵在樓梯上，不滿地往下探著腦袋；還有那些已經下了樓的，聽到身後巨大喧嘩聲，也八卦地往樓梯口看。

人來人往的轉角處雪白牆壁，一向生人勿近的少年，笑著摟住一個女孩，而原本高冷的冰山美人，紅著眼眶躲在他懷裡。

媽耶……這濃濃的戀愛酸臭味是怎麼回事？

圍觀群眾們定睛一看，更是受到了驚嚇。

那兩個抱在一起的人……不是李惟大神和他們的張女神嗎？

所有人一愣，心裡那陣八卦的狂嚎過後，全都閃過了三連問：什麼東西？怎麼回事？該怎麼辦啊……

他們居然在一起了？怎麼可能呢？之前論壇裡不是討論過，李惟一直追張女神，但張女神好像很討厭他？還有走廊罰站的照片為證啊。

怎麼突然在一起了？還他媽抱上了？

這兩人在一中的名氣實在太大，特別是高一，基本上沒有人不認識他們。

自從那個影片在N城各大校園論壇上瘋傳之後，一中眾人對於李惟的稱呼，也從「那個瘋子」變成「大神」，大部分人都認同了他，甚至有些膽子大的女生還寫了一封封情書給他。

更別說張女神了，從高一上學期開始就是無庸置疑的校花，一中有名的冰山美人。

學校裡喜歡她的男生數都數不清，基本上每個班都有好幾個人寫過情書給她，但知道她有男朋友的，真沒幾個。

張蔓之前一直很注意，從來不在眾人面前和少年有什麼親密舉動，物競班和一小部分知道他們關係的一班同學也懶得出去八卦，所以大部分人都不知道他們在一起了。

圍觀群眾：嗷嗷嗷嗷嗷，光天化日，朗朗乾坤，大庭廣眾之下，你們還穿著校服呢！

大家就這樣兩眼放著光，堵在樓梯口，有人甚至拿出手機開始拍照，有人已經開始編輯新一輪的「一中論壇見聞」。

張蔓就算再沉浸在自己的情緒裡，這時也察覺出來不對，她抬起頭環視一周，臉色爆紅，拉過少年的手就往教學大樓外面跑。

回憶和煽情果然要不得，害死人啊。

這邊陳峻、鄧年還有曹志學也成功被堵在人群裡，眼睜睜看著那兩人又沒皮沒臉地抱上了——事實上李惟那次在物競班眾人面前說了兩人的關係後，兩人在小黑屋裡越來越不避諱了，大神每次從講臺上下來，經過張女神身邊時都要捏一捏她的臉……

戀愛的酸臭味啊。

曹志學：狗糧吃多了，有點索然無味。

鄧年同情地拍了拍陳峻的肩膀：「陳傻子，你還好嗎？」

陳峻堅強地眨掉眼裡的淚花：「什麼也別說了，等等打遊戲吧，我要大殺四方……」

有什麼辦法呢？嗚嗚嗚，誰能比他更慘？好不容易鼓起勇氣表白了，結果卻被狠狠餵了一盆狗糧。

然而物競三傻的命運實在是坎坷，興沖沖跑去網咖，剛刷上身分證，位子還沒坐熱，就收到了劉志君在高一物競小群組裡發的聲明。

『物競班的暑假取消，每天早上八點到下午六點，學校小黑屋集訓，為期一個半月。』

「……靠。」

事情的起因是前幾天物競班考的那份物理競賽卷子。

其實那份卷子本來是給高二物競班做的，畢竟九月份他們就要正式參加物理競賽預賽考試了。而高一這邊，學校的本意是讓他們九月去試個水溫，不奢望拿不拿得到獎，高二才是主要的關注對象。所以原本學校沒幫他們安排暑假集訓，認為時間還早沒那個必要。

前幾天劉志君偶然看了高二那邊的競賽測試題，覺得題目出得還不錯，於是順手拿過來，印了十一份，讓高一物競班也做了測試。本來就是一個無關緊要的測試，他根本沒當回事，考完就把交上來的卷子塞到辦公桌下。

然而這天下午，趁著同學們都在考試，另一個物理老師躲在辦公室裡改卷子，還算出了每道題目的平均分。

劉志君監考完，回去隨意瞄了資料一眼，結果……他的手抖到現在——除了李惟還沒講完一部分的電磁學，其他的題目，高一物競班的平均準確率竟然比高二那批準競賽選手還要高！

剛開始時還覺得或許是因為李惟分數太高，帶高了平均分，又把李惟那份卷子抽掉，親自重算了一遍，然而，剩下同學的平均分還是比高二高。

這也太玄幻了吧？

講道理，他們讓李惟帶班只是沒辦法中的辦法，沒人覺得會有什麼太好的效果。

這怎麼可能呢？

一陣猛烈眩暈過後，劉志君立刻向教研組反映這件事，幾個物理老師緊急開了會，最後還是組長拍板決定，這個暑假，高一物競班一起集訓，把所有的競賽內容提前補完。

大家都很激動。

這說明什麼？說明今年九月份，高一物競班十一個人裡，除了李惟，很有可能還能走掉幾個。

得知暑假要集訓，絕大多數同學都是崩潰的。對於一個辛苦的高中生來說，是什麼支持他們度過一個又一個枯燥、高壓的學期？當然是寒暑假！兩個月的暑假，一下砍掉一個半月，所有人猶如晴天霹靂。

特別是物競班大傻，高一年級著名憤青陳峻同學，在最初的幾天裡，有事沒事以問問題為藉口，去劉志君辦公室和他抗議、講道理，未取得效果後還幾番企圖蹺課，被劉志君從學校旁邊的網咖押回來。

對他們幾個骨頭硬的，學校採取了非常手段，打電話給他們的家長，告知他們暑假集訓的重要性，又畫了拿獎保送、自主招生降分的大餅給家長們。於是，在學校、家長的雙重夾擊下，大家不再反抗，蔫蔫地開始集訓生活。

第二十三章　一起在家自習

不知不覺間，小黑屋裡的暑假集訓已經過了大半個月。

下午五點半，下課鈴聲響起。窗外一片陰暗。七月中旬頻繁的暴雨，夾雜著轟鳴雷聲，毫不留情地洗刷著這個城市，沖走前幾日烈日暴曬帶來的濃烈暑氣。

聲勢浩大的炸雷中，偶爾會有極其明亮的閃電，照得陰暗天空恍若晴天白晝。

高一年級整棟教學大樓裡，除了幾個留校值班老師的辦公室，只剩物競班小黑屋裡開著燈。

曹志學做完一題，長呼了一口氣：「靠，這鬼天氣就應該待在家裡，舒舒服服地躺著，這下倒好，天也黑了，聽人說孤魂野鬼最喜歡在雷雨天出現，誰知道等等回家路上會不會碰見鬼。」

鄧年翻了個白眼：「還鬼呢，你可別在外頭說你是學物理的。」

「切，現有的科學，只能證明某些事物的存在，而不能證明另一些事物不存在。你能證明這個世界上沒有鬼嗎？既然不能證明，你就無法說它不存在。」

「懶得跟你說，你這就是謬論……」

「哪是謬論，我跟你說啊，前兩天我看到一個新聞，英國的一個廢棄老房子裡，出現了一些靈異現象，在一些雷雨天裡，鄰居們總能看見宅子裡有個白衣服的女鬼出現……」

他們又開始了日常鬥嘴，陳峻本來想加入，轉頭一看，齊樂樂嚇得臉色發白，手裡的筆都掉地上了。

張蔓自然也發現了，拍拍她肩膀安慰她，瞪了那兩個越說越離譜的傻子一眼。

齊樂樂膽子小，本來連打雷都怕，克服了極大的心理壓力才能好好坐著刷題，結果那兩個傻子，還說起了鬼故事。

內心積壓的恐懼爆發，她整個人都開始發抖，臉色也白了，明顯是怕得狠了。

「行了，你們閉嘴，煩死了。」

陳峻一邊說著，一邊從包裡掏出自己的手機和耳機，操作一番後遞給齊樂樂，示意她戴上耳機。

張蔓看了一眼，手機裡正在放莫札特的《土耳其進行曲》，這小子，雖然又憤青又傻，但關鍵時候還算細心啊。

齊樂樂一愣，感激地點點頭，接過手機，戴上耳機。耳機隔音效果很好，再加上節奏極其歡快活潑的鋼琴曲，完全隔絕了窗外絡繹不絕的雷聲。

總體來說，這幾天小黑屋裡的學習氣氛還算濃厚。

十七歲的少年們，再優秀也還是稚氣未脫、玩心重，自控能力算不上太強。

這時候的學習總是需要氣氛的。

好在張蔓帶頭，給物競小班豎起了一面勤奮的旗幟。她最近太刻苦，每天起早貪黑地念書，讓周圍身在教室心在浪的同學們紛紛咋舌。

她是真著急了。

前段時間的電磁學，她學得明顯沒有力學部分得心應手。幾次小測下來，雖然在物競班裡成績還算不錯，但她自己知道，距離國家獎牌還是有一定的差距。

要知道，省一等獎雖然含金量也高，但只能保證能拿到一般名校或者九校聯盟大學的自主招生降分資格，比如復交浙科，但對於Q大和北大沒什麼作用。

然而進入決賽，拿國家獎牌就不一樣了。決賽的全國前五十名是金牌，會被選拔進入國家集訓隊，直接擁有保送Q大或者北大的資格。

銀牌和銅牌雖然沒有直接保送的資格，但可以參加北大和Q大的保送生考試，還是有很大機率保送的。

張蔓想著，最好能拿到保送資格，不然就算拿到升學考降分，也還是要在一中讀完高三參加升學考，這樣的話她就要和李惟分開一年。

她絕對不情願。

她心裡推測，九月份是預賽，對她來說肯定沒問題。緊接著，十月份的複賽，雖然難度會大大提升，但以她現在的水準，她也有一定的信心。然而複賽之後，每個省會選取複賽成績前幾名的同學進入省隊去參加十一月份的全國決賽。去年他們省好像只有十個人參加全國決賽。

決賽的難度比起複賽和預賽，並非線性增長，而是指數型上升。

物理競賽非常講究天賦，有天賦的人一點就通，並且對於物理非常敏銳，學習時可以省很多力氣。

比如李惟，甚至是陳峻、徐浩思他們。

但張蔓不一樣。

她自己知道，跟物競班其他同學比，她不算聰明，頂多算有些經驗，想要取得好成績，只能比別人付出更多的努力。於是她每天都緊繃著心裡的那根弦，學校規定的集訓作息時間是早上八點到下午六點，但她幾乎還是維持上課時的作息，七點到校，晚上九點半才走。

物競班的講義是統一的，用的是程稼夫老師的力學、電磁學還有熱學光學等等一系列。這個系列的難度適中，不算入門級別，但也不太難，比較符合複賽的題目。

張蔓在刷這一系列習題的同時，自己又額外準備了舒幼生老師的《物理學難題集萃》還有趙凱華老師的《新概念物理系列》，都是衝刺決賽的書，難度更高、題型複雜，題目範圍也更廣。

每天要刷三本書上的習題，還要做往年的複賽、決賽卷子，又得花時間去看實驗部分……她恨不得晚上不睡覺，一天二十四小時都用來學習。

其他同學看到她這樣，也逐漸向她看齊，刷題的刷題，複習的複習。

於是最清閒的人反而成了李惟。

如果這時候有人站在講臺上，就會發現，如果以窗邊走道為起點，畫一條彎曲的分割線，就會把整個教室分隔成兩個截然不同的場景。

其中一個場景有十個人，大家都埋著頭奮筆疾書，爭分奪秒的樣子像是第二天就要參加升學考。而另一個場景是教室的窗邊，只有一個人。少年側顏精緻，眉骨舒展，坐姿隨意，修長的指節翻著一疊論文，偶爾累了趴著睡一下，或是看看窗外的雨，悠閒得像是在喝下午茶。

看完窗外的雨，他轉過臉，趴在書桌上，眨了眨眼睛。

走道那邊的少女，離他不到一公尺的距離，卻彷若兩個世界。她的面前堆滿了講義、試卷和計算紙，還有基本參考書，攤開在要用的那頁。

桌面上沒有多餘的地方，她的兩隻手臂只能懸空著，姿勢看起來很難受，但她卻絲毫顧不上，好看的眉頭一直鎖著，手裡的筆沒停過。

白嫩的臉頰微鼓，彷彿憋了一口氣。

她的樣子實在太過熟悉，眉眼的形狀，鼻尖的挺翹，臉頰微微圓潤的弧度，還有小巧的下巴，熟悉到他閉上眼，也能準確無誤地在腦海中刻畫出來。

但就算這樣，還是看不夠。

人對於喜愛的事物總會不滿足。

少年貪婪地看著她的側臉，眉頭微鎖。

——他的蔓蔓，今天一天都沒看他一眼。

其實不僅僅是今天，她幾乎每天像要住在學校裡，兩人相處的時間，只剩下他晚上送她回去的短短十幾分鐘。

他因為兩人之間越來越熟悉的親密而食髓知味，每天十幾分鐘的相處，怎麼夠？

這天晚上，張蔓寫完今天的最後一道題，看了看外頭的天色，鬆了口氣。

已經是晚上九點半，物競班同學們走了一大半。

她揉了揉酸痛的肩膀，收拾好東西站起來，走到少年身邊，扯了扯他衣袖。

「走吧。」

「……嗯。」

兩人牽著手，走出教學大樓，少年摟著她肩膀，打開一把黑色大傘，輕鬆罩住兩個人。

和她在一起之後，家裡的傘都換成了大傘。

兩人相互依偎著走進雨裡，豆大的雨滴猛烈打在傘面上，發出「嘩嘩嘩」的聲音，張蔓甚至能感覺到傘面被打擊產生的振動。

張蔓乖巧地躲在少年懷裡，抬頭悄悄看著他的側臉，心裡放鬆了很多。

再累再緊張的日子，看著他，好像就充滿了動力。

看得太入神，沒注意，一腳踩進了水泥路上沒填好的水坑裡，雨水濺得老高。

「……蔓蔓，走路的時候別總看著我，看路。」

少年輕咳一聲，剛剛煩悶懊惱的心情變得有些愉悅。

張蔓一愣，悄悄紅了臉。

原來她每次偷看他，他都知道啊……也太丟人了吧？

現在天色很晚了，她突然想到少年每天送完自己，回家時都是一片漆黑，就有點心疼。

「吶，男朋友，不然以後你和他們一樣先回家吧，晚上我可以讓徐叔叔或者我媽媽來接我。」

本是善意的提議，卻讓愉悅的少年瞬間黑了臉。

很好，唯一的十幾分鐘，她也想不要了。

少年心裡生著悶氣，聲音硬邦邦的：「不要。」

他低頭看少女的髮旋，摟著她肩膀的手向上，惡狠狠掐了一下她的臉頰。

懷中少女一陣驚呼，抬起頭惶惶看他，黑夜裡，一雙眼水光瀲灩，亮得驚人。

「掐我幹什麼，疼……」

聲音嬌軟，讓他的心一下子也軟了。

少年心間微顫，無奈嘆了口氣，手指下意識蹭了蹭被他掐過的臉頰，以示安慰。

——算了，他跟她計較什麼？

她的臉很小，下巴尖，但偏偏臉頰上帶了不少肉，這一蹭，只覺得指背陷入一片絲綢般柔軟之中，讓少年不禁心神蕩漾。

於是頭一低，微抿的薄唇就想湊上她另一邊臉頰，然而——

「李惟，你今天在講臺上講電磁部分第八題，我還是沒有聽懂，能不能再講一次啊？」

「……」

等講完極其複雜的一題，兩人已經走到張蔓家樓下。

「哦……我就說最後那裡有點怪怪的，原來是我之前想錯了。」

張蔓認認真真的點頭，眼神沒有焦距地盯著社區門，顯然還在思考。

其實張蔓細眉大眼，鼻頭精緻小巧，臉型偏尖，屬於那種看起來很甜美很聰明的長相，當然，因為她不愛笑，嘴角總是向下，甜美就被忽視了，只剩下聰明和高冷。

可她認真起來又不一樣了。

她每每想問題時，眼神都特別飄忽，又總喜歡皺著眉，有點肉肉的臉頰嘟起，紅潤的嘴唇也微微撅著——看起來比平日裡呆萌不少。

少年的心間又開始發癢，喉結上下滾動著。

他的目光，一直停留在她的嘴唇上，就算在昏暗的燈光下，那兩片嘴唇也帶著好看的嬌紅。

中間隔著傘柄，不方便做一些事。他把人拉進社區樓下擋雨的屋簷，收了傘靠在旁邊，雙手捧著她的臉就要吻下去。

然而卻再一次落空。

少女似乎想明白了某個問題，驚喜地抬頭看他，極其敷衍地在他臉頰上親了一口。

嘴唇在他臉上幾乎只停留了零點一秒，毫不留戀地離開。

「男朋友，我上去啦，我知道我錯在哪了，要立刻用筆寫下來，不然等等又忘了。路上小心，到家打個電話給我！」

她說完，興沖沖地向他揮揮手，轉手上了樓。

黑暗裡，暴雨聲中，屋簷下，少年還保持著彎腰側頭的姿勢，整個人僵硬得，像是一座供人描繪的雕像。

物理，真是一個無比黏人又極其不會看臉色的東西呢……他生平第一次對這個喜愛多年的學科產生抵觸心理。

週六晚上，在張蔓家樓下，終於得到一個短暫又淺嘗即止的吻的大神同學，在心裡滿足地喟嘆著。

週日，學校難得讓物競班放一天假。

他的要求，越來越低了。

「蔓蔓，明天怎麼安排？」

張蔓奇怪地看了他一眼：「當然是自習了，難不成還想出去玩？」

「……」

好吧，當他沒問。

少年神情微暗，下一秒又亮起：「不然，明天別去學校了，去我家自習？」

去他家？

好像也不錯，房間寬敞，燈光也亮。而且聽齊樂樂說，明天學校有可能會停電，他們去了或許也自習不了了。

一番考量後，張蔓點點頭，靠在少年胸口處，說了一句什麼。

正巧一聲驚雷乍起，她的聲音被掩蓋住，少年絲毫沒聽到，只知道她點了頭，於是心頭火熱地抱住她，又親了一口。

少年幾乎立刻就想到曾經，他把她圈在巨大書桌下，那個綿長又深入的吻。

心情忽然愉悅。

——明天，有的是時間。

第二天一早，少年早早起床，急急忙忙沖了一個冷水澡。

蓮蓬頭裡冰冷的水順著黑髮流淌到結實有力的肩頸，少年微微抬頭，眼神迷離地喘息一下。

怦怦直跳的心臟、火熱混亂的大腦、某些羞恥又異樣的感覺，在冷水的刺激下，總算恢復平靜。

這段時間實在壓抑太久，以至於昨天他竟然……做了一個荒唐的夢。荒唐到醒來時控制不住地臉皮發燙。夢裡的她嬌嬌軟軟的，和平時不大一樣，那眼神和聲音，都實在太不像話。

少年閉著眼關了水，扯過浴巾擦乾身體，鬆鬆穿上浴袍。

沖完澡，少年走回房間打開衣櫃，習慣性地想從左邊拿一件黑色短袖，但眼神瞟到右邊那排五顏六色的衣服時，動作頓住。

這些衣服全都是她挑給他的。

黃色、湖藍色、橙色、紅色，甚至還有他最討厭的……粉色。

這些顏色，就像她一樣，猝不及防地闖進他單調的世界。

少年看著那件嶄新的粉色T恤，上面映著一個大大的米老鼠頭，這種鮮豔可愛的卡通風格，實在不適合他。

倒是很適合她。

他食指輕輕摩挲了一下衣服前襟，米老鼠挺起的可愛肚皮，腦補了她穿著這件衣服的模樣，垂眸彎了彎眼睛。

——粉色好像也不是那麼討人厭。

於是少年鬼使神差地拿出那件T恤換上。

蔓蔓和他約九點，還有一個小時。

久違的獨處，他格外慎重。

少年仔仔細細地刮了鬍子，用手抓抓頭髮。

他先是勤快地把沙發上散落的一兩件衣服丟進洗衣機，然後下樓買菜，還買了一束她喜歡的鮮花，插在餐桌的花瓶裡——這個細頸的花瓶也是她買的。

還是不夠。

少年從櫃子裡翻出之前她買的蠟燭，他記得好像是什麼香薰蠟燭，反正是她很喜歡的味道。

他把幾個蠟燭擺在桌上，滑了一根火柴點上。

淡淡香溢出。

一切準備完畢，門鈴響了。

少年愉悅地彎起嘴角，走過去開門。

——「蔓蔓，妳來了……」

下一秒，他臉上的溫暖，澈底破裂。

門口，除了他的蔓蔓，還呼啦啦站了一大群人，讓原本不算狹窄的樓梯口，變得十分擁擠。

門口那一群人，在門開的瞬間更是傻眼。

——嘖嘖嘖，人不可貌相啊，沒想到在學校裡極其冷淡的大神，私底下居然是這樣的品味。

瞧瞧這騷粉色的短袖，衣服上印著巨大的、笑得賊兮兮的米老鼠，還有從這裡就能看到餐桌上那一大把騷氣的花和更加騷氣的蠟燭。

三傻不約而同摸了摸下巴。

他們沒追到女神，肯定是因為還不夠騷。

十一個人，一個在門裡，一個在門外，足足僵持了半分鐘。

尷尬過後，少年暗沉沉的眸子轉回張蔓臉上，本想打開門就擁抱她的右手不動聲色地放回門框：「……進來吧。」

眾人鬆了一口氣。

一進門，徐浩思四處張望，就開始驚呼：「李惟，你平時一個人住這麼大的房子啊？你們家戶型真大。」

這客廳有快二十坪吧？抵得上一個小戶型的房子了。

然而他的熱情卻沒得到任何回應，少年極其冷淡地點點頭，轉身去廚房，也不招呼他們。

徐浩思不免有些尷尬地撓撓頭。

人家顯然是不想讓他們來啊，他看出來了，大神絕對只想讓張女神一個人來。

他拿眼睛瞟曹志學。

曹志學撇撇嘴，見狀又用手肘捅捅鄧年。

鄧年立刻搖頭推卸責任，指了指一臉呆樣的陳峻，幾個人透過眼神就交流了一切。

——什麼情況啊？不是說是大神安排來他家補習嗎？大神怎麼好像絲毫沒期待他們來呢？

陳峻也很無奈啊，他也不知道啊……週日學校有很大機率會停電，他原本打算去網咖待著，結果昨天晚上齊樂樂傳訊息問他，要不要一起去大神家裡補課，而且她說是張女神告訴她的，並且大神是同意的啊。

於是他就問了鄧年，鄧年又問了曹志學……反正到了最後，物競班十一個人都聚齊了。

十個人擠在狹小的玄關，有些手足無措，大神也沒拿拖鞋給他們，要脫鞋呢還是穿著鞋直接進去呢？

這時，張蔓總算回過神來，無比自然地從一旁的鞋櫃裡，拿出一雙粉色的兔子拖鞋——這雙拖鞋還是李惟買給她的，聽他說，和他買給她的耳罩是同一家店。

張蔓看著手上的拖鞋，心裡有點好笑。

他明明不喜歡粉紅色，但送給她的耳罩和拖鞋，又都是粉色的，真不知道他是怎麼想的。

她換上拖鞋，對身後眼巴巴張望的九個人說：「你們等一下啊，我去櫃子裡拿鞋套。」

說著，她熟練地直奔客廳，從茶几下的雜物櫃第二層裡拿出一捲鞋套，分給眾人。

十足女主人架勢。

眾人：「……」

好想自戳雙目啊。

妳好歹裝個樣子，在別的抽屜裡假裝找一下不行嗎？妳這熟練度，實在太令人細思極恐、浮想聯翩了。

你們還是高中生啊！還是國家的花朵！

少兒不宜，少兒不宜啊。

算了……狗糧吃多了，也就飽了。

眾人面色麻木地套上鞋套，張蔓又熟門熟路地帶他們去書房。

李惟家的書房很敞亮，真的能稱得上是「書房」。

偌大房間，奢華的水晶吊燈，其中一邊是落地窗，能看到遠處的海岸線。另外三面牆上，除去門框外，都嵌了直到天花板的巨大書架，一疊又一疊的書整整齊齊擺在上面，中英文的都有，擺放得非常有順序，按照不同類型，不同系列，看著就能治癒強迫症。

足以見得主人是個非常自律、懂得自我管理的人。

這些書大部分是和物理相關的，當然也有很多文學類作品。畢竟是物競班，專門搞物理競賽的同學，對於物理是相當熱愛的，看著滿牆的文獻和書冊，都興奮地翻看起來。

尤其是大傻陳峻，他一向熱愛和物理相關的所有東西，看到這三面書牆，立刻兩眼發光。

他這本看看，那本摸摸，突然指著玻璃櫃裡幾本非常不起眼又老舊的書，一聲強烈驚呼：「我靠，居然是一整套德文原版的愛因斯坦——《我的世界觀》，還他媽是一九三四年首刷版的？媽耶，現在居然還能買到嗎？」

他一邊咋舌，一邊繼續看，這一看又發現了不少上世紀各個物理學大神的古書，還有一個小櫃子裡，居然有好幾張中世紀一些著名物理學家的原版手稿……

我的天……

都是學物理的，多多少少知道這些東西的價值。

眾人看著那些珍貴手稿，有英文、德文、法文……滿臉震驚。

不是，平時感覺大神很低調啊，雖然他們多多少少知道他家裡以前挺有錢的，但畢竟現在只剩下他一個人了，誰能想到居然還是這麼有錢？

太土豪了吧？？？

好氣哦，為什麼比你聰明的人，還比你有錢？

為什麼比你有錢的人，還有好看的女朋友……

物競三傻倒是撇了撇嘴。

——哼，他們早就知道了，一個看電影時要吃大桶爆米花和哈根達斯冰淇淋的男人，絕對不簡單。

畢竟都還是半大孩子，來到個新奇的地方，絲毫不拘謹，打打鬧鬧開著玩笑，也不會無聊。

張蔓站在門口，無奈地等他們鬧騰完之後，指使三傻把書桌往裡面挪一挪，留出更寬敞的空間，又讓另外幾個男生去抬餐廳的大餐桌。

餐桌和書桌都是紅木的，實心紅木傢俱特別重，費了他們一番功夫。

兩張桌子加在一起，坐十幾個人綽綽有餘。

李惟家的餐桌很大，有八張餐椅，加上原本書房裡的兩張椅子，還有隔壁客房裡的一張，正好坐得下十一個人。

她招呼大家把東西放下，又把李惟一直用的小黑板推過來，自顧自開始看昨晚接下去的習題。這時，少年從廚房回來，拿著托盤，上面擺了十一個免洗杯，杯子裡是一杯杯咖啡。

「我等一下去拿水，你們先喝咖啡。」

這種天氣待在家裡很容易睏倦。

眾人鬆了一口氣。

原來是去幫他們泡咖啡，還以為大神生氣了呢。

陳峻走上前，幫李惟把托盤放下，熟稔地勾著他的肩膀，眉飛色舞，眼神興奮：「李惟，你家這些東西都是你買的嗎？這些手稿是真跡嗎……少說一份也要幾十萬吧？」

少年順著他手指的方向看去，目光微怔。

「不是，這些都是我爸爸的收藏品。」

他父親的書實在多，當時爺爺派人跟他交接遺產時，光裝這些書就裝了好幾輛車。

原本這間房子的書櫃只設計了一面，奈何父親的書實在太多，後來他又買了不少，索性把三面牆都做成書櫃了。

「嘖嘖嘖，這陣仗，李惟，你爸不會是物理學家吧？不對啊，你爸以前……不是做生意的嗎？也喜歡物理啊？」

李惟家裡的事，大家多多少少都聽說了一些，很多人都知道，他爸爸得精神病之前是N城乃至整個省內都很有名的企業家，天天忙著賺錢的大老闆，居然還沉迷物理？

「……或許吧。」

少年的眉頭略微蹙起，某個念頭因為眾人的詢問，一閃而過。

兒時的記憶實在模糊，他也不知道他父親生前是不是有這個愛好。

不過，當務之急不是這些。

少年目光沉沉地看著已經坐下認真看習題的少女。

她居然從進門到現在，都沒和他說一句話，剛搬好桌子就急匆匆開始刷題了，只留給他一個後腦勺和一截細膩白皙的脖頸……

「蔓蔓，我去準備點水果，妳來幫我一下。」

張蔓愣了一下，點點頭站起來，往廚房走。

他竟然還特意買了水果，想得還挺周到啊，看來幽怨歸幽怨，他還是盼著大家來的。

等張蔓出去後，少年也跟著往外走，眾人紛紛坐下，一邊刷題，一邊八卦地往外探著腦袋。

當他們都傻嗎？泡咖啡可以一個人泡，切水果就要兩個人？

只可惜，八卦的目光被大神涼涼的眼神終結，眾人縮著脖子，看著大神把書房的門關上了。

……他把門關上了。

曹志學：我他媽還想上廁所呢？去還是不去……還是不去了吧，要是不小心撞見什麼，大神絕對不會放過他的。

這邊張蔓不緊不慢走到廚房，一眼就看到料理臺上放著一袋顏色鮮豔的大草莓。

看起來很甜的樣子。

她從一邊的架子上拿了個洗水果用的漏盆，把袋子裡的草莓倒進盆裡，打開水龍頭，挽起袖子開始沖洗。

結果還沒洗多久，就聽到一陣急切的腳步聲，她回頭，少年溫熱的氣息已經靠了過來。

他的手臂從身後繞過來，狠狠禁錮住她的腰身，把她整個人往後帶，溼熱氣息噴在她後頸，比往日都要濃重一些。

臉上的神情也不再是那麼雲淡風輕，多了一絲難以控制的熱烈。

張蔓心裡一軟，放下盆子轉過去：「怎麼了？」

少年目光深沉，直白地看著她，眼神裡帶著無邊的幽怨。

她心裡有些好笑，想摸摸他的臉，奈何手是溼的，也就沒動作。

「你可不准和我鬧，昨天我不是問過你嗎？能不能多叫幾個同學一起來，你同意的。」

昨天他問她要不要去他家自習，她當下就問他了，他明明「嗯」了，還抱著她親了好幾口，現在怎麼又這麼幽怨了？

少年的表情有些疑惑。

昨天他問她，要不要到他家自習，她點了頭……然後，她好像靠在他胸口說了什麼，可惜當時響起了一聲炸雷，他又心頭火熱，根本沒聽見。

好吧……看來她確實說過。

但他根本就沒聽到啊，要是聽見了，他怎麼可能會答應呢？好不容易有一整天的時間能單獨相處啊。

好不容易啊……

她都不知道他有多想她，他昨天甚至都做了那樣的夢。

少年神情頹喪地抬手，捏了捏眉心，把臉貼進少女的脖頸：「蔓蔓，我沒聽到，我以為今天只有我們……我好想妳，蔓蔓。」

他的聲音沙啞低沉，不再毫無起伏，反而每個字都在往下墜，好像被什麼沉重的東西拖拽著。

沉重的……思念。

張蔓的心一下就軟成了一汪清泉，她也顧不上手上沾了水，輕輕把少年的腦袋挖出來，捧著他的臉頰，抬起頭認真看他下垂的眸子：「所以你買了鮮花，點了蠟燭，還……還穿了這件衣服？」

之前她要他穿說了好多次，他都死活不穿，沒想到今天竟然穿上了——這隻粉色的、可愛的米老鼠。

張蔓的心臟又酸又暖。

她最愛的人啊，那麼冷淡又自持的一個人，因為她做了好多他不習慣的事。

然而少年卻不這麼想。

原本浪漫的舉措，在陰差陽錯下，反而顯得笨拙又尷尬，他狼狽地挪開眼，點點頭。心裡發癢的同時，又帶了點莫名的委屈。

他明明還洗了衣服，收拾了沙發，拖了地的。

這種委屈襲上心頭的一瞬間，他有些恍神。

委屈？這種情緒，在以往近十年裡從未有過。

他竟然越來越習慣，有人愛著他，所以一些小事都能讓他委屈。

張蔓仔細看他半晌，心裡的思念攀到了巔峰。

這段時間，她為了準備競賽，每天逼著自己，一天二十四小時，至少有一半時間撲在念書上。

她何嘗不想他呢？

每次看到他，都想不顧一切地撲上去抱著他。

心裡總會有某個聲音不斷蠱惑自己，別念了，去親親他、抱抱他，一起去看個電影，逛街吃飯，多好。

只要這樣想著，面前那些難題一題都做不下去。

她堅持的勇氣是他，想要偷閒的誘惑，也是他。

他對於她來說，實在太致命，容易讓她喪失一切自制力。本來天賦就不夠，如果一門心思就想著和他談戀愛，還怎麼念書呢？

於是另一個理智點的聲音就會跳出來。

你就浪吧，玩掉這兩個月，起碼要和他分開一年，而且，說不定還去不了北大，大學又要和他分開四年。

於是她只能逼著自己，用功讀書。

誰知道，她每天夢裡都是他啊。

張蔓在少年不解又難過的眼神裡，輕輕推開他。

她走到廚房門口，把門關上，並從裡面「啄嗒」一聲，上了鎖。

思念歸思念，家裡還有另外九個人呢，如果被撞見了，張蔓肯定是沒臉的。

她鎖好門，確保不會有人推門而入，才在少年暗沉沉的眼眸中，走到他身前。直視著他的雙眼。

——「男朋友吶，我其實一分鐘都不想離開你，但是我更不想以後離開你那麼長時間……我想和你去同個大學，以後永遠在你身邊，永遠不離開你。等我們長大了，我們還在一起，結婚、生孩子，然後過一輩子。等你變成白髮蒼蒼的老頭了，我變成滿臉皺紋的老太太了，我們還一起出門看雪，好不好？」

少年聽著她的話，眸間深潭捲起波濤。

原來她從來不是說說而已。

她用所有行動，向他證明，她想要一輩子都陪在他身邊。

少年突然想起前幾天夜裡，Nick 再次站在他床頭，和他說話。

他惡狠狠地質問他，是不是有了女朋友，就不想和朋友來往了？他還極力嘲笑他，就是個沒人疼沒人愛的小孩，過不了多久，女朋友也會厭棄他。

他甚至對他說：「你看，你的蔓蔓這兩天不就不理你了嗎？李惟，你信我吧，只有我和Janet 才會永遠陪著你，張蔓是騙你的，要不了多久她就會拋棄你。」

迷迷糊糊之間，他似乎又發作了一次，他大叫著讓他閉嘴，還把房間裡的花瓶狠狠砸向他。

花瓶碎裂的巨大響聲，讓他瞬間清醒，睜開眼，只剩滿室狼藉。

之後他一整夜都睜著眼沒睡著，明明他覺得自己心裡很堅定，明明知道蔓蔓不會這樣，但那種無力感和心痛，卻硬生生把他往下拽。

他在黑暗裡，一遍一遍調整自己的呼吸，調整著難以控制的沮喪和頹廢，在第二天凌晨，換上最好的笑容，去學校裡見她。

他的妄想症本來就沒好，這樣的事情，幾乎每隔幾天就會發生一次，根本不受控制。有時候是Nick，又時候是Janet，甚至偶爾迷怔了，他又會陷入精神恍惚中，不知道他們是真的還是假的。

但只要一想到她，真實與虛妄，就界限分明。

她似乎成了他衡量這個世界的尺子。和她相關的就是真實，和她對立的就是虛妄。他拚盡全力讓自己保持清醒，就算一個人時，再混亂不堪，也要清醒著站在她身邊。

——他和她，他們都在為了彼此而努力啊。

張蔓說著，抬起雙手，搭在少年肩上，輕輕施力往下壓。

他神色難辨，呼吸有些沉重，這時卻極其順從地低下頭，配合她的動作。

他不動聲色地看著她。

果然，他的蔓蔓輕輕踮起腳尖，溫柔地、顫抖地，又急切地貼上了他的唇角，帶著和他一樣的熱情。

她的唇香而柔軟，腰肢纖細，身上帶著一股難以言喻的清新奶香……少年微微睜眼，看到她白淨的臉頰上，泛起了些許紅暈。

一切都和昨夜的夢裡，那麼像，夢裡的她，臉色比現在要更紅，呼吸比現在更亂……

少年眸色倏地一緊，摟緊他的女孩，加深了這個溫柔的吻。

等兩人分開後已經過了好幾分鐘，張蔓紅著臉鬆開他，推推少年的胸口：「放開我，我還要洗草莓呢。」

少年不捨地在她臉頰上親了好幾口，深呼吸著壓抑內心膨發的火熱。

「嗯。」

兩人各自冷靜了一下，洗好草莓，張蔓又切了冰箱裡放著的西瓜和蜜瓜，拼成一個大大的水果拼盤，一起端進書房。

她走進房間時還很不自在，切個水果而已，這時間確實太久了……好在進去之後發現同學們都在自顧自刷題，似乎並沒有注意到，鬆了一口氣。

她把水果拼盤放在大餐桌中間，這樣大家都能拿得到。

隨後，少年也跟著進來：「既然大家今天都在，我把上次還剩一點的夫朗和斐繞射講完，這樣光學內容就結束了。」

他說著，把小黑板推過來，自己拿了一根粉筆站在黑板前。

眾人：好吧，切了一個水果，都有心情講課了呢……

「還記得上節課我們講過的惠更斯原理吧？夫朗和斐繞射就是使用惠更斯原理，把通過圓孔或狹縫的一個波形分成多個向外的波形……」

窗外天色陰沉，雷雨依舊，巨大雷聲和蕭瑟雨聲遮擋了塵世的其他喧囂。

偌大書房裡，璀璨的水晶吊燈散發極其明亮的光芒。

兩張大桌子，一個小小的移動黑板，十一個人，一個講，十個聽。

和窗外隆隆雷聲相比，他的聲音不算大，但每個人都聽得認真。

張蔓心裡有些欣慰。

昨天她告訴齊樂樂時，讓她問其他同學，本以為好不容易放了一天假，應該不會有多少人願意來的。

然而事實卻出乎她的意料。

儘管嘴上天天抱怨著整個暑假只剩半個月，儘管天天叫囂著放假了一定要如何如何，但他們還是都來了。

就連昨天還叫囂著要一整天賴在網咖的三傻也來了，帶了厚厚的講義，規規矩矩地坐在這裡，彼此陪伴著，看著書，刷著題。

十一個人，有著十一個共同的理想，也有十一個人彼此的默契。

青春年少的時光，總是令人難忘的，有些或許是因為某一段深藏內心的情愫，有些或許是因為熱血沸騰的夢想，但更多的，卻是因為自己在那段懵懂青澀的時間裡，曾經無比純粹地，卯著勁地，單純地努力著。

人生太長太複雜，很難再有這樣的時光，純粹的只有一個目標。

第二十四章　競賽正式開始

九月初，兩個月的暑假終於結束，張蔓他們正式成了高二學生。

甚至走在路上，也有可愛的學弟學妹們叫她學姐。

而這一年物理競賽初賽也如期而至。

整個N城報名的考生都集中在N城一中考，學校早早就劃好了考場，座位隨機打亂。

一中參加這次初賽的同學非常多，不僅僅包括高二、高三兩個年級的物競班，還包括許多沒選擇競賽途徑，而是選擇升學考途徑的同學，也來試試運氣。

一中兩個年級的考生，加上N城其他幾所高中，總共有兩三百人，被安排在了七個考場。

物競考試關係到之後的自主招生，甚至是保送，教育部對於考試的監管非常嚴格，每個考場都有兩名監考老師，外加教室前後的高畫質監視器。

每個人的座位都離得很遠，不存在任何作弊的可能性。

張蔓恰好和齊樂樂分在同個考場，就坐在她前面。考試前三十分鐘大家就入座了，她看著齊樂樂去了三趟廁所。

張蔓轉過去，看她臉色蒼白，不免有些擔心。

「怎麼了，樂樂，肚子不舒服嗎？」

「……沒有，我就是有點緊張，昨天晚上還有一個題目沒弄懂呢。」

張蔓心裡嘆氣，這女孩的膽子實在太小了，心理素質差，誰都知道，考試前最忌諱的就是想那些自己沒弄懂的題。

想了也沒用，只會讓自己越來越緊張。

她握了握她的手安慰她，發覺她手心裡都是冷汗。

「樂樂，我昨天也有好幾道題不會，但跟今天的考試完全沒關係啊。這次考試的題比我們平時練習的題目簡單多了，妳肯定沒問題的，放心吧。妳如果還緊張，就做幾個深呼吸，就能好點。」

齊樂樂點點頭，按照她說的做了幾個深呼吸，果然，心口堵著的鬱悶似乎消減不少。她心裡稍微得到了點安慰，但要說完全不緊張，那也是不可能的，只能硬著頭皮挺著了。

考場裡別的學校的新高二年級學生就很輕鬆，聊天的聊天，轉筆的轉筆，完全沒把考試當回事，只當做是一中一日遊了。

畢竟在他們的意識裡，真正要參加這次物競考試的，是高三學長學姐們，他們只不過來試試水溫。

考試開始前五分鐘，兩個監考老師開始分發試卷，試卷用規整的牛皮紙袋封好，貼了教育部的封條，只有在這時才能拆封。

九點的鈴聲響起，考試正式開始。

考試從上午九點到中午十二點，共三個小時，這和平時的考試很不一樣。就算是升學考的理綜考試，也大約不過兩個半小時。

張蔓先從頭到尾看了試卷一眼，總共十八個題目，滿分兩百分，和她之前做的卷子是一樣的規格。

其中選擇題有七道，填空題六道，剩下的全是計算題。

題目主要還是以力學和電磁學為主，光學熱學占比很少。

她大致看完題型分布，簡單判斷題目難度，開始答題。

三個小時的考試，實在有點難熬，其實大概兩個小時，她就把大部分題目做完了，也就最後一個電磁和力學的綜合題有些棘手。

不過這次張蔓規規矩矩地坐了三個小時，沒有提前交卷。

等考試結束後，她坐在位子上等老師收完卷子，才走出考場直奔小黑屋。果然，少年安安靜靜坐在窗邊，手裡拿著一篇論文在讀。

他應該提前交卷了。

除他之外，有幾個同學也已經回來了，臉上的表情都很輕鬆。

張蔓鬆了一口氣，應該出不了什麼大問題。

沒過幾天，初賽成績出了，結果在她的意料之中，他們十一個人全都通過了初賽，有資格參加十月份的複賽。

學校裡也有非常多的同學通過初賽，高三年級物競班也全員透過了。

張蔓並不意外，畢竟初賽的難度並不高，題目也就和升學考最後幾道大題的難度相當，並沒有太多超過範圍的內容。

真正的分水嶺，還要看下個月的複賽。

初賽成績出來的這天，小黑屋裡大部分同學的情緒都很高漲，畢竟考試的第一關過去了。之後的複賽雖然難度提升很多，但只要拿獎，就算是全省二等獎、三等獎，也能拿到一般國立大學或者普通名校大學的自主招生資格，算是比別人多了一條途徑。

張蔓心情也不錯，和陳菲兒一起吃完晚飯，又去了之前不常去的煤渣操場散步。她這段時間實在太忙，有時候根本沒時間吃晚飯，只能啃麵包，已經很久沒和陳菲兒一起吃飯了。

夏日裡白天很長，晚上六點天色卻亮如白晝。

七八月份的雷雨季節已經過去了，隨之而來的是長達半個月的豔陽天，比七八月份更熱。好在晚間還有點風。

剛剛開學，學校裡多了一批新面孔。剛上高一的學弟學妹們，短短一個多星期還沒體驗到高中念書生活的緊迫感，對新學校新生活的那股新鮮感也還沒褪去。

操場上打球的打球，散步的散步，每個人都洋溢著青春活力。

都說高中校園裡，一眼看過去最神采飛揚的鐵定是高一，沒什麼表情的就是高二，精神非常不濟的，就是高三了。

說的也不是沒有道理。

兩人從兩排常青冷杉中間穿過，走在操場旁邊雨花石鋪成的小路上。

一中的綠化一向做得好，除了雙城溪邊的垂柳，學校的各個角落都種滿了花草樹木。秋冬裡還不覺得，春夏兩個季節格外明顯，整個校園都泛著讓人心神安寧的綠意。

從冷杉林中走出來，眼前是一整排的高大香樟，香樟葉的顏色由初春的嫩綠逐漸轉成油綠。

九月份，是每年夏天的尾巴，也是香樟最茂盛的時候，走近了，空氣裡都有一陣香樟樹葉的清香。

路的那頭，有一個長長的木製迴廊，迴廊頂端木頭架上，攀著茂密的紫藤蘿，紫色的繁花點綴在青綠色的藤蔓上，像瀑布般垂墜著，隨著夏日的微風輕輕浮動，如夢如幻。

陳菲兒挽著張蔓的手臂，腦袋在她肩膀上蹭了蹭：「蔓蔓，我真的好羨慕妳啊，下個月再考一次是不是就能去上大學了？還能跟妳親愛的男朋友一起去，嗚嗚嗚，我還要再煎熬一年。」

張蔓把她腦袋推開，心裡翻了個白眼。

別人上高中確實煎熬，陳菲兒要說煎熬還真是對不起他們班導師。

她耐不住性子念書，天天浪得很，前兩天聽說她還帶了微型麻將到學校來玩，小日子過得那叫一個舒坦。

她摸摸她的腦袋，好笑地說：「哪這麼容易，下個月複賽，下下個月還有個決賽呢，妳看我最近，都累瘦了。」

陳菲兒上下打量她：「嘖嘖嘖，這倒也是，妳的臉好像又尖了，妳家寶貝男朋友沒意見啊？蔓蔓，妳這樣也太辛苦了吧，昨天晚上我跟妳講電話，都那麼晚了妳還在念書，害得我掛斷電話後又被我媽罵了一頓，讓我向妳學習。她也不想想，我們都認識這麼多年了，我要是能向妳學習早就學了，還用等到現在……你們這些好學生也不容易，算了，我還是當個學渣吧嘿嘿。」

張蔓也懶得操心她，這丫頭命好著呢，無憂無慮沒心沒肺一點，挺好。

陳菲兒說著，又想到別的話題：「對了，那陣子妳和李惟戀情曝光，學校論壇瘋傳了好久，那段時間聽說學校門口的文藝酒吧裡天天都是失戀的男生女生，哈哈，妳說是暗戀妳們家李惟的多，還是喜歡妳的多？不過有的人真的很奇怪，妳都不知道，我們班那個男生，就是之前托我送禮物給妳的那個江景然，妳還記得吧？前陣子聽到這個消息，消沉得要死，結果這兩天聽說突然開始追一個高一的小學妹了……氣得我，真是白白讓他送禮物了，我還以為他有多深情呢。」

張蔓笑著拍了拍她：「我又不喜歡人家，妳還指望人家一直喜歡我啊。」

何況，很多時候在遇上真正對的人之前，一些青春年少的喜歡，真的不是非妳不可。

「我也沒覺得他該一直喜歡妳，但妳想想，暑假的時候還天天哭呢，一轉眼才幾天啊，就勾搭上小學妹了，這操作也太騷了吧？」陳菲兒皺著鼻子抱怨，還想再繼續吐槽兩句，突然看到操場旁邊一塊隱密的草坪裡坐著一個人，「蔓蔓，妳看那邊，那個坐著的女生是不是跟妳一起上競賽的那個，叫什麼來著？她好像在哭欸。」

張蔓順著她看的方向看過去，果然，一排高大的冷杉中間，青綠色的草地上，一個微胖的女生蜷縮著抱膝坐在那裡，肩膀不停抖動著。

是齊樂樂。

剛剛晚飯前大家還一起在小黑屋裡刷題，她沒有表現出什麼異樣啊……

陳菲兒當下就想走過去問問怎麼回事，卻被張蔓攔住了。

既然躲在這裡哭，自然是不想被人看到。

兩人又走了一下，才各自回教室。

晚自習上課前，齊樂樂總算回來了，張蔓悄悄看了她一眼，除了眼睛有點紅，卻也看不出來什麼異樣。

她看似若無其事的問她：「樂樂，妳最近有什麼不開心的事嗎？」

齊樂樂被她問得一震，笑著忙搖頭：「沒有，我能有什麼不開心的事啊。」

張蔓想了想，也沒再多問。

但齊樂樂一節晚自習下來明顯情緒不高，也不像平時那樣努力刷題，經常坐著發呆，用筆在紙上無意識地畫著圈。

終於，第一節晚自習下課後，她主動和張蔓說：「蔓蔓，我……我今天確實挺不開心的，我還以為不會有人注意到。」

她推了推眼鏡：「你們都不知道，我雖然通過了初賽，但是我是壓線過的，我的分數比很多普通班的同學還低。下午學校教研組有個老師來找過我，問我之後的安排，是想繼續留在物競班還是回去升學考。」

她說著，眼眶越來越紅。

「我知道老師們是為了我打算，畢竟學物競真的很費時間，如果一條路走到底，到時候又沒什麼結果，那回去升學考也考不過人家。可我心裡真的不舒服。」

她說著搖了搖頭：「算了……我自己都不知道我在說什麼，我太差勁了，或許我真的不適合學物理吧。」

張蔓看著她頹喪的樣子，想起了平時她努力刷題、努力複習的樣子，不免有些心疼。

她前世畢竟是高中老師，稍微聯想了她平時的表現，就想到了癥結所在。

齊樂樂平時比較沉默，在整個物競班裡不太有存在感，但她做的練習，並不比張蔓少。

而且她能看出來，這女孩很喜歡物理，也有天賦，就是膽子實在太小，從前林平正叫她上去做題時，很多時候她在底下會做，一上臺一點都寫不出來。

她想到考初賽之前，齊樂樂緊張得快要昏厥過去的狀態，立刻心裡有數。她分數那麼低，有很大一部分原因就是因為她的心理素質太差，或者說，對於考試這個環境還沒有適應。

然後分數出來，她的自信心更受到了打擊，才會這麼頹喪。

「樂樂，妳聽我說，妳的能力完全沒有任何問題，妳比我還要聰明，就是考試的時候實在太緊張了。妳想想看，那天考初賽，妳考前半個小時去了三次廁所，我看妳握著筆的手都在抖。」

張蔓說著，心裡不免有些感慨。

不管是升學考，還是競賽，都是一條非常艱難的路，天賦、努力、運氣、心理素質，缺一不可。沒有誰能夠輕輕鬆鬆地達成自己的理想。這個世界上的任何一個人，都經歷著難以想像的掙扎和抗爭。

人生真的就是這樣，道路有無數條，但夢想所在，往往是最曲折的那條。

「我自己也知道，但就是控制不住，每次大考之前，都叮囑自己千萬別緊張，但越說我就越緊張，卷子一發下來，我整個人都愣住了，平時做的那些練習，到那時一點都不記得了。我真的不知道我再努力下去，還有什麼用……」

她說著，小聲啜泣起來。

「張蔓，我有時候真的很羨慕妳，覺得妳特別成熟，膽子也大。妳知道嗎？那次林平正在班裡說那些話，我都氣得發抖了，但就是不敢站起來反駁他，我當時就覺得，你們特別帥氣。」

張蔓又安慰了她一下，她才逐漸有了笑意，還開起了玩笑：「妳和我真的太不一樣了，我覺得妳連談戀愛都特別帥氣特別穩重，冷靜又自持。不像我們班裡那些小女生，還沒確定關係呢，就天天老公長老公短的。」

張蔓被她說得笑了，心想她畢竟比他們多活了十幾年，怎麼能放在一起比較呢。

前世她剛上高中時，性子孤僻，膽子也小，或許比齊樂樂還要不如。

她想說一些話來安慰她，這時，教室裡突然響起一陣炸耳的手機鈴聲，張蔓回過神來，發現是李惟的手機響了。

他剛剛去劉志君辦公室彙報這兩天的教學。

張蔓從他書包裡拿出手機，坐回座位接起來，發現是推銷電話。

張蔓掛斷電話，剛想把手機放回去，卻突然覺得有點不對勁。她重新打開手機，看到手機桌布……是論壇文章頁面的截圖，看樣子是被放大了。

桌面正中間，白底黑字非常炸眼。

張蔓：『前面的都無效，我老公最帥！』

張蔓：「……」

一旁恰巧看到的齊樂樂：「……」

說好的冷靜又自持，帥氣又穩重呢？

每年高中物理競賽的賽程非常緊張，初賽、複賽和決賽之間，只間隔了一個月。

鑑於高二物競班的表現甚至超過高三，學校領導經過討論之後，讓他們也和高三物競班一樣，這兩個月不參加任何普通課程，專攻競賽。

這次沒有太多人抱怨，連三傻都老老實實地服從安排。

那天聽完齊樂樂的心事之後，張蔓又問了物競班裡大家在初賽中失分的情況。

果然，好多人都說在考試時，很多題目不是不會做，而是沒掌握好時間所以沒時間做，或者當時腦子頓了一下沒想起來，大家紛紛表態，很多題目如果放在平時，肯定都能做出來。

她回到座位，開始思考這一個月集訓的方式。

她當高中老師時，就遇到過許多這樣的情況，有些同學明明平時做練習、寫作業的時候都表現得很好，一到考試就發揮不出來。心理素質是一方面，但也有很大一部分原因是因為平時的訓練過於鬆散，並沒有系統地掌握時間和題量，以至於同學們對考試是十分陌生的。

她想了一下，去找了劉志君，和他說了自己的建議，得到了劉志君的認同。

於是，之後每隔一天的晚自習，集訓模式從大家自己刷題變成三小時限時測試，和複賽一樣的題型、題量，試卷總分為兩百分。

三個小時之後統一對答案，自己改自己的試卷，考得怎麼樣立刻就能知道。

劉志君宣布這個訓練模式時，小黑屋裡立刻怨聲載道，當然，這些微弱的抗議在他無情的眼神下最終無效。

劉志君前腳剛走，三傻立刻就開罵了。

陳峻抱著頭痛苦地哀號：「靠，老劉怎麼回事啊？隔一天考一次試，一次三小時，也太折磨人了吧？你們信不信，老劉肯定是腦袋被門夾了。」

曹志學也是欲哭無淚：「就是啊，還讓不讓人活了，老劉肯定是這兩天在家挨老婆罵了，找我們出氣呢。」

張蔓不免有些心虛地坐著，默不作聲地開始刷題。

這個方法雖然直接粗暴，但根據她多年的教學經驗來看，絕對是有效的。對於應試教育，想要提高應試分數，除了真正理解重點之外，怎麼樣發揮出自己最多的實力，也是很重要的一部分。

果不其然，這個方法非常有效。

同學們從一開始的手忙腳亂，到九月底，已經能自如地安排每個題型需要花的時間了，分數也隨之越來越高。

終於，這年十月初，又一年國慶表演之後，物理競賽複賽在大城市J城舉行。

複賽分為兩個部分，理論考試和實驗考試，其中實驗考試在理論考試之後，並不是每個參加複賽的考生都要考，而是等理論考試的成績出來之後，每個省選取排名靠前的考生去考，再透過筆試和實驗兩部分相加的總成績，選拔最終的一、二、三等獎。

其中，每個省的省一等獎人數為五十個左右，分數最高的考生組成該省的物競省隊，參加十一月份最終的國家決賽。

前一天上午，N城一中兩個年級通過初賽的幾十個同學坐上了學校租的巴士，由劉志君和高三物競班負責老師周老師帶隊，前往J城參加第二天的複賽。

張蔓站在車前，等李惟一起上車。

他們上車時間晚，座位只剩最後一排，兩人坐下後，有一些高三的或者普通班的同學們頻頻往後看，眼神裡都帶著些興奮和八卦。

這對情侶，現在在一中算是最出名的一對，不僅顏值高，還都是搞物理競賽的，智商也高，簡直就是風雲人物。

張蔓一開始還善意地回以微笑，但次數多了，多少有些不自在。她侷促地低頭，手心被人捏了捏。

「蔓蔓，妳坐裡面嗎？」

張蔓抬頭，少年的目光關切。

他總能知道她在想什麼。

她心裡暖暖的，忙不迭地點點頭和他換了個位子，她靠窗，他靠走道，高大的身影替她阻擋大部分視線。

於是前排往後看的同學們只能看到大神的臉了。

或許是他的眼神實在太冷，他們被冰了幾次後，只能老老實實坐著，不再回頭看。

張蔓鬆了一口氣，抱著書包坐著，逐漸開始犯睏。

N城到J城不算近，J城不靠海，在L省的內陸，從N城過去幾乎要橫穿半個省，車程一共要六個多小時。

她昨晚沒睡好，剛上車就打了好幾個呵欠，習慣性地側過臉看著少年的肩膀，眨了眨眼。

她好像已經習慣了，習慣坐車時靠在他肩膀上。

有時兩人週六一起出門，不論是搭計程車或是坐公車，她都是靠在他肩膀上的，就算不睡覺，也要緊緊摟著他的手臂，腦袋在他肩膀上蹭啊蹭。

有時候親密不是故意為之，而是早就成了一種習慣。

張蔓盯著那肩膀看了許久，礙於車上那麼多同學，還有兩個帶隊老師，強忍著沒靠上去。她還是臉皮太薄。

還記得考完期末那天，兩人在樓梯口擁抱，差點造成整個樓梯擁堵。被那麼多人看著，她回去後做了一晚的心理建設才覺得沒那麼丟人。

車子很快開上高速，同學們也從一開始的嘰嘰喳喳逐漸安靜下來，睡覺的人占了大半。

張蔓睏得不行，腦袋靠在車窗玻璃上，不輕不重地撞著，實在是不舒服。

睡意朦朧間，她聽到身邊少年帶著笑意的一聲嘆息。

緊接著，他的手臂輕輕穿過她腦後，用溫柔的力道將她帶向他。

她的腦袋接觸到他寬厚溫暖的肩膀，舒服地在他頸側蹭了蹭。

少年側身看她剛剛被玻璃撞紅的腦門，右手拇指指腹在那塊皮膚上輕輕劃過，指尖的溫潤觸感讓他忍不住用力按了按。

「嘶，疼。」

張蔓睡意漸濃，不自覺撒嬌。

他靠近她耳邊，趁著沒人注意親親她耳廓和臉頰：「知道疼就對了。」

下午四點多，巴士終於抵達J城，長時間的旅途讓大家有些腰酸背痛。

第二天的競賽在J城的第三高中舉行，學校為了方便，幫同學們預定了三中旁邊的飯店，環境還不錯，而且早晚都有自助餐。

全省的考生都在三中考，入住這家飯店的當然不止他們一個學校。晚上，大家去樓下吃自助餐時就碰上了各個學校來的考生們。

飯店餐桌是大圓桌，十幾個人一桌，張蔓、李惟還有物競三傻、徐浩思恰好坐了一桌，桌上其他人則是別的學校的考生。

都是同個年紀的孩子，又有著共同話題，大家一邊吃飯一邊聊天，一下就熟絡了。

他們都是Z城實驗中學的學生，Z城實驗是L省最好的高中，不管是升學考成績還是競賽都名列前茅，每年省隊十個名額他們學校能占三四個。

坐在張蔓對面的短髮女生一邊吃小點心一邊說：「總算明天要考試了，集訓真的太痛苦了。我們校隊上個暑假一直在北大參加競賽集訓，說真的，集訓班裡大神真的好多，我每天都很自卑哈哈。不過集訓水準確實很高，江崎教授親自幫我們上課，每節課生動又有趣，水準太厲害了。」

徐浩思聽完，扒了口飯，摸了摸鼻子。嘖嘖嘖，不愧是Z城實驗，物競集訓去北大，資源也太好了。哪像他們小城市的重點高中，能有物競教練就不錯了，誰知道後來還被他們氣走了。

說多了都是淚啊。

那女生說完，問她身邊的陳峻：「對了，你們上個暑假在哪個學校集訓啊？教練是誰？」

原本是正經八百的交流和討論，沒想到被問的人明顯一噎。

陳峻嚥下一口蝦仁，指了指對面：「我們就是在自己學校集訓的，教練是……他。」

桌上眾人朝他手指的方向看過去。

面容精緻的清俊少年，穿著一件灰色的套頭休閒衣，挽著寬大的衣袖，修長手指認真地剝著一隻大蝦，完整剝完後，放在了身邊少女的碗裡。

「……」

剛剛那個問話的女生不自覺嚥了嚥口水。

她早就發現這個男生超級帥了，沒想到竟然是他們學校的物競教練？不過這看起來也太年輕了吧？

「你們這個教練也太年輕了吧？大學剛剛畢業？」

陳峻又吃了一口蝦，他不講究，連蝦殼一起嚼了嚼嚥下去。

「沒有啊——」

女生鬆了一口氣，就說嘛，怎麼會這麼年輕，應該是Q大北大的研究生，拿物競金牌的那種，長得年輕也是人家保養得好。

一口氣沒放下，就聽陳峻繼續說：「——他是我們同學，也是這次的參賽考生，平時兼任我們班物競教練。」

「……」

女生手裡正在挖點心的勺子「啪嗒」一聲掉在桌上。

「你是說，他和我們一樣，剛剛上高三？」

陳峻吐出硬硬的蝦尾殼：「不是，我們才高二。」

那女生怪異的眼神持續許久，最終張了張嘴，沒問什麼。

她本來還想問問他們是哪個學校的，思考再三不好意思問，不用說了，肯定是他們省那幾個貧困縣吧。

原來媽媽曾經說，一些貧困地區的孩子真的這麼不容易，連正經物理老師都請不起，還要一個高二的學生客串老師？天吶，也太可憐了吧，就算請不起名校教授或者競賽金牌教練，好歹請個厲害點的高中老師啊，高二學生會什麼啊……她高二的時候都還沒入門呢……

女生再看向陳峻，那眼神就帶了些許憐憫和同情，兩秒鐘後，她拍了拍陳峻的手臂，把自己碗裡最後一隻大蝦夾給他。

第二天上午九點，複賽理論考試開始。

三個小時之後，全省幾百名考生一起走出考場。

對於大部分考生來說，他們的複賽之旅就到此結束了，因為第二天下午的實驗考試只有理論成績比較靠前的同學才有資格參加。

這樣的賽制格外殘酷，剛考完的當天晚上，還來不及鬆一口氣，就會公布成績以及相應排名，按照排名，大家就能估計出自己大概在幾等獎了。

根本沒有任何緩衝時間。

下午，N城一中其他普通班的同學早就照著網路上的攻略，去J城的各個風景區玩，而物競班兩個年級的同學卻都蔫蔫的。想去玩，心事重重不能盡興；不玩，待在飯店裡的這段時間很難熬，於是陳峻提議，十一個人在酒店棋牌室裡玩狼人殺。

結果，才玩兩三個小時，劉志君急匆匆地敲開棋牌室的門。

「成績出來了。」

抽到狼牌的曹志學正想趁著天黑殺人，聽到這話，一句「我靠」脫口而出。

所有人齊刷刷地轉頭看著劉志君。

面癱了一年多的老劉，泛著油光的厚厚臉皮上，此刻還透著一股奇異的熱紅，顯得他本來就黑的臉龐更加黑了。他應該是急著跑上來，雖然臉上依舊沒什麼表情，但額頭上冒著大顆大顆的汗，說話間還帶著微喘。

劉志君站在門口，重重抹了一把臉。

他深呼吸宣布：「我們班所有同學的分數，都在全省前一百。」

說話的尾音還有點顫抖。

物競班眾人你看我一眼，我看你一眼，近乎死寂的安靜被曹志學又一聲「我靠」打斷。

什麼東西？全部都是全省前一百？

意思是至少全部都是二等獎以上？而且全省前一百的二等獎和前兩三百的二等獎含金量還不同，上一屆有個學長就是八十多名，最後透過自主招生去了Z大。

別人就算了，他自己居然也考了全省前一百？

其實曹志學算是這批人中，面對這次考試最輕鬆的一個。平時物競班測試他一直處於墊底狀態，本以為能拿兩三百名就算不錯了。

反正他才高二，如果這次能拿兩三百名，也算很優秀了，他的目標一直放在高三。

沒想到，他竟然考進了全省前一百？曹傻子傻愣愣地放下手裡的狼牌，平常飛速轉動的大腦此刻突然停滯了。

不僅是曹志學，物競班其餘大多數人的腦袋都嗡嗡作響，心情久久不能平靜。

劉志君激動地喘了一口氣：「而且，今年省內選理論考試前一百二十名同學參與實驗考試，名單已經出來了，我們班全部同學，全部十一位同學，都在明天的實驗考試名單上。」

他說到這裡，扶著門框的手發著抖，聲音都結巴了。

棋牌室裡，又是死一般的沉寂。

所有人的心情就像坐著雲霄飛車，又喜又悲的。

喜的是，能參加實驗考試，就有可能拿一等獎；悲的是，看來狼人殺玩不下去了，也無法出去溜達了，今天晚上肯定得複習明天實驗考試的內容。

劉志君說完，也恢復了往日的平靜，把臉一板，一張一張地收走他們手裡的牌，故作嚴肅地說道：「下去吃飯，吃完飯晚上都不許出門，要麼複習要麼休息，明天的實驗考試至關重要！拿了一等獎，高中剩下的一年就能躺著過了。」

大家原先還聽得戰戰兢兢的，等聽到最後一句，不免哄笑出聲。

「嗯，我要在家躺一年。」

「我也是，我要一邊躺一邊打遊戲。」

於是第二天下午，十一個人一起到了實驗考試的場所。

雖然實驗考試是分批進行的，但基本上所有參加考試的考生都已經在實驗室外長長的走廊裡等待了。

昨天和他們一起吃飯的Z城實驗高中的幾個同學也在，那個短髮女生一眼就看到了他們，走過來親昵地打招呼。

「你們都來了？等同學嗎？」

她的第一反應是，肯定是學校裡有一兩個同學要參加實驗考試，他們沒事做，就來等著。

曹志學聽了這話，笑著搖搖頭，眼神裡含著難以掩飾的洋洋得意：「沒有，我們班十一個人都來參加實驗考試。」

他說完，走廊這一小片區域突然一靜。

走廊上其他人：「……」

能來參加實驗考試的人實在不多，像Z城實驗和省實驗這類省內數一數二的高中能有二三十個人，其他小學校來的只剩一兩個人，哪裡見過這麼大的陣仗？

但他們驚訝歸驚訝，倒是沒有短髮女生這麼震驚。

震驚到許久沒回過神。

？？？怎麼可能呢？他們不是貧困縣來的嗎？不是連物理老師都請不起嗎？

而且他們才高二啊……

半天後，短髮女生哆哆嗦嗦地問：「你們哪個學校的啊？省實驗的嗎？」

陳峻搖搖頭，挺了挺胸膛：「沒有，我們是N城一中的。」

N城一中？沒聽過。不過N城確實不是貧困縣，算是小城市裡發展得還不錯的。

短髮女生狠狠深呼吸一下，向陳峻笑咪咪地伸手：「還我大蝦。」

陳峻：「……」

第二十五章 她給了我光明

下午實驗考試分批進行，等全部考完已經晚上六點多了。

至此，這年的物理競賽全省複賽澈底結束。

劉志君難得大方一次，帶著十一個人去附近有名的美食街，放話讓他們盡量吃。

大家經過投票，一致決定去一家網路上評分很高的川菜館。

大大的包廂裡，服務生上齊菜之後，在三傻的極力要求下，又拿幾瓶店家自己釀的高粱酒給他們，三十幾度，算是挺烈的。

看著劉志君的眉毛快擰成個疙瘩，陳峻倒了一杯酒向他遙遙舉起：「班導，放輕鬆點嘛，終於考完試了，你不能笑一個嗎？天天憋著一張臉不累嗎？」

這個班裡，應該也只有他能這麼和劉志君說話了。劉志君沒說話，無奈地搖搖頭，也倒了一杯給自己。

兩個女生都喝不了酒，乖巧地喝著果汁，那群男生卻喝開了。

張蔓看少年也想倒酒，眼疾手快地搶過他的酒杯，往杯裡倒了滿滿一杯橙汁。

倒完了還拿眼神示意他，喝酒不好，會頭痛。

少年微怔，半晌笑著看她一眼，妥協地拿起酒杯，淺淺抿了一口橙汁。

空著的左手放到桌下，輕輕牽住少女的右手。

張蔓掙脫不開，又不好意思鬧出太大的動靜，只好撓撓他手心，小聲在他耳邊說：「我沒有右手，都不能吃飯了。」

結果一咬耳朵，就被旁邊的金明看到了。

他把李惟的酒杯拿過去，倒掉裡面的橙汁，又熟練地倒上一些高粱酒。

「你們別講悄悄話了，張蔓，妳不能這樣啊，妳男朋友今天也得喝酒，喝橙汁能看嗎？」

張蔓被他這樣當眾點出來，臉色一下子通紅，她悄悄抬頭，尷尬地瞄了對面的劉志君一眼。

班導師還在呢，這傻子說什麼呢……

沒想到劉志君居然笑了。

萬年面癱臉竟然笑了？桌上眾人差點驚掉下巴。

「別看我，我早就知道了，我每天下班開車回去都能看到他們牽著手往巷子裡走。」

張蔓：「……」

班導，你這麼放飛自我真的好嗎？

這時，金明哀怨又憤怒地控訴：「班導你怎麼能這樣呢？你也太偏心了吧！大神談戀愛就不叫談戀愛了？你把上學期沒收我寫給隔壁班女生的情書還我！」

那聲音，簡直歇斯底里、慘絕人寰，惹得桌上眾人又是一陣爆笑。

都是群半大孩子，能有什麼酒量，一兩杯酒下肚，都開始頭暈。

陳峻喝著喝著，突然滿臉通紅地站起來，敬了李惟一杯酒：「大神，不，哥們，這杯酒我敬你。我也不說什麼，我們幾個之前什麼水準我知道，要不是有你當我們的教練，我和曹志學他們肯定進不了實驗考試。」

他顯然是喝多了，一本正經說完，打了酒嗝，又加一句：「雖然……雖然你搶了我喜歡的人，哦不對，是我想搶你女朋友沒搶到手……也不對……」

他雖然醉醺醺的，但也能感覺到氣氛不對，於是在少年越來越黑的臉色、張蔓越來越紅的臉皮，還有滿桌人拍著桌子的大笑聲中，弱弱收尾：「算了，我也搞不明白了，反正我敬你一杯！」

少年臉色黑了半晌，倒也留了幾分面子給他，舉起酒杯一飲而盡。

在他之後，又有好幾個同學敬李惟酒，甚至劉志君也敬了他好幾杯。

雖然大家都沒說太多，但感激之情不言而喻。

等吃完這頓飯已經晚上十點多了，幾個醉得不省人事的同學被劉志君塞進計程車，剩下幾個還算清醒的打算走回去，順便醒醒神。

J城的夜晚和N城很不同，聽不到海浪的聲音，也沒有呼嘯的海風。

畢竟是大城市，周圍的街道比起N城更繁華許多。

行人匆匆，滿街的靚女們穿得沒有夏日那般涼爽，紛紛披上薄外套。馬路上除了絡繹不絕的私家車，還有一些運貨的大貨車，一聲聲刺耳的喇叭聲顯示這個城市的不眠夜。

快到農曆十五了，月明星稀，天空看起來離他們很遠。涼涼的秋風拂面，愜意得很。

張蔓牽著少年的手，兩個人慢悠悠地走在最後。她心裡藏了滿心歡喜，一邊偷看少年的側臉，一邊數著路上一盞又一盞的路燈。

走到下一個路口，飯店的方向是往左轉，然而少年卻直直地往前走。

張蔓不免有些詫異，他竟然不記得路？

「……男朋友？」

她用力把人拽回來，卻發現他整個人都呆愣愣的，她往哪裡牽，他就往哪裡走，像是一個沒有靈魂的木偶。

這是……喝醉了？

張蔓心裡好笑，他喝酒不上臉，也不像其他人一樣腳步虛浮、滿口胡言亂語，剛剛看他面無表情鎮定無比的樣子，她還以為他沒醉呢。

原來還是醉了。

也難怪，他今晚真的喝了不少，大家敬他的時候，他雖然沒說什麼話，但每次都把酒杯裡的酒喝光了。

張蔓停下腳步，伸出兩根手指，在少年的眼前晃了晃。

「這是幾？」

少年的眉頭微蹙，分辨了一陣子：「……蔓蔓。」

她又把手指頭晃了晃：「我不是讓你叫我，我是問，這是幾？」

少年這次倒沒猶豫，突然笑了，一把抱住她：「我回答了啊，這是我的蔓蔓。」

說著還在她臉上蹭了蹭。

他喝了酒，臉上燙燙的，或許是覺得她的臉蛋涼快，蹭著舒服，於是蹭了一下又一下。

好吧，醉得不輕。

張蔓被蹭得滿臉酒氣，費勁地把人扯開，又拉他的手：「算了，不跟你這個醉鬼計較，走吧，我帶你回去。」

少年順從地挽著她，乖巧點頭：「蔓蔓去哪，我就去哪。」

說完，直直地看著她，像在等候她的命令。

張蔓的心一下就化了，沒忍住，抱著他親了好幾口。

她幾時看過這樣的他？溫順地跟在她屁股後面，乖得像一隻小綿羊。

少年雖然醉了，但走路很穩，沒走幾分鐘，兩人就回到飯店。

張蔓牽著他，先把人送到他自己的房間。

學校安排的基本上都是雙人房，兩個人一間房，她昨天和齊樂樂一起住。

但總人數是奇數，鑑於李惟比較特殊，劉志君就讓他一個人住一間單人房了。

張蔓把人按坐在床上。

「等一下乖乖去洗把臉，換了衣服再睡，好不好？」

少年聽到說話聲音，抬起頭，俊臉上泛起幾不可見的紅暈，眼神迷茫，也不知道聽進去了沒。

張蔓笑著嘆口氣，從他的包裡翻出一套睡衣，放在他身邊。

「等等換這套衣服，然後睡覺，好不好？」

他還是沒說話。

張蔓傾身抱抱他，在他臉上親了一下：「你乖乖的，我走啦。」

結果剛轉身，就被人拉住。

張蔓回頭，沒想到剛剛乖巧坐在床上的人突然站起來，一把將她攔腰抱起。

她的一聲驚呼啞在嗓子裡，被人扔到床上。

少年順勢壓了上來。

借著房間裡明亮的吊燈，張蔓看到他通紅的眼角。

他喝了太多酒，身上還帶著濃厚的酒氣，屬於夜晚的曖昧氣息，在兩人之間越來越濃烈。

酒精，是除了妄想之外，世上另外一種能讓人喪失理智的東西。

少年紅著眼，被原始欲望驅使著，瘋狂地親吻著他懷裡的女孩。

一些曾經在夢裡反覆出現的場景，此刻又出現在眼前。

好像之前的某天晚上，在他的夢裡，就和現在一樣，他的蔓蔓散著頭髮，躺在他身下，泛著水光的雙眼溫柔地凝視他。

少年按照夢中的順序，先親親額頭，再親親臉頰，然後，著重於她微微嘟起的嘴唇。碾過來，壓過去，直親得兩人都微喘。

他一邊親，一邊含糊不清地呢喃：「蔓蔓，蔓蔓……」

張蔓心裡又熱烈，又緊張，尤其是少年修長的手指，已經從她T恤的下擺，緩緩滑進腰間。

他的指尖冰涼，刺得她整個人一激靈，腰間陌生的觸感讓她覺得很癢，卻還是咬著牙沒推開他。

少年一邊親吻，那隻手順著她的腰繞到背後，輕輕摩挲著她的脊椎骨。

張蔓渾身都發著抖，深呼吸一下，抬手勾住他的脖子。

就在她打算破罐子破摔時，身上突然一沉。

他停了所有動作，腦袋在她脖子上蹭了蹭，呼吸逐漸均勻。

……睡著了。

張蔓哭笑不得地把人推開，心裡倒是鬆了一口氣。

呸呸呸，她剛剛想什麼呢，他都還沒成年呢……

她從床上翻下來，整理身上凌亂的衣裳，認命般嘆了口氣，親自幫少年換了睡衣，又去洗手間浸了毛巾幫他擦手擦臉，讓他舒舒服服地躺著。

毛巾擦到他嘴唇時，他似乎在嘟囔著什麼，張蔓湊上去聽。

「蔓蔓……別離開我好不好……」

「別離開我……」

她微怔，些許酸疼再一次泛上心頭。

這段時間，他沒再對她說過這樣的話，沒想到他潛意識裡，還是像從前一樣，那麼害怕失去她。

「嗯，我不走……」

張蔓湊在少年唇邊，印下一吻，然後拿出手機，傳訊息給齊樂樂。

「我今天晚上不回來睡啦，妳把門鎖好。」

第二天早上九點多，張蔓是被手機鈴聲吵醒的。

劉志君挨個打電話給每個人。

「所有人到我房間集合，成績出來了，已經可以透過官網查了。」

眾人真是夢中驚醒啊，一個激靈爬起來，臉都來不及洗就衝出房間。

十一個人，十分鐘內就聚到了班導的房間。

劉志君打開電腦，一個個點名讓他們查成績。

大家都很緊張，房間裡的氣氛一時有些沉重。

「李惟，你先來吧，你肯定沒問題。」

「考生姓名，李惟；准考證號，XXXX……」

劉志君一邊聽他報資料，一邊操作，填完後按了 enter 鍵。

飯店的無線網路很卡，瀏覽器小圓圈轉了三十秒才出來。

劉志君看了看頁面，鬆了一口氣：「實驗加理論成績非常高，一等獎，應該是全省前幾名。好樣的，肯定能進省隊。」

接下來輪到張蔓。

「張蔓，准考證號XXXX……很不錯啊，成績很好，也是一等獎。」

這次劉志君有點吃驚了，這分數，說不定也能進省隊？

接下來，所有人輪流查成績。

很多年後，他們中大部分人都成為了各個領域的菁英，然而每每想起這個場景，仍然能聽到胸膛裡血液沸騰的聲音。

這一年，這個溫暖的上午，J城三中旁邊的飯店，一間不算大的房間裡，初秋的朝陽斜斜照在窗簾上。一個頭髮亂糟糟的中年男人，還有十一個半大孩子，圍在一台厚厚的筆記型電腦旁邊。

那台電腦硬體設備不太好，風扇轉動時呼呼作響，在這樣嘈雜的背景音中，男人微微發著抖的聲音，每隔一分鐘就響起一次。

——像是虔誠又鄭重地，給每個人，蓋上一個榮譽的印章。

「陳峻……一等獎。」

「齊樂樂……一等獎。」

「金明一等獎……」

「……一等獎。」

「一等獎。」

這年的L省，依舊取複賽前五十名為省一等獎，他們N城一中高二物競班，占了十一個。這樣的成績，往年只有省實驗或者Z城實驗能拿得出來。

查完成績之後許久，房間裡陷入了死一般的沉靜。

片刻後，打破沉默的不是曹志學他們的「我靠」，而是齊樂樂的哭聲。

先是小聲的哽咽，後來實在忍不住，那個平時膽小文靜又沒什麼存在感的胖女孩，突然蹲下身子，後來甚至跌坐在地板上，捂著臉嚎啕大哭起來。

像是某根緊繃了很久的神經，突然就斷了。

真好，真好，他們一起奮鬥，一起互相加油打氣，沒有一個人落單啊。

封閉的房間裡，女孩抑制不住的哭聲四處迴盪著，逐漸惹得所有人都紅了眼眶。

連劉志君都偏過頭，眨去眼裡的溼意。

這群孩子，真的不容易，他教書快二十年，也負責過十多屆物競班，從來沒見過這麼努力自覺的一屆。

從高一下學期開始到現在，加上暑假，整整七個月的時間，物競班十一個人，在這七個月裡，付出了太多太多。

尋常的週末，同學們放假，他們在集訓；中午，同學們午睡，他們在刷題；晚自習，同學們寫完作業或許看看雜誌或小說，他們在上課甚至考試。

還有，原先學校規定暑假集訓一個半月，他們自發地延長成整整兩個月，期間除了幾個同學因為生病請了幾次假，從來沒有人缺席。

大家每天在學校裡有說有笑打打鬧鬧的，但做起題來，完全分辨不出誰比誰更認真。

有時候，努力或者理想，從來不是一句冠冕堂皇的口號，這些青春年少的孩子們，在這個本應該肆意玩笑的年紀，扛起了他們沉重的未來。

對於N城一中來說，這一年的高中物理競賽複賽，是一座里程碑般的存在。

從這一年開始，這所在省內名氣不大的高中，得到了很多名校的重視以及教育部資源的傾斜。

名不見經傳的高中，在這一屆的物競複賽中，拿了十三個全省一等獎，甚至還有兩個省隊名額，這樣的戰績，直追省內競賽第一大校，Z城實驗。

當然，最傳奇的、最讓人稱道的，卻並不止這些。

距離複賽結束兩個月後，十二月初，又一年冬。

N城下了這一年的第一場雪，冬日狂嘯的海風捲起紛飛大雪。

建築被掩蓋在茫茫大雪之中，路兩旁形似聖誕樹的冷杉上積滿厚重落雪，乍一眼看去，竟像是聖誕夜前，某個寧靜的歐洲小鎮。

一中，高二物理年級組辦公室門口。

幾個電視臺記者、晚報新聞記者焦急地在走廊上來回走動，等辦公室門一開，立刻圍了上去。

帶頭的是一位穿著駝色長款大衣的年輕女人，面容端莊，臉上化著精緻的妝容，笑容和煦——是省電視臺的新人美女記者，周棠。

辦公室門被推開，劉志君穿得比以往正式了許多，白襯衫，黑框眼鏡，配上他那張不苟言笑的臉，一位十足嚴厲的高中班導師形象。

周棠友好地站上前，和劉志君握手：「劉老師您好，我們是前兩天和貴校預約來採訪的記者，我叫周棠，來自省電視臺。這位是邱小露，來自省教育晚報。」

她說著，側過臉，示意後面跟拍的攝影機可以開始拍攝了。

第一次上電視，劉志君有點緊張，好在他那張面癱臉再是侷促緊張也顯不出來。

周棠先問了他幾個有關於學校環境、學生念書生活等無關緊要的問題，幾句話之後切入正題。

「劉老師，前段時間貴校的李惟同學在這一屆物理競賽當中斬獲全國第一名，聽說成績出來的當天就和北大物理系簽訂了保送協議；還有張蔓同學，聽說拿了全國銀牌，被保送至北大醫學部。請問這個消息準確嗎？」

提到他們，劉志君的臉上出現了罕見的笑容：「對，都是成績出來當天晚上簽的。那天在Z城的飯店，我親眼看著他們和北大招生辦老師簽了協議。這兩個孩子，是我們一中的驕傲。」

周棠贊許地點頭：「不僅是一中的驕傲，也是我們L省的驕傲，根據統計，這還是我們省考生第一次在全國物理競賽中榮獲第一名。」

其實原本高中物理競賽並不在廣大群眾的關注焦點之內，然而前陣子全國決賽成績出來之後，網路上突然開始瘋傳一個影片——正是這年的物理競賽全國第一名，李惟同學和學校之前的教練「切磋」物理的那個影片。

影片裡，那個天才少年眉目精緻，神情篤定，淺笑著在黑板上寫下一行又一行複雜的公式。

便是再模糊的畫質也讓所有看到這個影片的人感到驚心動魄的震撼與窒息。

十七歲，高二，全國物理競賽第一名，保送北大……而且還長得這麼帥。學霸當然讓人羨慕，但更能勾起網路上萬千花癡少女心的是高顏值學霸。

於是很快，這個影片不僅僅在N城本地社交網站上傳播，還越傳越紅。

這時，又有人爆料，同一屆物理競賽L省唯一一個女生，國家銀牌張蔓同學，是李惟的女朋友，兩人雙雙保送北大。

有網友上傳了一中論壇裡找到的張蔓同學的照片。

難得一見的學霸情侶，又都是高顏值。

於是這個小新聞一炮而紅，甚至在熱門關鍵字上飄了好幾天，最後驚動了省電視臺，才派人來採訪。

畢竟是新聞媒體，關注的永遠是觀眾們最想知道的內容。

周棠又問：「有網友爆料，李惟同學和張蔓同學是一對校園情侶，劉老師，請問這件事您知情嗎？」

抓早戀抓了十幾年的資深班導師劉志君，突然哈哈笑著：「這個我當然知道，其實早戀這件事情有利有弊，像他們那樣高智商、意志力強、有共同理想的人，在一起會給彼此帶來積極正面的影響。」

說完，劉志君又板起臉，認認真真對著鏡頭說道：「不過，我從來不鼓勵早戀，畢竟想要遇到這樣的對象，可能性或許比你考上北大還要低。」

採訪最後，周棠提出能不能直接採訪一下李惟和張蔓本人。

劉志君不好意思地撓了撓頭：「抱歉，他們出去旅遊了，不在學校。」

扛著攝影機的工作人員正打算關機器，聽到身後一陣起鬨。

一群十七八歲的少年們大笑著對攝影機喊：「他們出去度蜜月了，現在不在！」

此時此刻，距離N城兩千八百公里之外的海南，三亞。

與大雪紛飛的N城不同，十二月的三亞，氣溫正適宜。

湛藍色的海邊，嫩色沙灘上，往來的遊客們穿著花色短衫，撐著陽傘，戴著大大的墨鏡。

許多年輕貌美的女孩穿著性感的比基尼，露著大長腿，在海邊嬉戲打鬧。

——好一派濃郁的夏日氣息。

三亞和N城都靠海，但緯度的差異讓它們顯現出完全不同的自然風光。如果說N城的金色沙灘、豔色晚霞像是一筆濃墨重彩的國畫，那麼海南，不論是天空、海水或是沙灘，都淺一個色號，更像是小清新的少女漫畫。

藍天、白雲、陽光、沙灘、椰子樹，所有冬日裡沒有的夢幻，這裡都有。

飯店就在海邊，除了一片視野絕佳的金色沙灘，還有最近網路上很紅的無邊際泳池。

張蔓穿著T恤和短褲坐在沙灘上，看許多年輕女孩們穿著泳衣下海游泳，磨了磨牙，轉過身看身邊躺在躺椅上的少年。

他正躺在大大的遮陽傘下睡覺，陽光還是有點刺眼，於是拿了她的遮陽帽蓋在眼睛上，帽檐下只露出了一截玉石般的下巴。

「李惟，我來的時候塞進行李箱的泳衣你真的沒看見？」

她之前買了泳衣寄到他家，明明記得出發前她塞進行李箱了，結果到這裡才發現，泳衣不見了。

那泳衣是陳菲兒幫她挑的款式，上下兩片式，上頭是黑色蝴蝶結抹胸，下面是一條荷葉邊小裙子，裙子上還繡了紅彤彤的小愛心。

雖然她覺得布料有點少，但架不住那小衣服可愛啊，而且來三亞玩，怎麼能沒有泳衣呢？

她現在穿著件大T恤坐在這裡，算怎麼回事？

少年聞言，修長手指拿開帽子：「……沒有。」

張蔓搶過帽子，作勢用手拍他腦袋，落到實處卻只是輕柔地摸了摸他的髮梢：「撒謊。」

少年唇邊帶了笑意，眼神輕輕淺淺在她胸前掃了一眼。

「蔓蔓，妳太小了，這麼穿不好。」

張蔓神色一愣，眉頭擰起來，不滿地伸手推了推他的腦袋：「你又知道了？我哪裡小？我跟班裡她們比……不算小的好不好……」

少年抓住她亂動的手，扣在手心裡，愉悅地笑開：「我是說，年紀小。嗯，我的蔓蔓不小，絕對不小。」

「……」

張蔓知道她被他騙了，一下子臉色爆紅，尷尬地轉過腦袋不理他。

少年見她惱了，便不再逗她，斟酌一下，神情有些嚴肅：「蔓蔓，為什麼要簽北大醫學部？」

北大醫學部和北大的招生標準不一樣，每年升學考的分數線都比北大的錄取分數低二十多分。

雖然銀牌不像金牌，沒辦法直接保送，但和北大簽協議降低門檻是沒問題的，而且專業選擇範圍很大。然而張蔓在成績出來之後，就和招生老師商量了，想去分數線更低的北大醫學院。

「也沒有為什麼，其實你也知道的，我不像你，也不像陳峻他們，我對物理其實沒有那麼濃厚的熱愛和天賦，能夠支持我一直走下去。我能走到現在，已經是極限了，我也不想一直撞這道南牆。」

她說著嘟了嘟嘴。

「李惟，你會不會覺得我很笨啊？」

她前世今生，都算不上聰明，只是占了重生的便宜，加上一直拚命努力。

「嗯，很笨。」

——一根筋，又固執，遇到想做的事就倔得很。

張蔓沒想到是這個答案，生氣地戳了戳他。

少年抓過她的手，放在嘴邊親了親：「但是，我就喜歡妳這麼……笨的。」

這還差不多……

「然後我正好看到醫學部這邊提前招生，門檻比北大別的科系都低，我覺得學醫也挺好的，所以就和招生老師商量了。他們一開始還為難呢，畢竟我考的是物理競賽，不是生物競賽，不過這也不是硬性門檻，最終還是同意和我簽了保送協議。」

張蔓眼睛亮亮的，蹭到少年身邊，把腦袋貼在他手臂上：「男朋友，我們以後可以一起上大學了。」

其實她報醫學部的原因當然不僅僅是這個。

她是預謀已久的。

北大醫學院的基礎醫學領域裡有神經生物學系，她打算等正式分科系時報這個。神經生物學，研究的是人類的神經系統結構、功能、發育和演化。這個科系非常重視與神經精神疾病學研究的緊密結合，透過科學研究促進一些精神疾病的臨床治療。

它不像物理那麼廣闊，它研究的，不是廣袤的宇宙星辰。

但和物理一樣，都是追尋本質。物理學，是想要找到世界形成的規則和真理，而神經科學，則是研究人類思想、行為的本質。

張蔓很感興趣。

當然，更大一部分原因，是因為他——她想從科學的角度，去理解他的病症，她想讓自己變得越來越強大，強大到有一天，看透他身上那片黑暗的本質，然後輕輕鬆鬆把他留在身邊。

少年聽她這麼說，便沒再追問，而是把人從沙灘上拉起來，讓她躺在他身邊，躺椅非常大，躺下兩個人綽綽有餘。

張蔓靠在少年的胸前，手伸上去繞他的頭髮玩。

「李惟，你最近還有沒有看到他們啊？」

她說得含糊，但知道他肯定懂。

還沒等他回答，她又加了一句：「不許撒謊。」

少年在她額頭上落下一吻：「……嗯，偶爾還是能看到。」

張蔓心裡一緊，轉過身，眼睛瞪著他：「你上次不是說基本都好了嗎？不行不行，等這趟回去，我再陪你去醫院做檢查。」

他搖搖頭，或許是陽光晃眼，他瞇了瞇眼睛：「蔓蔓，我或許好不了，可能以後也都能看到，但那也沒什麼。頻率很低，而且我現在已經很少失控了。沒事的，反正看到了，我就當作他們不存在。」

他自己能感覺到，他的病情在逐漸地改善。幾個月前，他還需要不斷掙扎才能從妄想中清醒過來，甚至偶爾還是會分不清現實和虛幻。

但一次次的心理治療和每天睡覺前的自我催眠和心理克服，到了現在，大部分時候，他在看到他們的那一瞬間，心裡就能分辨出來，他們和他的蔓蔓不一樣，他們是假的。

所以就算他們還在那裡，他也可以嘗試著不去理會，就當作是空氣。

他知道，想要完全治好妄想症，是不太現實的，現有的醫療水準完全達不到這個目標。所以目前這樣，或許就是最好的情況了。

考決賽之前的那個週三，他最後一次去醫院做心理治療。

醫生經過一系列的檢查之後，很愉快地告訴他，他的精神狀態非常好，連憂鬱症的症狀也基本消失了。

醫生宣布完這個診斷結果之後，非常詫異，表示不管是他的精神疾病還是心理疾病，都恢復得比她想像中要快很多，原本以為會是一場耗時長久的硬戰，沒想到一路過關斬將，攻城掠地。

他當時閉著眼笑了，沒說話。

這一切，都是他最愛的女孩帶給他的，是她給了他無邊的勇氣，是她給了他活著的意義。

他曾經有很長一段時間，都覺得自己是個懦弱無能的膽小鬼，害怕很多東西。他害怕世界觀的崩塌，他害怕分不清現實與夢境，他更害怕傷害她。

所以他畏首畏尾，無法前行。

——然而，在那片伸手不見五指的黑暗裡，她從未放棄他。

就算是他想要放棄他自己，她也從未放棄他。

少年雙手微微顫抖著，摟住了他身邊的女孩，他在這一刻，深深吻住她。

「蔓蔓，我以後可以一直陪在妳身邊了。」

妳曾憧憬和我一起去很多地方，我從前沒有回答。

但就從這個冬日裡溫暖如春的三亞開始，從今往後，我要陪妳去看春雨綿綿的江南，連春風都沉醉的貝加爾湖，泥沙遍地的黃土高原，還有溫柔又多情的塞納河畔。

要陪妳到白髮蒼蒼，陪妳看世事輪迴。

陪妳一輩子啊。

十八年後，瑞典，斯德哥爾摩。

這個緯度較高的北歐國家天氣不算太好，天空中下著淅淅瀝瀝的小雨，陰冷多雲。

雨水悄無聲息地落入巨大的梅拉倫湖，又順著湖水潮流，匯入波羅的海。

這天晚上，斯德哥爾摩市政廳，一年一度的諾貝爾獎晚宴如期舉行。

端莊典雅的巨大頒獎臺上，鋪著藏藍色的厚重地毯，像是深邃的星空。整個市政廳裡，裝飾著剛剛從義大利聖雷莫運來的嬌豔鮮花，頒獎臺的每個方位，都有各個國家的電視臺進行現場直播。

而台下，坐著幾千個觀禮的人，其中包括眾多諾貝爾獎得主，瑞典國家皇室成員，政、商、學術各界的名流大腕，每一個人走出去，都能讓這個世界抖三抖，然而他們現在卻無比規矩地坐在台下，安靜地等待著盛大典禮開始。

諾貝爾獎基金會主席是一個金髮碧眼的歐洲生物學家，曾經的諾貝爾醫學獎得主，發表了頒獎典禮的開幕致詞。

在諾貝爾獎評選委員會代表介紹完眾位獲獎者的研究領域和個人成就之後，瑞典最尊貴的國王陛下，向每位獲獎者頒發諾貝爾獎證書、獎章和獎金。五個獎項，一共不到十個人，這十個人，在萬眾矚目下，站在了人類智慧和文明的頂端。

一切進行得莊嚴肅穆，這些人用這樣的儀式，向平凡又偉大的人類科學致敬。

第一個頒發的，便是諾貝爾物理學獎。為首的科學家是這一次獲獎者中最年輕的一位，他走上台時，英俊的面容和挺拔的身姿，讓台下眾多名流都不禁低聲交流起來。

在物理研究領域做出巨大突破、極其年輕的理論物理學家，從容不迫地從國王手中接過獎章和證書，上前幾步，站在致詞臺前。

這是每個前來領獎的獲獎者，都要發表的獲獎感言。

這個來自亞洲的年輕人，站在明亮無比的聚光燈下和無數來自各個國家的攝影機前，西裝革履，自信又篤定。歲月沒有在他臉上留下太多痕跡，在這份從容和穩重之下，似乎還是能看到當年那個眼裡含著宇宙和星辰的少年。

獲獎感言的最後一段，這個受世界矚目的科學家目光一轉，看向坐在台下前排，那個捂著嘴，激動得淚流滿面的年輕女子。

他看著她，輕笑了一下，一如多年以前。

他的聲音，深情地宛如在她耳邊輕聲呢喃。

「We are all in the gutter, but some of us are looking at the stars. Everyone in this world is suffering from something that others never know. I survived, because of two essential things in my life, physics and her. Physics gave me the ability to think rationally in darkness, and she gave me my light.」

——我們身在井隅，卻心向璀璨。這世界上的每個人，都在承受著他人難以感知的痛苦。我能夠倖存下來，是因為在我的生命之中，有兩件至關重要的事情，物理和她。物理，給了我在黑暗中思考的能力，而她，給了我光明。

——《去見16歲的你》正文完——

番外一

頒獎典禮結束後，宴會廳裡莊嚴肅穆的氣氛淡去，輕鬆愉快的晚宴正式開始。

李惟剛拿了獎，來找他攀談的人絡繹不絕。張蔓見他一時回不來，便自顧自地吃起晚餐。

頒獎典禮和晚宴都在斯德哥爾摩的市政廳裡舉辦，餐桌是一排排幾十人的長桌，鋪著雪白的桌布，放上各式各樣的餐具。精緻的鍍金餐具上全都刻了諾貝爾的字樣。每年晚宴的菜品都不一樣，這年是隆重又精緻的法餐，算是合張蔓的胃口。

張蔓吃了個白葡萄酒青口，拿起酒杯，笑著和旁邊白髮蒼蒼的法國老太太碰了碰杯子。

老太太英文講得不好，帶著很濃重的法國口音，吐字有些濁：「桌上有溼巾。」

說完，還善意地笑著，指了指她的臉。

張蔓順著她手指的方向摸到滿臉水漬，才反應過來——剛剛李惟在臺上演講時，她哭得天昏地暗。

她笑著道謝，拿起溼巾擦了擦臉。雖說在熱情奔放的西方國家待了那麼多年，但她骨子裡還是個拘謹含蓄的東方人，遇到這種情況多多少少還是有些羞赧。

老太太似乎看出她有些不好意思，主動和她開玩笑：「不用覺得害羞，我丈夫拿獎的那年，我也沒比妳好到哪裡去。一晃二十年過去了，他加入了諾貝爾獎基金會，我每年這個時候有空也會過來。」

張蔓回想起剛剛，臉頰不禁發紅。他在臺上發著光，她就在底下捂著嘴大哭，全世界在看頒獎典禮直播的觀眾應該都能看到她狼狽的模樣。其實今天獲諾貝爾獎的人不少，和她一樣在台下看頒獎典禮的家屬也有很多，在這種肅穆氣氛下，難免心懷感慨，大多數都落了淚。但就算是落淚也是矜持合情理的，像她這麼狼狽窘迫的確實沒幾個。

喝了點酒，睏意一下就上頭了，其實張蔓酒量不算差，但昨晚熬到半夜才睡，這時確實睏得不行。

她勉強又吃了點東西，再去洗手間洗了臉讓自己保持清醒，回來時才發現李惟已經入座了。張蔓站在入口，往那邊看，看他和鄰座的一位科學家攀談。

男人穿著妥帖筆挺的黑色西服，線條流暢的側臉在明亮的燈光下顯得精緻又硬朗，五官比例甚至比他旁邊那個深目高鼻的丹麥科學家還要好看很多。他的長相和十幾年前真的沒有太多變化，無非是個子高了些，臉上更有稜角了。

某一個瞬間，讓她覺得他似乎還是十幾年前，那個在路口轉身看她，牽著她手的少年。

他們真的在一起，這麼多年了啊。

人世間的感情都會隨著時間沉澱的，但這麼多年過去了，張蔓每次看到李惟，心臟都會怦怦直跳。

張蔓按了按胸口亂撞的小鹿，回到座位上，腦袋靠在男人的肩膀上蹭了蹭。

「蔓蔓，怎麼了？睏了嗎？我們可以先回去的。」

她又拿腦袋蹭蹭他肩膀：「沒事，我靠著你瞇一下，你先吃點東西，今天從早上忙到現在，你也沒吃多少。」

她說著，打了個呵欠。

男人笑著搖搖頭，順勢摟了摟她的腰：「所以昨天晚上為什麼那麼晚都不睡？」

昨天是頒獎典禮前一天，張蔓表現得太過異常。從早上睜眼她就開始盯著他，步步緊跟，寸步不離，還定了很多奇奇怪怪的規矩——不能離開她的視線超過三分鐘，去洗手間不能鎖門，洗澡不能用浴缸，不能碰任何尖銳的東西。

他完全猜不透她的想法，又說不過她，只能照做。

到了晚上更是莫名其妙，好不容易調好時差，到睡覺的時間了，她就是不睡，死活要坐在床頭看著他，一直看到午夜。十二點過後，她整個人像是突然鬆了根弦，那種輕鬆和愉悅明晃晃寫在臉上。

她喝了好幾杯酒，興奮地在飯店套房裡又唱又跳，一下哭，一下笑，哭的時候崩潰地罵他，罵什麼內容聽不清楚；笑的時候就非要摟著他親他，一邊親，一邊又稀裡糊塗地感謝他，也不知道在感謝什麼。

他甚至都懷疑她是不是又懷孕了，當年她懷晨晨時就是這樣情緒難測，還動不動就對他發脾氣。他想抱她去睡覺，她還不讓，非要拉著他在客廳裡跳華爾滋，當然，兩人跳著跳著，最後還是跳到床上去了。

然後在頒獎典禮前一天，折騰到半夜兩點多才睡。

張蔓撅了撅嘴，沒回答。

他當然不知道她昨天的焦慮從何而來。

前世，他在頒獎典禮前一天割腕自殺了，就是昨天。

她能不焦慮嗎？應該說她這一整年都處在焦慮狀態，她自己就是精神科醫生，也調節不過來這焦慮情緒。就算心裡知道他的病已經好了，知道所有的軌跡都改變了，他也不可能再重蹈覆轍，可只要一想到前世，一想到他躺在血紅的浴缸裡，她就焦慮得恨不得拿繩子綁他一整天。

張蔓挽了男人的手，聲音很低：「你上臺前，我跟晨晨視訊了，她跟我媽還有徐叔叔他們一起等直播呢，估計等一下會打電話過來，你注意接啊，她好幾天沒跟爸爸說話了。」

她說著，眼皮越來越重，沒多久就睡著了。

醒來時已經在飯店。

臥室裡只拉了紗簾，張蔓看了手機一眼，凌晨三點，她翻了身，滾進旁邊那個無比熟悉的懷抱。

男人睡得淺，一下就醒了，摟著她，聲音低沉還帶著朦朧睡意：「醒了？」

他身上有好聞的沐浴液的味道，讓她舒服得忍不住又蹭了蹭：「嗯，老公，我睡不著了，我們聊一下天吧……」

男人揉揉眼睛，明明很睏卻還是遷就她。

「今天我旁邊坐了一個法國老太太，她跟我說她丈夫是法國的一個物理學家，領域和你一樣是理論物理，二十多年前拿到諾貝爾獎，叫Armand，你認識嗎？」

男人醒了，手開始不老實，在她身上這裡蹭蹭那裡摸摸，聽她問完話才消停下來：「嗯，Armand是我媽媽當年的導師。」

張蔓驚訝地張了張嘴，抬頭看他。房間裡太黑，只能看到他亮晶晶的眸子。

他們也是很久之後才知道，李惟的母親林茴並不像他臆想的那樣是個音樂家。她生前是個物理研究者，所以之前他家書房裡那些物理書籍還有收藏的手稿，都是他父親為了他母親買的。

「她結婚之前在巴黎高師做博士後研究員，跟著Armand的組做研究，我剛剛一直在和Armand聊天，他說我媽媽是他合作過的最有天賦的亞洲女科學家。我爸去法國出差的時候認識了她。」

張蔓嘆了一口氣。

如果李惟的母親生他時沒有難產，他父親或許不會發瘋，那他也不會遭遇那麼多不幸。

「還好我們從來不會分離。」

沒想到男人聽了這話，有些不滿：「誰說沒分離了，當初我去史丹佛的第一年，我們分開將近一整年，期間我回來找妳時，妳還和……哼。」

他沒說下去，根本不想去回憶，不過這麼多年之後再提到這件事，顯然還是耿耿於懷。

張蔓心虛地吐了吐舌頭往他懷裡縮：「我的錯我的錯，寶貝老公不生氣了好不好？我滿心滿眼裡只有你，我永遠只愛你一個人，別的人我根本就沒正眼瞧過。」

她親親他的下巴，熟練地背誦每次他提起這件事時她哄他必備的臺詞，果然感覺男人緊繃的後背放鬆了很多。

心裡卻在想，要不是當年那件事，他們也不會那麼早……也就不會那麼早結婚，也不算壞事嘛。

番外二

張蔓又是親親又是抱抱，好半天才哄好男人，心下卻暗自腹誹，當年的那件事，其實真不能怪她。

而且其實又沒幹什麼，不就抱了一下嘛，不至於記到現在吧？這男人真是越來越小氣。

那年啊……

那年張蔓二十一歲，在北醫的第五年。

北醫的基礎醫學和臨床醫學一樣，是學士、碩士、博士連讀的八年制，比起很多五年臨床教育加三年研究生教育的醫學項目，八年制節省了許多時間，但對她來說，依舊太慢。

那年冬末，剛剛過完年，兩人分開已有六個月。

北京的冬天很漫長，三月份氣溫依舊在零下十度左右。

除了大一在北大本部，從大二開始，他們這些醫學部的學生就回到了北醫校園，離北大大概四五公里的距離。

週一晚上，張蔓抱著課本從實驗室出來，走在回寢室的路上。在實驗室熬了兩天一夜，剛剛經過教學大樓的玻璃門，她無意間看了看自己的樣子，自己都被自己嚇了一跳。這個狀態別說聚餐了，走出去說不定會嚇死人，她搖搖頭，嘆了口氣，打算回寢室沖個熱水澡。

晚上組裡有聚餐，聽說是和Q大的生命科學實驗室一起，那個組和他們有合作項目。

走到一半突然想起來，上午自習時，老闆給的那兩篇論文放在教室裡沒拿。張蔓嘆了口氣，論文看一大半了，注釋也寫了很多，重新列印肯定不行。

沒辦法，只能繞路過去取。

晚上六點多，太陽早就已經沒影了，空氣裡的霧霾讓整個城市都霧濛濛的。北京冬天最痛苦的，不是零下十多度的氣溫，而是夾雜著些許煙塵的狂風，冰冷刺骨。

大冷天的，她實在是不太想走這一趟。

張蔓緊了緊羽絨衣領口，加快腳步走到教室，正好迎面碰上一群剛上完課出來的同學，一個個無精打采臉色發白。她看見他們手裡抱的課本，不免好笑又同情，原來是剛剛上完人體解剖學，從福馬林裡撈完屍體的大二學生們。

她腳步匆匆地走進上午自習的教室，拿了論文往外走。

回到寢室，室友劉穆沐正在打遊戲，她們實驗室最近很清閒，每天就像一條爛在寢室的鹹魚。

「蔓蔓，妳回來了？」

劉穆沐匆忙回頭看她一眼，又投入到遊戲當中，不時對著耳機放幾句狠話。

張蔓應了一聲，也不知道她聽到沒，拿上洗漱用品先去洗澡。

回來時劉穆沐蔫蔫地坐在椅子上，兩眼巴巴地看著她：「蔓蔓，我想喝飲料。妳今天是不是要去五道口那邊聚餐？回來的時候能不能幫我帶一杯皇茶？」

「好，給錢。」

張蔓一邊擦頭髮，一邊對她伸手。

劉穆沐瀟灑地從口袋裡掏出二十塊：「嘿嘿，蔓蔓最好，加珍珠和紅豆，剩下的當跑腿費。」

她給完錢，又猶豫了一下，問她：「……蔓蔓，妳和李惟最近還好嗎？你們該不會分手了吧？」

幾乎全院的人都知道她男朋友是北大物理系大神，畢竟這對情侶高二時雙雙保送北大，在網上紅了好長時間，她們宿舍托張蔓的福，跟大神吃過好幾次飯，也都認識。

不過那是在他去史丹佛讀PhD之前。

劉穆沐問完，有點後悔，去年李惟出國之後的那段時間，她明顯感覺張蔓消沉了好久。

當初張蔓和李惟一起申請史丹佛，他申請PhD，而她申請的是交流訪問，結果張蔓因為種種原因沒申請上。

「沒有啊，怎麼這麼問？」

張蔓聽到她的問題，覺得有點驚訝。她看了看手錶，熟練地換算著時差。現在美國是冬令時，舊金山是凌晨三點。

他應該在睡覺。

張蔓也不知道想到什麼，歪著腦袋笑了。

這邊劉穆沐聽到她的回答，明顯鬆了一口氣：「那就好，異國戀也太不容易了，多少情侶都分手了。最近都沒見到你們打電話，我和舟舟還以為你們分手了呢。還有，蔓蔓，妳最近看起來很沮喪。」

「大姐，妳天天泡實驗室試試，會不會很沮喪？」

張蔓沒好氣地把她給她的二十塊錢放在口袋裡：「我吹一下頭髮，等等出門。」

她有點無奈。

室友們一直對她有很大的誤解，包括班裡一些同學。去年她申請交流時，本來就沒抱太大的信心，畢竟是史丹佛，哪是說上就能上的。當時她被拒了之後，室友天天和她說話都小心翼翼的，就好像她用不了幾天就會被她異國他鄉的男朋友拋棄。

張蔓吹乾頭髮，走出宿舍。

唉，她們是真的不了解李惟，沒辦法，他在外人面前總是一副冷淡表情，所有人幾乎都覺得他和她的感情裡，她是弱勢的那一方。

誰會知道，那個少年曾經在拿到史丹佛的 offer 之後，千方百計想要瞞著她拒掉，想要留在北大保研陪她。

不過一次又一次地被她識破了。她跟他磨了整整一個月，才說服他先去史丹佛，她一年之後一定去找他。這一年她也確實很努力，努力搞科研發文章，不放過任何提升履歷含金量的機會。

那個少年啊，他比起她，更加捨不得。

還記得幾個月前他走的那天。

她去機場送他，平時冷靜又理智的人，在機場抱著她死活不鬆手，那哀怨的眼神，就好像要離開的人是她一樣。

不過確實也是，好像是有一個多星期沒和他視訊了。

這段時間她的研究快要收尾，總算看到希望，每天沒日沒夜地泡實驗室，連吃飯睡覺都沒時間。張蔓在校門口攔了車，心裡有點好笑，這讓她想到當年她卯著勁學競賽時，也逼不得已疏遠了少年很久。

要是他在她身邊的話，肯定會天天纏著她要親親要抱抱。

到了五道口附近，張蔓熟門熟路進了一家烤肉店。實驗室裡的學長學姐們特別沒創意，只要聚餐，基本上都是在五道口附近，這家烤肉店更常來。

「張蔓來了？坐這裡吧，正好子默旁邊有空位。」

導師是道地的北京老教授，見她來了，熱情地招呼她。張蔓聽話地坐下，和旁邊的程子默打了招呼：「程學長，好久不見。」

程子默是Q大生命科學學院的博士，比她大兩歲，長得帥氣，又幽默風趣，聽說在Q大生科室很受小女孩歡迎。他們一直有合作的項目，彼此算是熟悉。

程子默一邊烤肉，一邊和她說話：「學妹，聽說妳最近研究快收尾了？怎麼樣，論文寫完了嗎？我這邊認識很多外語學院的女生，可以幫妳聯絡一下，找個人潤色潤色。」

她一愣，心裡倒是有點放鬆，正愁論文的句式寫得枯燥沒人幫忙修改呢。

「好，那就謝謝學長了。」

「沒事，這算什麼？別的我不敢說，我還真認識不少女生。唉，妳真是沒福氣。」

張蔓聞言疑惑地看他。

「妳怎麼不是男的呢？這樣我就可以介紹好多女生給妳，哈哈。」

張蔓有些無奈，這個學長什麼都好，就是太浪，聽說女朋友一個接一個換。

實驗室聚餐一向無趣，不過是聊一聊大家的專案、研究，還有幾個快畢業的學姐學長們的畢業去向。當然，有一個北京老闆，飯桌上少不了喝二兩酒。

在讀第八年的周學姐舉起酒杯：「我打算考美國醫師執照，然後出國，先敬大家一杯。學醫路漫漫，與君共勉啊。」

張蔓喝了口白酒，心裡有些感慨。

當初填這個志願時，想法還是太單純，學醫真的比她想像中要苦很多。整整八年時間太磨人，容不得有任何遲疑，只能一腔孤勇撐到最後。

幸好，現在五年過去，她倒是越來越喜歡這個科系了。

「學妹，妳呢？之後還是打算……去美國嗎？」

這時候，程子默突然問她。

「嗯，等論文投出去，不管中不中我都打算申請明年出去交流。」

他不依不撓：「去哪，史丹佛？」

張蔓點點頭。

她也知道很難。

其實去年倒是有一些別學校的交流機會，好幾個在歐洲，也有澳洲和加拿大的，她都沒申請，幾個室友都說她是不撞南牆不回頭。

反正都一根筋這麼多年了，再撞一次又如何。而且也不是全然沒機會，前段時間有個史丹佛的教授來北大演講，她當面跟人套近乎，教授對她印象不錯，等這次論文發表了，再去申請應該沒太大問題。

程子默沒再說話，默默喝了一整杯酒。

聚餐結束，大家都出去了，張蔓很疲倦，好幾天沒睡覺，又喝了酒，整個人昏昏沉沉。她趴在桌子上緩了一下，才站起來。走出餐廳才發現，幾個沒良心的學長學姐早就走了，她站在五道口的街邊，看著五光十色的店面還有熙熙攘攘的人群，突然有點茫然。

還是好想他。

閒暇的時候想他，忙的時候也想他，可惜他們有十六個小時的時差呢，她忙，他也忙。等她忙完有空的時候，他那邊往往是半夜或者凌晨。

都一個多星期沒打電話了。

張蔓撅了撅嘴，打開手機，看了少年的定位一眼，卻發現他的定位消失了，或許是手機沒電關機了。

她嘆了口氣，沿著馬路往學校走，看到站在路邊的程子默。

張蔓指了指Q大的方向：「程學長不回學校嗎？」

「不回，我正好去北航有點事，順路一起走啊。」

張蔓腦袋昏昏沉沉地分析完他的話，嗯，北航就在北醫的旁邊，是順路。

她現在只想趕緊買完東西回去睡覺，也懶得問他去北航做什麼，只呆呆地對他點點頭：「行，不過我要先去買杯飲料。」

兩人一起走去旁邊的飲料店，張蔓腦子雖然糊塗，但還記得劉穆沐的要求：「港式奶茶，加珍珠和紅豆，謝謝。嗯……再一杯什麼都不加的，半糖去冰。」

順便也買一杯給自己。

夜風兇猛，張蔓哆哆嗦嗦地喝著奶茶，冰涼的奶液在嘴裡蔓延，倒是讓她頭腦清醒了一點。

「學長，你們組上次那個專案快收尾了嗎？」

她不太習慣和男生一起走，不找點話說就很尷尬。而且醉意上頭，再不說幾句話，她都懷疑自己可能會昏倒在大街上。

「嗯？哦妳說跟劉老師做的那個？已經結束了……」

程子默回答得心不在焉。

兩人有一搭沒一搭地聊著天，到了北醫門口。

張蔓越走越糊塗，等到了校門口才驚覺：「不對啊，北航已經過了。」

程子默靜了片刻，隨即無奈地笑：「……是啊，我都忘了，沒關係，正好送妳到門口。」

張蔓「哦」了一聲，沒說什麼，對他揮手道別：「那學長再見，你去忙吧，我回宿舍了。」

這時，校門口有個騎著自行車的年輕人，一時沒煞住車，朝她撞過來。張蔓本就反應遲鈍，躲避不及竟差點被撞上——好在程子默眼疾手快地拉她一把。

等那人騎車騎遠了，張蔓才木木然地發現，她居然被程子默摟著腰。兩人靠得很近，她的鼻子離他衣領只有一拳之隔。

再是糊塗也知道尷尬，張蔓忙不迭地推開他，在原地站穩。

「學妹，妳……一定要去美國嗎？我覺得歐洲也挺好的啊，好幾個學校跟你們學校有交流合作的項目。我明年畢業了，要去歐洲做三年博士後。」

張蔓此時此刻只想回去睡覺，腦子轉得極其緩慢。

他要去歐洲就去歐洲，為什麼跟她講？

哦，他是說他要去做博士後是吧？

「恭喜恭喜。」

程子默沒說話，半晌後突然拉著她的手，把她拽到他身前，然後手環到她腰間，幾乎是半抱著她：「妳要是願意跟我在一起，我可以留在Q大或者去中科院，留在北京。我如果是他，我不會走，妳看妳這兩年為了去史丹佛，都活成什麼樣了？」

張蔓昏沉得厲害，但此情此景下，如果還不知道發生了什麼，那才是有鬼了。

真沒看出來，程子默居然對她……他不是認識很多女生嗎？

她用力掙開他，正想拒絕，卻聽到身後那熟悉又清冷的聲音。

——「真是抱歉，可惜你不是我。」

她驀然回頭，本應在太平洋那邊的少年此刻就站在她身後，輕輕摟住她，那雙黑漆漆的眼眸裡神色不明。

番外三

張蔓的酒氣瞬間消了大半，一半是嚇的，一半是驚喜。

「李惟？你怎麼回來了？」

她以為自己在做夢，但待仔仔細細看他，便知道是真的。半年不見，少年似乎清減了一些，他身上穿著去年過年張慧芳買給他的黑色羊毛大衣，脖子上圍著她送他的圍巾。

是他啊，他真的回來了。

張蔓激動地轉過身，結果動作太急，本來腦袋就暈乎乎的，這下澈底站不住了。心裡卻是鬆了一根弦，站不住也沒關係，有他在呢。

於是她也不急著站穩，反倒拿著奶茶摟著少年的腰，整個人沒骨頭一樣靠在他懷裡，閉上了眼睛。

李惟被她抱著，心裡那股子暴戾之氣總算得到了些安撫。

兩個男人站在北醫門口的人行道上看著對方。

程子默和他對視了許久，心裡也知道勝負已分。

或許他根本沒資格和他競爭。

她剛剛那樣推開他，卻在下一秒，緊緊抱住她心心念念的少年。

程子默握了握拳，嘴角抿了抿，終究還是沒說什麼，轉身走了。

這邊張蔓靠在李惟的胸口，甜滋滋地呼吸著他身上熟悉的味道，把臉靠在他大衣衣襟上蹭了蹭：「你什麼時候回來的啊？我都不知道……剛剛沒看到你的定位，我還以為你睡覺關機了呢……」

誰能想到，心心念念半年的人，現在突然出現，像做夢一樣。

喝了酒，這時又心神蕩漾，很難想的周全，她完全忘了剛剛他看到什麼聽到什麼，就根本沒想起解釋。

少年半晌沒說話，眉頭像是打了結，怎麼也舒展不開。

他最後嘆了口氣，妥協般摟住她，聞著她身上濃重的酒氣，頓了許久，聲音低沉又啞：「你們……去喝酒了？」

「嗯。」

張蔓哪有心思聽他問這些無關緊要的問題，緊緊抱住他蹭了又蹭。

回答得這麼乾脆，都不知道騙他一下。

少年心裡瞬間有了難以言喻的酸澀和彆扭，像是在大冬天喝了一整缸的陳年老醋。

他深呼吸把人輕輕推開，想要努力平復自己的心情。可心裡剛壓抑下去的戾氣在看到她手裡拿著兩杯奶茶之後加劇。

「還一起去買奶茶了？」

「嗯……」張蔓被推開，有點站不穩，聽他這麼問，昏昏沉沉的腦袋想起今天劉穆沐吩咐她的事，於是把那杯沒開封的奶茶在他眼前晃了晃，開心地掰著手指頭數：「加珍珠和紅豆，七分糖，去冰。」

夜風呼嘯著，冰冷的空氣讓少年有一瞬間呼吸不順，那些冷空氣吸進氣管，一直到肺，讓他的胸口都開始鈍痛。

珍珠紅豆，七分糖去冰。她對那人的口味，倒是記得清楚。

所以，他們一起去喝酒、買奶茶，那是不是還一起去看電影了？

那人他也認識，好像叫程子默，是Q大的博士生。Q大離這裡好幾公里，怎麼都不順路。只有一種可能，他們約會完，對方細心地送她回來，然後兩人在門口依依惜別？

北京的霧霾在冬日裡越發嚴重，那些肉眼看不見的細微塵粒隨著呼吸，碾磨著他的肺，每呼吸一下都摩擦得生疼。

少年不免想到剛剛的場景。

他下了飛機就搭計程車過來，迫不及待地想見她，卻在下車時看到那人抱著他心尖上的女孩，他的蔓蔓。

還抱了兩次。

他遠遠看著，只覺得太陽穴都要炸了，付錢時，面色鐵青到熱情好客的司機都嚇了一跳，再無寒暄，二話不說開車走了。

少年的雙眼泛著紅，兩手捏緊了拳頭才忍住不去把那杯在他眼前不停晃蕩的扎眼的奶茶扔得遠遠的。

不行，要控制自己的情緒，不能一見面就在她面前發脾氣。

誰知道這時候昏昏沉沉的少女又不怕死地添了一把火：「對哦，我要把奶茶送去給她。」

她話音剛落，眼前的少年努力維持的理智終於潰不成軍。

還想見他？

他攥緊她手腕，力道極大地掰開她的五指，搶過那杯沒開封的奶茶，走到路邊的垃圾桶。

要扔進去的下一秒，手被人抓住。

「你幹嘛啊？」

張蔓急了，也不知道他怎麼突然就生氣了，抬頭看他臉色。

這一看，嚇了一跳。

昏暗路燈下，少年額角的青筋突起，通紅的雙眼定定看著她，眼神裡又是痛楚又是憤怒，還有令人窒息的絕望和無可奈何。

於是張蔓的另一小半醉意也消了。

昏沉的腦袋開始轉，她想了想剛剛發生的一切和兩人的對話，才知道他應該是誤會了。

她讓他難受了。

張蔓心裡澈底不是滋味，看著他難受，她更是難受百倍，於是也紅了眼眶。

「這奶茶不是程學長的，是劉穆沐讓我買的，她還付了錢。你看，她給了我二十塊，這是剩下的錢……」

她急切地翻口袋，突然想起剩下的錢她自己買奶茶花掉了，於是沮喪地改口：「啊，剩下的被我花了。」

改口一次，她自己都覺得好像在撒謊，她瞬間急了，急的眼淚都往下掉，解釋裡夾雜著抽泣：「真的是劉穆沐讓我帶給她的，我今天晚上組裡聚餐，去五道口，她讓我幫她買杯皇茶……」

「程學長說他去北航有事，才跟我順路的，我也不知道他怎麼就一直跟著我走到學校門口了……我聚餐時喝了酒腦袋暈暈的，真的沒注意……」

本來還打算絮絮叨叨再多說點細節，解釋一通，卻突然被人堵住了嘴。

——時隔半年的吻，熱烈又迫切，還帶著心酸與怨氣。

少年雙手牢牢禁錮著她，用嘴唇壓住她的，輾轉吮吸。

他都半年沒抱過她、沒親過她了，沒想到一回來就看到她在別人的懷裡。

到了這時候，他大概也知道是自己誤會了，但想來想去還是氣不過，心裡難受得厲害，無處發洩。

於是帶著點力道咬她一口。

張蔓被親得暈乎乎的，腦袋裡又開始天旋地轉，正沉醉在少年熟悉的吻裡，卻突然被他咬了一口，沒忍住，痛呼出聲。

心裡有點委屈：「……幹嘛咬我？」

「他有沒有這樣親過妳？」

少年的聲音硬邦邦的，帶著橫衝直撞的怒氣，但手指卻輕輕撫過她眼角，替她拭去幾滴淚。

張蔓睜大了眼睛：「你說什麼？當然沒有了，他幹嘛親我？」

她說完，看著少年通紅的眼角，心裡更不是滋味。

前世秦帥約她去看電影，他都暴怒成那樣，此時此刻，他看到程子默抱她，竟然還能冷靜地克制自己，溫柔地替她擦眼淚。

明明都紅了眼眶，整個人看起來絕望得厲害，那隻摟著她腰的手都在微微發抖，卻連控制不住咬她一口，也保留了力道。

他寧願自己疼，也捨不得咬疼她。

這個少年啊，他比她想像中的，好像更加愛她一些。

張蔓癟了癟嘴，又想哭了。

她抬起酒後紅彤彤的臉，規規矩矩地伸出三根手指頭，舉過頭頂：「我發誓，絕對絕對沒有，今天之前我都不知道他對我有意思，剛剛他突然抱我，我立刻就推開了，剛想拒絕他，你就過來了。」

她的聲音又軟又輕，說著還自顧自又抱住他，摟著他的腰，帶著哭音：「真的，李惟，你相信我好不好？我最喜歡你了，不對，我只喜歡你。」

過了大約一分鐘，她才聽到少年的回應：「……嗯。」

聲音很濁，帶著鼻音，也不知道是「嗯」還是「哼」。

張蔓心裡又酸又甜，抱了他許久，又踮起腳尖親親他臉頰：「那你陪我回趟寢室好不好？把奶茶給劉穆沐，今天晚上……我們回家住啊。」

「……嗯。」

李惟為了兩人生活方便，剛上大一時就在北大附近買了一間三房一廳的公寓。張蔓不覺得他亂花錢，畢竟她是知道的，北京的房價在未來這幾年裡暴漲，她甚至還攛掇著讓徐叔叔也買了一間。

之前他們大學在一起四年，週末或者放假就會去公寓裡住，每個月，張蔓還會陪他再去醫院做一次心理治療。後來他的心理狀態基本穩定了，慢慢變成兩個月一次，一季一次……

他不在的這半年，她時不時也會過來打掃一下，家裡還保持著乾淨整潔。

兩人送奶茶給劉穆沐後，又去了一趟超市，再回到家時已經很晚了。

剛進門，張蔓就開始緊張。

剛剛這一路少年都沒理她，任她撒嬌、解釋、表忠心，他就是不為所動，也不知道到底消沒消氣。

張蔓非常心虛。

她開了客廳的燈，小心翼翼瞄了旁邊面無表情的人一眼：「你今天回來，怎麼不告訴我？」

他要是提前告訴她，她不就去機場接他了嘛，哪會發生這種事？

「前天才把課題全部忙完，來不及告訴妳。」

他沒日沒夜地做科研，甚至連之前的聖誕、元旦、過年都在熬夜，終於在投完paper後，跟導師請了半個月的假，回來找她。

其實也是想給她一個驚喜的，哪裡知道成了驚嚇——嚇得他心臟到現在還隱隱作痛。

少年冷哼一聲，換了鞋往裡走。

張蔓摸了摸鼻子，心虛地跟上去，殷勤幫他脫大衣，掛在門口的衣架上。

見他走進浴室，她有點遲疑，又有點臉紅。

畢竟是血氣方剛的年紀，又在一起住了四年，親熱肯定是難免的，只不過兩人一直都克制著沒有更進一步。其實張蔓心裡是有點哀怨的，她也知道他很尊重她，她不主動提，可能在兩人結婚前他都不會跨過那一步。

但他也不想想，就算她願意，這種事她好意思開口主動提嗎？

兩人分別沖了澡，張蔓披著浴袍從浴室出來，突然覺得氣氛和以往都不一樣。

沒走兩步，就被人攔腰抱進主臥，扔在大床上。

他這時倒是不憐惜她了，一張俊臉泛著紅，力道很大。床墊很軟，她整個人陷進去又彈起來，只覺得骨頭都要散了。

少年濃密的頭髮擦得半乾，溼漉漉地堆在頭頂。他只穿了一條睡褲，上半身沒穿衣服，就這麼站在床前，居高臨下地看她。

張蔓胡亂看了他一眼，害羞地閉上了眼。這樣的他，實在太有侵略性。

少年見她閉眼，瞬間不滿意了，鼻端發出哼聲：「蔓蔓，睜開眼，看著我。」

張蔓緊張地抓著身下的被子，聽話地睜開眼，沒忍住，嚥了嚥口水。

他一直很注重運動，大學期間每週要去好幾次健身房。渾身上下一點贅肉都沒有，結實的手臂還有輪廓分明的腹肌，讓她不禁臉頰通紅。

從前他們親密時都穿著衣服，至少穿著浴袍，她從來沒被他逼著要仔仔細細打量他。到了這時，她才真真切切地體會到，他長大了，已經從一個少年，變成了一個充滿危險氣息的男人。

少年站在床前看著他的女孩。她燙了捲髮，更顯得一張臉只有巴掌大。她皮膚白皙，或許是剛洗完澡，還微微泛著紅。

雪白的浴袍，雪白的被子，雪白的肌膚，海藻般柔順的黑髮。

畫面實在太過衝擊。

他的視線停在她浴袍的領口。

比起高中那時，她該長肉的地方都長齊了。

少年暗著眼眸，喉結上下滾動著，閉了閉眼。

從十七歲那年起，他就常常夢到她。夢裡他什麼都做過了。

他其實一直都知道，她是願意的。可她年紀小，他就一直忍著，有些東西本來他覺得不急，但今天他突然明白了，他的蔓蔓那麼好，周圍一堆人盯著呢。所以啊，還是得盡快。

他半跪在床沿，小心地拂開枕側她的長髮，壓了上去。

分別六個月的壓抑，在這一刻澈底爆發。

張蔓緊張地捏著被子，迎合著他熱烈的親吻，心裡卻又害羞又疑惑。以往就算是親熱，但他仍然是克制的、小心謹慎的，從來沒有像今天那樣，似乎再沒有顧忌。

充滿男性氣息的身體，嚴絲合縫地壓在她身上，把她覆蓋得嚴嚴實實。

這時，她有預感，今天大概會發生什麼了，心裡又期待又緊張。一刻鐘後，在少年靈活的手指下，兩人終於赤誠相見，就在張蔓緊張得無法呼吸時，他突然起身，從床頭櫃上拿了個東西。

張蔓意識到什麼，無比震驚地睜開眼，看他。

下一秒，心裡突然有點委屈。

「……你有預謀！什麼時候買的啊？」

她本來還以為他只不過是情之所至，難以自禁，沒想到他竟然有預謀。

少年看著她笑了，咬開小小的包裝袋：「剛剛在超市結帳的時候拿的，我是有預謀。」

說完，他當著她的面戴好，又壓上來，用膝蓋頂開她。

張蔓委屈得心肝都顫了，他以前不是這樣的：「李惟……你是不是在美國學壞了？」

她開始胡思亂想，明明之前四年都很克制，怎麼剛從美國回來，就變成這樣？雖然她是願意的，但心裡還是過不去……國外本來就開放，他是不是……

「嗯，我是學壞了，有人教了我半年。」

果然如此，他竟然真的……一顆心摔得生疼，委屈又心痛，心裡像堵了一塊大石頭，張蔓眼淚汪汪地推開他，胡亂地拍打他的肩膀：「那你找那個教你的人去啊，你還回來幹嘛？」

「……蔓蔓，妳不能不講道理，哪有什麼別人，我不就是在找教我的人嗎？」

他的聲音越發沙啞，再一次不依不撓分開她：「妳可是在夢裡，教了我整整六個月啊……」

他看著眼前由傷心到呆滯又害羞地捂住耳朵的女孩，低沉地笑了。

這麼多年過去，她的臉皮還是那麼薄。

但這種事情，要是兩個人都臉皮薄，怎麼進行得下去？他要來當這個壞人。

他吮吸著她眼角的淚，磨了磨牙：「蔓蔓乖，配合我，好不好？」

身體已經緊繃到快要爆炸，但他還是硬著頭皮保留僅存的理智，抵著她，掰開她捂著耳朵的手，在她耳邊低聲說著：「蔓蔓……我已經二十二歲了，我們結婚好不好？」

張蔓這次沒再躲避，卻恍恍惚惚地笑起來，半晌又落了淚。

她伸手，勾住他脖頸，把他往下帶。

「……好，我們結婚。」

少年聽到回覆，再也堅持不住，掐著她纖細腰肢，往下重重一沉。

血液在這一刻澈底沸騰，頭皮都發麻，他俯身在她耳邊，溫柔又鄭重：「我愛妳，蔓蔓。」

番外四

瑞典，斯德哥爾摩大飯店，凌晨四點。

張蔓聊著從前的事，越說越興奮，後來澈底睡不著了。

反正頒獎典禮結束了，明天可以睡個懶覺。

「老公，正好這次我請了一個月的假，我們明天在飯店住一天，後天去義大利玩好不好？可以沿著地中海附近繞一圈，西班牙、法國、克羅埃西亞……」

她一邊說，一邊輕輕晃著男人的手臂，湊到他面前，眼睛亮亮的：「好不好嘛？晨晨出生之後，我們很少有兩人世界了。」

他平時忙於科研，她在普林斯頓地區開了家精神科診所，工作也很忙，平時兩人下了班還得陪晨晨。

仔細想想，上一次兩個人一起出去旅遊也是三年前了。

「嗯，妳想去哪裡我都陪妳去。」

男人的音色比起讀書那時更低沉了些，有種歲月沉澱的魅力。唯一沒變的，是他話語間透露出的隱隱溫柔。

他說著，打開床頭燈，轉過身來看她。

看她一眼，忽然愣神了好久。

張蔓被他看得心慌，直遮著臉：「你幹嘛，什麼眼神……是不是看到我的魚尾紋了？我今年都三十五了，就只有一條，一條！還是上半年剛長的……算保養得很好了！你不許看，哼，大半夜的，我都沒化妝。」

她說著，氣呼呼地轉過去：「是啊，你在你們學校人氣這麼高，好多年輕貌美、二十幾歲的女學生們走在路上看到你都不叫你教授，叫你男神，你是不是現在看不上我了？」

話是這麼說，但嘴角卻微微翹起。

她心裡當然有答案，只不過就想聽他一遍又一遍說。

「蔓蔓……」男人傾身過來，捧著她的臉，親了一口，「以後妳還會有第二根、第三根魚尾紋，我也會長老年斑……我們都會老的，謝謝妳能和我一起變老。」

他摸了摸她眼角那條魚尾紋，眸光漸深。

——我年輕時曾以為，那時候我愛妳已經到了愛的極致。但現在我才知道，我每天都比前一天更愛妳一些。

張蔓聽他這話，一開始有點生氣，什麼叫還會有第二根、第三根魚尾紋？

但聽著聽著，不知道怎麼的，鼻頭突然發酸。

是啊，以後他們都會老，頭髮會變白，皺紋會變多，皮膚也會鬆弛，還會長好多老年斑。

但是，和他一起變老，是她這麼多年努力著的唯一夙願。

她感動完，還是沒忘記他的愣神：「……那你剛剛幹嘛那樣看著我？」

李惟將她摟進懷裡，難得笑意溫柔：「我是看妳眼睛亮亮的看著我，忽然想到那年我們結婚時。我還記得我幫妳戴上戒指之後，當著那麼多親戚朋友，妳就那麼傻乎乎、亮晶晶地看著我，看了半天突然就哭了，都忘了幫我戴上戒指。」

那個場景，一輩子也忘不了。

張蔓推了推他：「哼，你才不懂呢。」

在他的意識裡，兩人是從高一開始就一直在一起的，但她活了兩世。

只有她知道，這一切多麼不容易。

不過，她記得，她可不僅僅是在婚禮上哭了呢，婚禮前在北京的那天，在客廳裡，她好像哭得更厲害些。

那年，李惟回國見到程子默的那夜是他們的第一次。

那天在床上，張蔓明明聽到他跟她求婚的，但之後的半個月，他卻一直都沒提這件事。

她明裡暗裡試探好幾次，他都避而不談，這讓她非常沮喪，但實驗和論文又得做收尾工作，每天忙得不可開交，她也沒心思追究到底。

這天晚上八點多，張蔓總算在實驗室裡改完論文的最終版本發給老闆。

她在桌上趴了一下，情緒有點低落，最終還是抱著一堆東西回了宿舍。

宿舍裡，劉穆沐破天荒沒在打遊戲，而是在寫一門課的報告，看到她回來，有點吃驚。

「蔓蔓，妳今天怎麼回來了？妳不是最近都回你們的『愛巢』嗎？」

張蔓把那堆參考講義、實驗手冊還有厚厚的參考論文扔在桌子上，疲憊地捏了捏眉心，癱坐在椅子上。

「現在先別跟我提他……」

她總算是澈底忙完了，自然想起了之前遺留的問題。

他……果然是在美國待了一年之後學壞了吧？

哪有這樣的，那次在床上明明說得好好的，怎麼之後就再也不提了？不會就是為了跟她上床才說的吧？

其實她打心底當然是相信他的，想著他或許是忘了，但多多少少有點不舒服。

求婚這種事情難道不是一件大事嗎？怎麼能說完就忘呢？

真是的，怎麼別的他就沒忘呢？自從他們有過第一次之後，他基本上每天晚上都要跟她那什麼……一次比一次生猛。

劉穆沐聽她這麼說，八卦地湊過來：「怎麼，吵架了？」

張蔓實在是心裡沒底，也就透露了一點：「妳說……如果男生突然求婚了，但是之後他又沒再提，是什麼情況？」

這種事，她真的兩輩子都沒經驗，當時徐叔叔和張慧芳求婚不是很乾脆的嗎？哪有提了又忘了的……

然而劉穆沐的關注點完全不是這個：「我靠，不是吧？大神跟妳求婚了？你們這麼年輕欸，哇……怎麼求的？」

張蔓被她火熱的目光看得有點臉紅：「也沒怎麼求婚，他就是突然說他滿二十二歲了，問我要不要跟他結婚……」

劉穆沐繼續星星眼：「在哪裡？高級飯店？燭光晚餐？有沒有鮮花和戒指？我的天，大神這麼有錢，是不是買了超大顆的鑽戒給妳？」

張蔓張了張嘴，噎了半天才出聲：「沒……就是在家裡說的。」

「在家裡？什麼時候說的啊？」

「就……就是在……」張蔓臉皮這麼薄，怎麼可能說是在床上時說的，「嗯，就吃飯時說的。」

「呃，這樣啊，那他會不會只是隨口一提啊？甜言蜜語嘛，男人不是都很會的嗎？就說嘛，你們本來就比正常入學早一年，現在才二十出頭，怎麼可能這麼早結婚？」

她說完，又安慰了張蔓一句：「蔓蔓，妳也別著急，他這麼說了，就表明他有想結婚的美好願望，挺好的。」

張蔓嘆了口氣。

也是，或許是她自己太當回事了。

這時，另一個室友回來了：「張蔓，你們家那位在樓下等妳呢，妳沒接到他電話嗎？」

張蔓拿起手機看了一眼，果然，好幾個未接來電。她剛剛在實驗室調了靜音，沒注意。

她雖然心裡還有點氣，手上還是飛快地收拾東西，奔下樓。

沉沉夜色裡，少年頭戴一頂棒球帽，穿著一身黑衣站在樓下，安安靜靜地等她。

看到她的那一瞬間，他眼裡亮起的光比身後的路燈還要燦爛。

來來往往的學生很多，還有一些穿著白大褂、剛剛做完實驗的研究生們，他明明穿著和黑夜一樣的黑色衣服，卻那麼顯眼。

張蔓的嘴角緩緩勾起。

算了，就當那天只是甜言蜜語吧，不跟他計較。

結婚這件事，來日方長。

她走過去，挽住少年手臂：「我總算忙完啦，之後可以休息好久好久！」

少年摸了摸她腦袋：「嗯，我也忙完了。」

張蔓聞言撇了撇嘴角，他每天都在家裡，也不知道在忙什麼，忙得連說過的話都忘記了。

少年這時低下頭，想親親她，奈何戴著鴨舌帽，帽檐磕到她額頭。

兩人都是一愣，然後都笑了。

到家後，張蔓累得癱倒在沙發上，開始和少年喋喋不休地述說最近論文收尾那堆破事。

「……實驗室的暖氣壞了，我都拿著熱水袋堅持工作，手都快長凍瘡了。還有，你知道嗎？我們老闆讓我改了整整五版，天吶，他是不是人啊……之前有一小部分實驗結果還出了問題，差點弄不完。還好還好，現在一切都結束了……」

他熱了杯溫牛奶端過來，根本不用她用手，小心地餵她喝，餵完還貼心地拿紙巾幫她擦擦嘴。

「辛苦了，蔓蔓。」

張蔓坐起來，借此向他索要了一個吻，眼角餘光突然瞥到茶几上厚厚一疊東西。

「這是什麼？」

她順手拿了一張，暗紅色的，材質硬硬的，像是一張對折的卡紙，但四邊角又包了細膩柔軟的綢緞，非常精緻。剛剛進門時沒開客廳裡的燈，她借著玄關的燈光，瞇著眼辨認了一下才看到那卡紙外面的字。

暗紅色典雅的鏤空雕花封面上，寫著他們的名字，排在一起，有種端莊肅穆的感覺。

張蔓的心臟突然開始怦怦直跳。

她站起身，打開客廳裡的水晶燈，燈光在那一瞬間有些刺眼。

她適應了許久，抖著手打開卡紙。

——裡面是他清俊有力的鋼筆字。

送呈：陳峻先生台啟。謹定於國曆四月一日（週六），為張蔓女士、李惟先生舉行婚禮敬備薄酒，恭請光臨。李惟，敬邀。

接下來，她哆嗦著，打開了一張又一張。

他一貫細心又規矩，這麼多請柬，全部是他手寫的，不僅有他們的高中同學們，還有老師，還有徐叔叔那邊的親戚。

她心跳飛快，抬起頭，看著客廳一角，堆著整整齊齊的禮盒，應該是他挑選的伴手禮。

原來這些天，他在忙這個啊。

少年忽然握住她的手，聲音依舊沒什麼起伏，但尾音微顫。

他有點緊張。

「蔓蔓，我四月六號回美國，留在國內的時間不多了，因為擔心會影響妳寫論文的進度，就一直沒說。我定好了N城的飯店，也和叔叔阿姨商量了。」

他見她沒說話，又抱了抱她，聲音低低的：「主婚人一般是男方的父母或者長輩，我請了大學時候的導師，物理學院的院長李教授做我們的主婚人。他待我一向親厚，聽說這件事，答應了會空出時間。」

「蔓蔓，時間倉促，或許準備得不那麼妥當。我也知道現在我們都還太小，但……」

——但他是那麼迫不及待地，想要娶她。

他乾巴巴說到現在，一直沒聽到她的回應，低著頭，聲音有些緊繃：「妳上次答應過的，不許反悔。」

安靜的客廳裡，璀璨的水晶燈下，身材頎長的少年忽然從上衣口袋裡拿出一個紅絲絨盒子，然後，鄭重地單膝跪地。

「嫁給我吧，蔓蔓。」

張蔓一輩子都忘不了，她聽完他那句話，一邊死命地點頭，一邊哭。

哭得比正式婚禮上還要慘。

番外五

地球上的不同地區，白天或雪或雨或晴或風，都有不同，但夜晚大多是相似的。

由回憶帶來的甜蜜思緒漸漸平復。張蔓靠在男人肩上，忽然想起一個人。

她遲疑地抬起頭，看了男人片刻，目光有些複雜。

「怎麼，做什麼虧心事了？這麼看著我。」

李惟伸出食指，戳了戳妻子的額頭，看她目不轉睛的樣子，又摸了摸她腦袋。

結婚這麼多年，私底下只有兩個人時，他對她還是像十幾年前一樣，把她當個小孩。

「今天你領獎的時候，你……爺爺打電話過來，我接了。」

男人聽到這話，眸間神色平淡。

他往後靠了靠，語氣裡倒是沒有任何異樣：「他說什麼了？」

張蔓揪著他睡衣的衣袖，揪了一下又不自然地抓住他的手指：「他說，他被檢查出一些不太好的病，可能沒多少日子了……等你下次回國時，他想見見你，你覺得呢？」

其實李惟的爺爺不是第一次聯絡他們。

第一次，是在十年前吧？

十年前，美國，加州。

李惟博士畢業後，在柏克萊加州大學做博士後研究員，而張蔓則是在史丹佛做第三年的醫學博士訪問交流。

人人都知道，灣區有兩所世界知名的頂尖名校，柏克萊和史丹佛，隔著一座海灣大橋遙遙相望。

兩所學校之間，開車往返需要兩個小時。

一年的博士後研究結束後，他成功拿到了普林斯頓大學的教職。

國內好多媒體都報導了這個新聞。華人拿到世界頂尖名校教職的並不少，但像他這樣，年僅二十五歲就拿到普林斯頓大學正教授職位的，絕無僅有。

他手底下大部分的博士生年紀還比他大。

理論物理這個專業和醫學一樣，入門的門檻極高，需要非常多的知識累積，也就是需要時間去磨。很多該領域的科研人員在念完五年、六年的博士之後，輾轉世界各個研究機構或者大學做三年乃至六年的博士後，都是非常普遍的。

但李惟向來超前，他國高中就已經自學了大學的內容，大學期間則是發表了好幾篇旁人博士階段很難發表的高品質論文，包括兩篇該領域聲譽卓著的期刊——Physical Review Letters（PRL）。

所以，他花了三年時間就完成了博士學位，並且在畢業之後只做了一年博士後，就拿到了教職。這樣的成就，在華人年輕科學家裡實在是屈指可數，甚至造成學術界一時轟動，世界各地的物理研究者都知道這個年輕科學家的名字。國內的媒體當然是爭相報導，希望給社會帶來積極、正面的影響。

李惟就職的第一個月，張蔓也剛到普林斯頓，一邊陪他，一邊往各大醫院投履歷，準備面試。

那天，張蔓正好收到了普林斯頓大學附近一家醫院的正式 offer。她拿著筆記型電腦，興奮地在鋪滿地毯的房間裡手舞足蹈，見床上的男人絲毫沒有任何興奮激動的表情，極其不滿地跑過去跟他炫耀：「你看，我拿到 offer 了！唉，這些新聞媒體都知道我們 Prof. Li 特別優秀，但誰都不知道啊，他老婆更優秀。」

男人看她這副樣子，唇邊掛著溫柔寵溺，卻還是沒有驚喜和激動。

張蔓氣得把筆記型電腦重重一放，翻身上床壓住他：「你怎麼都不驚喜一下？你知道這意味著什麼嗎？意味著我可以合法地留在這裡工作，一直一直都陪在你身邊了！」

男人笑了，親了親她的小鼻子，突然摟住她：「這些年，辛苦妳了，蔓蔓。」

——辛苦妳，一直一直向我走過來。

他常常在想，能夠擁有她，應該是花掉了上輩子所有的運氣。

這世上怎麼會有這樣的女孩呢？他見所未見，聞所未聞。

從北大，到史丹佛，現在又到普林斯頓……

高一那年的暑假，她在他家的廚房裡鄭重地和他說，讓他相信她，她要和他去同個大學，以後永遠都不離開他。

大四那年，他偷偷簽了北大的保研申請卻被她發現。那天晚上，兩人在未名湖邊散步，她忽然抱著他，抵著他的額頭說：「男朋友，這麼難的物理競賽我都挺過來了，史丹佛我也能去。你再信我一次，好不好？」

還有幾個月前，她在床上抱著他的腰，撒著嬌語氣卻認真：「拿到教職肯定要去啊，老公，我會陪在你身邊的，再信我一次，好嗎？」

男人抱著他的女孩，感受著彼此的心跳，心裡忽然漫上一陣難以言表的暖和酸。

其實每個階段，他都做好了後退一步陪在她身邊的準備，但她卻都能在最好的時機，向前一步站在他身邊，牽住他的手。

早在十七歲那年，他就知道，這個女孩溫柔又有力量，她是他畢生的信仰和希望。

男人讓她整個人都躺在他身上，親親她的額頭，心尖上泛著細密的酸痛：「蔓蔓，妳……妳不會覺得辛苦嗎？不會覺得……心理不平衡嗎？」

他在北大時，就曾經聽過她的一些朋友是怎麼說她的。她們說，她在他們的這段關係裡，一直處於劣勢的一方，說她一根筋愛著他，總是追隨著他，以後會吃虧。

連他都心疼她，一想到她競賽時沒日沒夜地刷題，一想到她在實驗室裡一待就是好幾天，一想到她為了論文忙得焦頭爛額，他都心疼到心臟抽搐。

他根本就不想讓她這麼辛苦。

張蔓見他神色鄭重地問，就連房間裡的氣氛都沉靜了一些。

她噗哧一聲笑了。

「嗯，我是心理不平衡，替別的女人。」

「怎麼她們的老公就不像你一樣呢？」

從沒有一個人，像他這麼愛她。

他每天早上抱她起床，做早餐給她吃，還經常哄她的起床氣。

在柏克萊做博士後的那一年，他固執地住在史丹佛附近，不管多忙，依舊每天親自接送她，自己卻要開車兩個半小時往返柏克萊和家。

他為了她，學會吃辣，在國外要吃到正宗的川菜、湘菜不是那麼方便，他親自照著食譜學，現在做水煮魚、辣子雞都不在話下。

這些年，他帶她去看了冬日的海南，細雨中的江南，春風裡的貝加爾湖——她曾經說過的每一句話他都記在心上。

那年婚禮上，他曾鄭重地對張慧芳和徐叔叔說，往後會好好照顧她。結婚三年多，他一件件、一樁樁，統統做到了。

她在他身邊，享受著從來沒有過的幸福。

張蔓靠在男人溫暖厚實的胸膛，聽著他淺淺的呼吸和規律的心跳，忽然鼻頭發酸。

從十六歲到二十五歲，和他在一起九年，她早就明白。

——我是跟著你走了很遠啊，但哪裡及得上你，克服了所有的黑暗與折磨，就算歷經萬千磨難，也要轉過身笑著擁抱我。

微醺的夜晚，張蔓躺在他身上，曖昧的氣息越來越濃烈。男人的眸子暗了又暗，終於忍不住，銜住她的唇，纏綿地親吻起來。

然而，這麼良好的氣氛卻被鈴聲破壞，男人不悅地皺了皺眉。

張蔓笑著又嘬他一口，翻了個身，推他：「先接電話。」

他接起來之後，沉默許久，站起身走到窗前，過了幾分鐘才回來，低著頭一直沒說話。

張蔓見氣氛不對，還開玩笑，酸溜溜地問他是不是哪個老相好。

男人嘴角上揚：「蔓蔓，妳知道嗎，打電話過來的人，竟然是我那個消失了將近二十年的爺爺，他說他現在在美國，問我過兩天有沒有空，一起吃個飯。」

「他說，有一些我父親的東西，之前忘了交給我。」

張蔓聽了，也不免沉默。

什麼父親的東西，這麼多年了都沒給，怎麼他剛拿到普林斯頓的教職，就想起來給了呢？不過是藉口罷了。

「那你要去嗎？」

她是知道的，前世他爺爺也聯絡過他，但直到他自殺，他都沒有認回他爺爺。

男人坐在床上，臉上帶著不明笑意，把玩起她的頭髮：「不想去，生命有限，不需要做一些無意義的事。」

那時的他才二十五歲，還沒有像十年後這樣，澈底調整好心態。他在說這句話時，帶了連他自己都察覺的尖銳語氣。

他還是在意的。

張蔓不由自主地心裡一跳，轉身抱住他，語氣悶悶的：「嗯。」

斯德哥爾摩的夜晚，漆黑又安寧，和N城、北京、加州、普林斯頓，似乎都一樣。

「你爺爺說，他從前確實對不起你，希望你能看在他一把年紀的份上原諒他。他還說……說他李家的子孫，總有一天是會回家的。」

其實都是歪理罷了。

商人重文化，更重臉面，如果不是李惟拿了諾貝爾獎，恐怕這個電話，不會再打來。

這一次她親自接的電話，聽那老人說了良久，她終究是意難平的，幾次想掛電話，但仍是耐著脾氣聽完，說會轉告他。

「那……你去不去啊？」

張蔓的手在男人胸前繞圈圈。

他眸色驀地一緊，翻身壓住她：「與其談那些不相干的人或事，不如做點更有意義的事。」

張蔓抬頭看他。

明明和十年前說的是類似的話，但他的眼裡，再也沒有波動與疼痛。

真好，在這個世界上，不是所有的遭遇都該被原諒。

她笑著勾住他脖子，彎了彎眼睛：「好。」

雲雨初歇，天邊逐漸泛起了魚肚白。

兩人在房間裡穿戴整齊，拉開窗簾，打開吊燈，撥通了跨越太平洋的視訊電話。

視訊很快接通，N城這時是中午，張慧芳剛帶著孩子吃完飯，正在教她做算術題。

五十多歲的女人還保持著苗條的身材，頭髮燙得微捲，穿一身漂亮的小洋裝，身邊坐著一個六歲的小女孩，一張笑臉粉嫩可愛，眉眼像極了他。

女人臉上有點抓狂：『五加七，五加七等於十二，不等於十四！』

小女孩睜著兩隻大大的眼睛，笑得亮晶晶的：『不對不對，我都掰著手指頭數了，就是等於二十一。外婆妳看我，一、二、三……』

『所以說為什麼妳每次掰小拇指，無名指也一起下來了呢？』

小女孩想了很久，撓撓頭，眼神困惑：『好像是哦……可是它就是跟著一起下來了啊，我也不知道為什麼。』

剛苦惱一下，突然眼尖瞥到大大的ipad螢幕，於是不數了，從椅子上飛奔下來：『爸比！媽咪！』

「嗯，晨晨寶貝。」

張蔓轉頭看他一眼。

男人的聲音裡像是含了一團棉花，臉上帶著那樣溫柔的表情，笑意盎然。

父女倆開始很有默契地隔著螢幕玩猜謎遊戲，張慧芳則另外拿了個ipad，和張蔓視訊。

『乾脆讓晨晨回國讀書吧，妳看她在美國讀幼稚園，都快七歲了，算術還要掰手指頭。』

張蔓笑了：「媽，是不是我弟長大了，妳又想帶孩子了？」

張慧芳在她大二那年生了個兒子，今年都上高中了。

『提起他我就來氣，現在國內高中不像你們那時候了，不上晚自習，他倒好，天天一放學就往網咖裡跑，我跟妳徐叔叔都逮他好幾次了。』

「行了，妳也別著急，下次我打電話給他問問怎麼回事……」

『我能管嗎？一跟他說，肯定吵架，也就妳回國能管管他了。還有，最近妳徐叔叔腿有點不好，我想著讓妳下次回來的時候帶點鈣片給他，我之前吃覺得挺好的……』

「嗯，奶奶呢？奶奶這兩天怎麼樣了？」

『妳奶奶身體還不錯，每天跟我一起出去跳舞，輕盈著呢……』

母女倆絮絮叨叨地說著一些日常瑣事。

一通電話，打了整整一小時。

掛了電話後，張蔓看著男人唇邊的笑意，忍不住撲上去又親了他好幾口，親得他一張俊臉又開始泛紅。

男人喉結上下滾動，順勢摟住她：「蔓蔓，再這樣下去，妳今天還想不想睡了？」眼看著天都亮了。

她壞壞地湊到他耳邊說了一句什麼，然後咬住他耳垂上那顆痣，果不其然聽到他一聲吸氣。

男人翻身壓住她，剛穿好的衣服又開始凌亂。

「你想生幾個，都行……」

初晨的陽光，透過紗簾照進房子裡，驅散了漫漫長夜的黑暗。

男人深吻著懷裡的妻子，不知不覺收緊抱著她的手臂。

什麼爺爺，什麼回家，對他來說太無實感，像是年少夢迴時一個虛無縹緲的夢。

他早就有他自己的家了啊。

番外六

六十年後，北京，中央電視臺，《他們的一生》節目錄製現場。

五十多歲的女主持人面容溫婉：「各位觀眾朋友們晚上好，歡迎收看每週五晚上的《他們的一生》，我是主持人舒雪。」

和現代人相對開放的審美不同，這檔節目的主持人氣質非常古典，連笑容都遵守著幾十年前笑露八顆齒的標準：「本期我們請到的嘉賓和以往都不同，並不是受訪者本人，而是他的女兒，大家應該都不陌生。讓我們歡迎中國現代著名的新聞學家、雜誌《志事》的主編，李忱女士。」

看臺上熱烈的掌聲之後，一位頭髮花白、氣質絕佳的女性走上台。她身形纖細，皮膚偏白，五官立體，臉上雖說有著與年齡相符的皺紋和零星斑點，卻絲毫蓋不住出塵的氣質風華，反而有一種隨著歲月老去的隨意與優雅。

「李女士請坐，我是本節目的主持人舒雪，很高興能邀請您作為我們這一期的嘉賓。」

李忱頷首坐下，微笑：「我也很高興認識妳。」

寒暄後，主持人開始問題訪談：「今天對於李女士來說應該是個非常特殊的日子，對嗎？」

聽到問題後，李忱沉默片刻，大約十秒鐘的安靜後，她將鬢角斑白的頭髮往後捋了捋，點頭：「是的，今天是我父親李惟先生的三週年忌辰。」

主持人嘆了口氣，語氣間充斥著懷念與唏噓：「時間過得真快，沒想到李惟老先生已經離開我們三年。還記得三年前，我們節目組聯絡了老先生，想請他親自過來錄製一期節目，他同意了。誰知等到快要錄製的那天，節目組卻接到消息說老先生重病，進了醫院……」

主持人說著有些感慨：「一轉眼，三年過去了，真沒想到我還能再做這個訪談，雖然並非本人。」

李忱垂下眼，看了現場布置的透明茶几一眼，半晌後又抬起頭，帶著笑意看著主持人：「我父親這一生極重承諾，他答應過的事沒能做到，臨終前多有懊悔，也囑咐過我，若有機會，希望我能替他做這個訪談。」

她目光真誠地看著舒雪，這一眼，竟然讓一貫鎮定的主持人有些微恍神。

像，真的很像她父親。

三年前，李老先生病危，她曾經代表節目組去N城探望，那個一世傳奇的學術大神，白髮蒼蒼、面色蒼白地躺在病床上，幾乎沒有聲息與起伏，但那安靜蒼老的面容，讓人看一眼就能感覺到沉穩與心安。

那是一種歲月沉澱的偉大力量。

「李老先生在世九十二年，創造了太多屬於人類科學的奇蹟，來，讓我們看一下老先生留下的照片。」

主持人舉起手，示意場務播放相片和一些短片。

這些相片都由李忱本人提供，其中有很多都是之前從未公開的，非常珍貴。

第一張是六十年前，李惟在諾貝爾獎頒獎典禮上的照片。

極其年輕的男人，西裝革履、風姿卓越，英俊的臉龐和唇邊淺淺笑意讓他看起來不像是一個夙夜匪懈、勤勤懇懇的科學家，倒像是出席電影節的明星。

台下自然是一片轟然。

來的觀眾裡有許多年輕人，他們出生時，這個中國當代偉大的科學家就已經老了，雖然大家都知道老年時期的他依舊風華絕代，但看到他年輕時的照片還是不免驚呼出聲。

主持人也有一瞬的恍然，隨即笑道：「這張照片我小時候見過，就貼在我母親房間的牆上，聽我母親說，她們那個年代的女生可是把李老先生當成偶像來崇拜的。老先生年輕時，一定有非常多的追求者吧。」

李忱笑了笑：「這我不清楚，不過我想應該是的，我父親是個很優秀的男人。」

之後，相片往後翻，是一張合照。六十年前的攝影技術已經足夠先進，無比清晰的畫質，絲毫沒有老照片的感覺。照片裡，碧藍色的大海邊，金色沙灘上，年輕男人輕輕摟著一位嬌小甜美的女子，笑意溫暖。

主持人看向李忱：「請問這張照片是？」

頭髮花白的她眼神懷念，聲音都輕柔了許多：「這張照片是我的父親和母親，在我出生那年，我外婆幫他們照的，就在N城的海邊。」

主持人順著照片，開始討論：「人們都說，天才與偉人的背後，往往有個偉大的妻子。透過李老先生的生平經歷，我們也知道，您的母親張蔓女士曾經一路追隨他，從北大，到史丹佛，後來又到他任教的普林斯頓大學。並且兩人在中年之後回國，在北大任教，直至老先生退休後，張蔓女士陪他回N城療養。幾十年的時間裡，她對他不離不棄，一直陪伴在他身側。這樣畢生的支持與陪伴，相信不是所有人都能做到，您的母親真的很愛您的父親。」

李忱聽到主持人的結論，稍稍想了一下，略顯渾濁的眼睛裡帶了溫柔的笑意：「我母親對我父親的支持和追隨，想必是人盡皆知的，網上隨便一搜關於我父親的家庭或者情感經歷，出來的通稿大多都是，他的背後有一個默默支持著他的妻子。」

「但在我看來，他們之間的感情，並不是支持與追隨，那麼簡單。」

「而是愛，與拯救。」

主持人聽到她的回答，表情微訝：「拯救？這個說法倒是從未聽過。」

她微笑著示意她繼續。

李忱伸出左手，輕輕撥著右手上的檀木佛珠：「過了這麼多年，當年的知情者大多離世了。所以有件事大概有很多人都不知道。」

她的聲音略微顫抖：「我的父親，他曾經是一個確診妄想症和憂鬱症的患者，並且病情非常嚴重。他年幼喪父喪母，因此在育幼院裡度過了整個童年時期，他遭到家人的拋棄、還有許多同齡人的排擠和虐待。由於家族遺傳和童年時候灰暗的經歷，他患上了極其嚴重的妄想症。他妄想出兩個完全不存在的人，一個是他的母親，一個是他的玩伴，這兩個虛無的『人』一直陪伴他到他的高中。」

李忱緩緩訴說著，整個演播廳卻產生了一陣小騷動，所有人都倒吸一口氣。

沒想到李老先生的童年竟然這麼悲慘，還有憂鬱症？妄想症？

這些秘密，實在是太驚人。

連女主持人都愣了半天。

「據我所知，李老先生去世前還在辛勤地從事科研工作，並且這些年他好幾次在公共場合露面，完全沒有任何精神症狀，這……」

李忱笑了笑：「對，他花了許多年才讓精神狀態和心理狀態保持在正常人的水準。但之前情況真的非常危險。聽我母親說，在他高二那年，由於一些意外知道了自己的病情，從而患上了嚴重的憂鬱症，自我厭棄，並且極其厭世。如果沒有我母親陪伴在他身邊，或許他根本走不出來。」

她面帶笑意地講了許多那些年的事情，包括張蔓十多天的尋找、後來的細心陪伴，以及之後張蔓為了他念神經生物學，最後成了他的私人心理醫生。

她的話語很平淡，但就是這樣淡淡的敘述，卻讓台下很多年輕觀眾都紅了眼眶。

這種平靜中帶著巨大力量的愛情，不論在什麼年代都能讓人感懷於心。

「許多醫生對於病人的治療都存在某個階段，但我母親對我父親的治療，卻是整整一生的救贖。她於他而言是活著的信念和所有堅持的意義。」

聽她說完，主持人十分應景地播放了一段短片，是李惟當年拿諾貝爾獎時發表演講的最後一段內容。

台下一陣喧嘩，主持人看完後心有所感：「『我的生命中有兩件最重要的事，物理和她。物理給了我在黑暗中思考的能力，而她，給了我光明。』這段話曾經被網友戲稱為二十一世紀最佳情書範本，但直到今天，我才知道其中真正的含義。這不是情書，這是愛情。」

「是，就連我的名字，也與此有關。『忱』字，是指熱情和真誠的情意，我父親說，很像是驅散長夜的初陽。我的小名叫『晨晨』，也有此意。」

這個訪談整整進行了一個半小時，一週後，收視率突破了該節目的歷史紀錄，網路上掀起一陣現代人對於愛情的思考與探討。六十年後的今天，隨著社會與經濟的發展，人與人之間的距離變得涇渭分明，離婚率越來越高，相親也越來越普遍。李惟和張蔓之間至死不渝的愛情給予萬千網友的內心非常劇烈的一擊。

一週後，節目播出後的當天晚上，李忱正在北京的家裡準備和丈夫一起吃晚餐，卻接到一通電話。是該節目的主持人舒雪，她並非透過節目組聯絡她，而是用私人電話。

一小時後，中關村某咖啡廳。

李忱到達時，舒雪已經在那裡了，笑著對她招手：「李忱姐，這裡。」

兩人年紀相差十幾歲，之前一起錄過一檔節目，相談甚歡，現在絲毫不拘謹。

「李姐，我今天找妳來主要是因為妳上次訪談中說的一句話。妳說，誠然妳母親非常愛妳父親，但妳父親對她的愛，是妳無法形容的深厚。」

「因為節目時間有限，妳好像也不願意多談，節目裡幾句話就帶過了。但我後來實在是心裡癢癢，輾轉難眠，所以冒昧聯絡妳……這種感覺好像追了一本小說，卻沒看完結尾。」

李忱難得笑得爽朗：「小舒，沒想到妳到了這個歲數，還這麼八卦。」

舒雪眨眨眼睛：「我這個年紀怎麼了？八卦是人類的天賦！」

也是，現在這個年代，年齡除了能改變外貌，對於每個人行為的約束少了非常多，那些「老年人就應該怎樣怎樣」的刻板印象，似乎早就不復存在了。

北京街道上，穿著吊帶衫、短裙的老太太，還有脖子上掛著耳機和球鞋、準備去健身房的老頭比比皆是。

李忱笑得露出一口白牙：「其實我上次不說的原因很簡單，實在是覺得那些事情有損我爸的形象——」

「如果這個世上妻管嚴也有獎項，我爸肯定能再拿一個諾貝爾獎。」

舒雪聽完，「噗哧」笑出聲來：「妻管嚴？不會吧，李老先生嗎？」

「真的，我外婆跟我說，我爸獲獎之後我媽突然就跟變了一個人似的，脾氣越來越大，動不動就對我爸頤指氣使。但他們真的是一個願打一個願挨。」

「我還記得我十五歲那年，我們三個人一起去爬黃山。下山時，我媽說她想鍛鍊身體，決定不坐纜車。但是她走到一半又爬不動了，後來還是我爸背她下來的。」

「四十多歲的人了，背著老婆下山，一邊背，還一邊挨罵。我媽就罵他，明知道她爬不動，也不勸她坐纜車。我跟在他們後面聽得匪夷所思，這還講不講道理了？結果我爸，唉，心甘情願地挨罵，不僅要認錯，還得哄她開心……」

「……」

「還有一次我印象特別深，我上小學一年級時，我媽懷了我弟弟。那次好像是我印象中，我爸唯一一次跟我媽說了幾句重話，原因是我媽又一次出門沒看天氣預報，結果感冒了。」

「明明是我媽理虧，懷著孕還總趁著我爸工作時出去溜達，又不帶傘……但是，就因為我爸說了幾句重話，他後來跪了三個晚上的鍵盤……」

舒雪聽到這裡，真的是有點震驚，一口咖啡卡在嗓子裡：「我的天……」

跪鍵盤？不是吧？這和李老先生的形象也太不符合了吧？

「沒騙妳，真的是跪鍵盤，每次跪壞一個，我媽就面不改色地繼續在亞馬遜上下單……」

年紀大了，語速變慢很多，李忱一邊說，一邊喝咖啡潤潤嗓子，聲音忽地低了下來。

「不過要說我爸有多愛我媽，我是在我媽去世後的那三年，才澈澈底底感受到的。」

「我媽比我爸早走三年，她去世前一個月，我爸每天樂呵呵地在醫院裡陪她，那麼一個嚴肅的老頭，那段時間居然笑得比往年一整年加起來都多。」

「我媽臨終前的某一天，好不容易清醒過來，忽然避開我爸，讓我和我弟之後千萬注意他的精神狀態。」

「我們都很緊張，但我媽去世後那段時間，他表現得完全就是一個再正常不過的睿智老頭，和我們說話、和學生交談時，思緒清晰，邏輯敏銳。然而，我們後來才發現，他其實是不正常的。有一些事，我現在想起來依舊心裡難受。」

「他那時也九十歲了，年紀實在很大，腿腳不方便，其實已經很多年沒親自下過廚。但那段時間，他又開始下廚。」

「有一天早上七點多，我看他在廚房裡煎了兩個雞蛋，分別放在兩個盤子裡，煎好之後就端到餐桌。我還以為是煎給我的，結果等我走到餐桌旁，就聽到他對旁邊的空椅子說，『蔓蔓，今天是妳最愛的太陽蛋，快吃吧。』」

「後來他又背著我們，偷偷開始做一些我媽愛吃的川菜。我那天雜誌社有事，還是家裡阿姨告訴我的。」

「家裡油煙機是遙控的，他沒找到遙控器，於是一邊炒辣子雞，一邊嗆得流眼淚。後來，他一個人坐在餐桌旁邊，一邊吃著辣子雞，一邊夾菜到旁邊的空盤子裡，還仔仔細細地把裡面的辣椒和花椒全都挑出去……」

「有天早晨，我爸沒出來吃飯。我敲我爸的門，他開門之後讓我小聲點，說我媽感冒了在睡覺。我愣在門口，眼睜睜看著他走到床邊，輕輕拍著空無一人的被子喃喃自語：『蔓蔓，睡吧，別怕，我就在妳身邊。』」

「還有一次吃晚飯時，他忽然說，讓我弟來年春天時帶他跟我媽去一趟江南，還笑著解釋說他是不想去的，覺得他跟我媽年紀都大了、太折騰，是我媽嚷著非要去……後來，等到了來年春天，我弟請了假想帶他去，他卻已經病重了。」

李忱說到這裡，有些哽咽。

「他對任何人都是正常的，只有我媽……我們都知道，他年輕時的病復發了。但直到他去世，我們都不敢告訴他這些。他去世之前，應該還是幸福的吧。」

沒有人知道，老先生臨終之前的那一個月，曾經清醒過來。

他無比清醒地意識到，他愛了一生的那個人，已經離去了三年，而他也即將去找她。

——人間如廣袤宇宙，而我這顆星球，總算圓滿地完成了最終的演化。能夠活在這世上，擁妳一生，我何其有幸。

——《去見16歲的你》番外完——

——《去見16歲的你》全文完——

高寶書版集團
gobooks.com.tw

YH 158
去見16歲的你（下）
作　　者　鍾　僅
封面繪圖　夏　青
封面設計　夏　青
責任編輯　楊宜臻
內頁排版　賴姵均
企　　劃　何嘉雯

發 行 人　朱凱蕾
出　　版　英屬維京群島商高寶國際有限公司台灣分公司
　　　　　Global Group Holdings, Ltd.
地　　址　台北市內湖區洲子街88號3樓
網　　址　gobooks.com.tw
電　　話　(02) 27992788
電　　郵　readers@gobooks.com.tw（讀者服務部）
傳　　真　出版部(02) 27990909　行銷部 (02) 27993088
郵政劃撥　19394552
戶　　名　英屬維京群島商高寶國際有限公司台灣分公司
發　　行　英屬維京群島商高寶國際有限公司台灣分公司
法律顧問　永然聯合法律事務所
初　　版　2024年4月

本著作物《重生之拯救大佬計畫》，作者：鍾僅，由北京晉江原創網絡科技有限公司授權出版。

國家圖書館出版品預行編目(CIP)資料

去見16歲的你/鍾僅著. -- 初版. -- 臺北市：英屬維京群島商高寶國際有限公司臺灣分公司, 2024.04
　冊；　公分. --

ISBN 978-986-506-968-1(上冊：平裝). --
ISBN 978-986-506-969-8(下冊：平裝). --
ISBN 978-986-506-970-4(全套：平裝)

857.7　　113004383